Doppelmord á la carte 2.0

Eine Kriminalgeschichte aus der
Frankfurter Kleinmarkthalle
von

Jakob Stein

AF287947

VERLAG

Alle Personen und Handlungen dieses Buches sind frei erfunden.

Jakob Stein, Doppelmord à la carte, erschien erstmalig 2013 und in einer weiteren Auflage 2014. Der Text der damaligen Ausgabe wurde komplett überarbeitet und um weitere Kapitel ergänzt.

Jakob Stein, Doppelmord à la carte, 2.0
© 2024 B3 Verlags und Vertriebs GmbH
Lorscher Straße 7, 60489 Frankfurt am Main, www.bedrei.de

Weitere Titel von Jakob Stein unter www.jakob-stein.de

Umschlag: Claudia Manns, KUNSTSTÜCK, unter Verwendung einer Fotografie von Martin Schitto, www.schitto.com

Satz: Claudia Steinbauer, Textbild

Printed in Germany

ISBN 978-3-943758-62-7

In Erinnerung an:
Roswitha Bienheim und Susi
Renate Keller
Dieter Rudolph

„Gemieß, Kardoffel und was noch all,
das kriecht mer hier in dere Hall.
Und owwe uff der Galerie,
da möpselts nach Fromaasch de Brie."

Friedrich Stoltze (1816–1891)

1. Kapitel

Den Besuchern der Kleinmarkthalle bot sich an diesem frühen Montagmorgen ein ungewöhnliches Bild. Vorne und hinten waren die Eingänge geschlossen und mit einem rot-weißen Kunststoffband mit der Aufschrift „Polizei" versperrt, dahinter stand jeweils ein Beamter in Uniform. Auch die Seiteneingänge waren, bis auf einen, zu, sodass weder Händler zu ihren Ständen gelangten, noch hartnäckige Kunden – diese gab es tatsächlich – ihre Einkäufe erledigen konnten. Vor den Absperrungen, hauptsächlich auf dem Platz zum Liebfrauenberg hin, hatte sich mittlerweile eine beachtliche Menschenmenge angesammelt, und es wurde mitunter hitzig diskutiert, was wohl der Grund für die Maßnahme sei. Ein Feueralarm hatte alle Händler und Besucher aus der Kleinmarkthalle getrieben, jedoch war weder etwas von der Feuerwehr noch von einem Brand zu sehen. Besonders Ausgeschlafene riefen bereits nach dem Weinstand oder wo denn „Teo's" oder die „Else" sei. Bei Bratwurst und Focaccia würde einem das Warten schon leichterfallen.

Eine gute Stunde zuvor war Nike Kazikis in das Büro des Hallenmeisters gestürmt. „Mein Mann war nicht zu Hause", rief sie mehrfach dem verschlafen hinter seinem Schreibtisch Sitzenden entgegen, so als könnte dieser ihr auf der Stelle Auskunft geben, wo ihr Mann sei. Nach einigen beruhigenden Worten gingen sie gemeinsam zum Stand „Valentino – Delikatessen und Feinkost seit 1982". Die Jalousie war oben und die Jacke wie auch Autoschlüssel und Handy lagen auf der Theke.

5

„Sehen Se emol, do isser doch. Es werd sich sicherlich gleich alles uffkläre."

„Nein, er ist nicht da. Ich bin schon durch die ganze Halle gelaufen. Nirgends ist mein Mann. Sie müssen die Polizei rufen!"

„Nu mol langsam, nu mol langsam. Ich kann doch net gleich die Bolizei rufe. Do liesche doch die Sache von Ihrem Mann. Er is bestimmt drauße uff'm Parkplatz oder unne im Keller."

„Nein, ist er nicht. Sein Auto steht da seit Samstag, ich war da. Im Keller ist er nicht, da habe ich schon geschaut. Sein Handy ist aus. Ihm ist etwas passiert. Sie müssen die Polizei rufen!"

Langsam wurde der Hallenmeister ärgerlich. Was ging es ihn an, dass ihr Mann nicht nach Hause gekommen war. Wahrscheinlich hatten die beiden Eheprobleme und er hatte eine Neue.

„Höre Se mol zu, ich kann net wesche jedem bissie gleich die Bolizei rufe. Wenn Se Ihrn Mann vermisse, do misse Se dann schon selber aarufe und das dort ahnzeiche."

„Bitte. Ich war doch schon bei der Polizei. Die sagen, ich soll bis Montag warten, er wird wiederkommen. Ich habe gleich gesagt: ‚Nein, er wird nicht wiederkommen, ihm ist etwas zugestoßen. Die Polizei sagt, ich solle warten. Ich habe gewartet, bis heute. Heute ist Montag. Bitte rufen Sie die Polizei. Sie sind Deutscher, Sie sind eine offizielle Person."

Mehr um den Anruf zu vermeiden als aus tatsächlicher Hilfsbereitschaft, schlug er vor, nochmals gemeinsam auf dem Parkplatz und im Keller nachzusehen. Der Wagen stand verschlossen da, die

Motorhaube war eiskalt. In den Gängen unterhalb der Kleinmarkthalle war Alexis Kazikis nicht zu sehen, das Kühlhaus Nummer vier verschlossen, Frau Kazikis bat aufzuschließen, sie habe keinen Schlüssel. Der Schlüssel sei nicht an seinem Platz gewesen. Eiskalte Luft schlug ihnen in einem Nebel entgegen. Das Licht im Kühlraum brannte. In der hinteren linken Ecke lag ausgestreckt auf dem Boden ein lebloser männlicher Körper. Der Kopf war mit Adhäsionsfolie umwickelt, die Hände auf dem Rücken und die Beine ebenfalls. Der Kopf schien ein einziger roter Ball zu sein. Der schrille Schrei von Nike Kazikis durchschnitt die träge morgendliche Ruhe.

Petra Keiling wollte den herrlich herbstlichen Morgen genießen und zu Fuß ins Büro gehen. Zeitig hatte sie sich aufgemacht und schlenderte nun vom Walther-von-Cronberg-Platz kommend am Mainufer entlang in Richtung Innenstadt. Die leichte Frische der Luft und die wärmenden Sonnenstrahlen verleiteten sie, immer wieder für einige Schritte die Augen zu schließen. Das rötliche Farbenspiel hinter ihren Lidern ließ sie die angehende Arbeitswoche vergessen.
Auf Höhe des Eisernen Stegs musste Frau Keiling einem rüpelhaft überholenden Fahrradfahrer ausweichen und auf den schmalen Grünstreifen am Ufer springen. Unmittelbar vor dem dort festgemachten Restaurantschiff blickte sie aufs Wasser. Zwischen Kaimauer und Rumpf schwamm etwas, etwas Großes, etwas Helles. Es trieb nicht un-

7

mittelbar an der Oberfläche, vielleicht einen halben Meter darunter. Erst als sich ihre Augen an den Schatten gewöhnt hatten, konnte sie Arme und Beine erkennen. Sie rannte auf einen ihr entgegenkommenden Jogger zu, hielt sich eine Hand vor den Mund und wedelte mit der anderen in Richtung des Schiffes.

„Da, da, da ...!", schrie sie und stellte sich dem Läufer in den Weg. „Da schwimmt einer, der ist tot, da unter Wasser!" Gemeinsam gingen sie zu der Stelle zurück und blickten hinunter. Erst jetzt nahm der Jogger die Stöpsel aus dem Ohr, griff nach seinem Handy und wählte.

2. Kapitel

Im Inneren der Kleinmarkthalle ging es sehr viel ruhiger zu, als die Außenstehenden vermuteten. Bis auf zwei Beamte, die den Eingang Ziegelgasse bewachten und immer wieder erbosten Kunden den Weg verstellen mussten, war im oberen Bereich der Halle überhaupt niemand zu sehen. Auch der Keller war, bis auf das grelle Licht, das von mehreren aufgestellten Scheinwerfern abgegeben wurde, fast unverändert. Zwei Personen in weißen Overalls, mit Kapuze über den Köpfen und Überziehern an den Schuhen, knieten am Eingang zum Kühlhaus Nummer vier. Leise flüsternd untersuchten sie eingehend das Schloss und den verchromten Hebel. Ein Dritter stand im Inneren und fotografierte aus unterschiedlichsten Positionen den leblosen Körper.

Auf dem Parkplatz neben der Kleinmarkthalle standen die Händler in Gruppen zusammen. Jeder Neuankömmling wurde sofort von dem Gerücht unterrichtet: „Der Alex ist tot. Wahrscheinlich ermordet. Im Kühlhaus." Wie und von wem diese Information nach außen gedrungen war, ließ sich später nicht mehr ermitteln.

Eine weitere Traube wurde von den Beamten der Polizei gebildet, teilweise im Gespräch, teilweise wortlos vor sich hinstarrend. Auch bei ihnen war es Montagmorgen. Gegen neun Uhr betrat ein mit mehr als zwei Meter Körpergröße äußerst auffälliger Mann den Platz. Er trug ein zerknittertes, abgewetztes Sakko, grüßte kurz in die Runde und ging schnurstracks auf den Eingang der Kleinmarkthalle zu. Noch im Gehen fragte er den Beamten an der Tür:

9

„Sind die Kollegen schon fertig?" Der Angesprochene hob wortlos die Schultern und ließ den Mann passieren.

Martin Schwaner, Hauptkommissar bei der Frankfurter Mordkommission, ging zur nächstgelegenen Treppe, aus deren Tiefe das ihm bekannte, weiße Licht heraufstrahlte. „Messner? Messner? Wie weit seid ihr?", rief er hinunter.

Nach einigen Sekunden erschien unten im Keller einer der Herren in Weiß und antwortete: „Auch dir einen schönen guten Morgen! Ein bisschen wird's noch dauern, so zehn Minuten, Viertelstunde."

„Ein Morgen mit einer Leiche ist kein guter Morgen. Und ein Montagmorgen mit einer Leiche schon gar nicht. Und ein Montagmorgen mit zwei Leichen ist zum Kotzen. Sag mir Bescheid, ich warte draußen."

Ob als Einverständnis oder zum Abwinken hob Günther Messner, Leiter der Forensik im Frankfurter Polizeipräsidium, die Hand und ging wieder zum Kühlhaus zurück.

Schwaner machte ebenfalls kehrt und gesellte sich zu den Uniformierten auf dem Parkplatz, die sich angeregt über die Fußballergebnisse des Wochenendes unterhielten. Zum ersten Mal fiel ihm auf, welch herrlicher Tag es heute zu werden versprach. Keine Wolke war am Himmel zu sehen und die angenehme morgendliche Temperatur ließ ein Tageshoch von fast zwanzig Grad oder mehr erwarten. Nicht schlecht für Ende Oktober. Ein Leichenwagen rollte langsam auf den Platz und ließ alle Anwesenden für einen Augenblick verstummen. Ein Kollege informierte Schwaner, dass Frau Kazikis, die Ehefrau des Opfers, beim Hallenmeister im

10

Büro sitze. Sie habe gemeinsam mit diesem die Leiche entdeckt. Tags zuvor hätte Frau Kazikis eine Vermisstenanzeige aufgeben wollen, sei aber von den Kollegen auf dem 14. Revier vertröstet worden. Die Psychologin sei schon informiert und unterwegs. Ob er gleich mit ihr sprechen wolle? „Nein, ich schau mir das zuerst einmal an. Ich komm dann. Fragt ihr doch schon mal bei den anderen Händlern nach, wann sie, wie heißt das Opfer ...?" „Alexis Kazikis." „... wann sie Herrn Kazikis zum letzten Mal gesehen haben. Da habt ihr schon mal was zu tun." Schwaner schaute auf seine Uhr, betrat wieder die Halle und ging direkt die Treppe hinunter. „Messner, wir haben keine Zeit. Da ist noch eine Leiche am Eisernen Steg." „Wir sind so weit fertig. Die Meute kann kommen", sagte der Mann der KTU, dem Schwaner förmlich in die Arme gelaufen war.

„Gleich. Zeig mir, was wir haben." Gemeinsam gingen sie zum Kühlhaus zurück. Die Leiche lag nach wie vor unberührt auf dem Boden. Es war eisig kalt.

„Eine männliche Leiche, etwa Mitte fünfzig. Betreibt hier in der Halle einen Stand für italienische Feinkost. Valentino! Obwohl er Grieche ist. Heißt Alexis Kazikis. Er wurde von hinten niedergeschlagen, ist dann mit dem Kopf vorne gegen das Regal geknallt und hier auf den Boden gestürzt." Günther Messner unterstrich seine Erläuterung, indem er den Schlag nachahmte und am Stahlregal auf eine leicht rötlich gefärbte Stelle deutete.

„Da war er aber noch nicht tot. Der Täter nimmt die Folie, umwickelt damit den Kopf und schnürt sie unten am Hals zu. Dann fesselt er ihm mit der

11

gleichen Folie die Hände auf dem Rücken und bindet ihm die Beine zusammen. Ich denke allerdings, dass Herr Kazikis nicht mehr zu Bewusstsein kam, denn wie du sehen kannst, ist die Folie rund um die Hände noch recht straff und zeigt keine Spuren, dass er sich befreien wollte – was er in einem Erstickungskampf sicherlich getan hätte. Auch die Beine scheinen sich nicht mehr bewegt zu haben. Der Boden zeigt keine Spuren." Messner streifte sich die Kapuze in den Nacken.

„Wieso war er nicht gleich tot?" Martin Schwaner hatte sich neben den Leichnam gekniet.

„Nun, du siehst das Blut in der Folie am Kopf. Die Wunde hat nach der Umwicklung noch stark weitergeblutet. Durch die Adhäsionswirkung in den einzelnen Lagen ist es um den gesamten Kopf gezogen worden. Ich bin mir sicher, dass wir nur eine Platzwunde an der Stirn finden werden, wenn wir die Folie aufschneiden. Ich konnte auch keine andere Verletzung ertasten." Wieder unterstrich Messner seine Einschätzungen, indem er mit Spinnenfingern den Kopf umkreiste. Ein leises Knirschen war zu hören.

„Was ist das?", wollte Schwaner wissen.

„Das Blut ist gefroren. Der gesamte Leichnam ist tiefgekühlt. Der Täter muss den Thermostat runtergedreht haben. Als wir kamen, stand er auf minus acht Grad. Ich kann dir sagen, das war hier saukalt heute Morgen."

„Wann ist er erschlagen worden?"

„Nun, aufgrund der Kühlung ist das schwer zu sagen. Aber ich schätze, dass er am Samstagnachmittag oder frühen Samstagabend ermordet wurde."

„Wie kommst du darauf?"

„Wegen der Öffnungszeiten. Die Halle schließt samstags um sechzehn Uhr. Ich weiß nicht, ob die Händler später oder sogar sonntags hier hereinkommen können?"

Messner und Schwaner richteten sich auf.

„Wenn du einverstanden bist, drehen wir ihn jetzt um und nehmen die Folie am Kopf ab", sagte Günther und winkte seine Kollegen heran.

Martin Schwaner nickte und trat einen Schritt zur Seite.

Zu dritt packten die vermummten Gestalten den starren Körper und drehten ihn auf den Rücken. Wie einen Balken legten sie ihn wieder ab. Einer der Mitarbeiter der KTU schnitt behutsam die Folie an beiden Seiten des Kopfes mit einem Skalpell auf. Sie ließ sich nicht abnehmen. Sie war auf dem Gesicht festgefroren.

3. Kapitel

Sven Beck, der Assistent von Martin Schwaner, stand, die Hände in den Hosentaschen, an der Kaimauer des Mains. Er beobachtete einen Taucher der Frankfurter Feuerwehr, der sich auf einem schaukelnden Schlauchboot die Sauerstoffflasche umschnallte und die Taucherbrille aufsetzte. Rücklings fiel der Mann in das trübe Wasser, tauchte nochmals kurz auf und schwamm die kurze Strecke bis zur Mauer herüber.

„Schau'n Sie nach, ob er unt'n befestigt ist oder irgendetwas an ihm dran hängt. Bitte das zuerst prüf'n und meld'n", gab Beck die Anweisung. Der Taucher bestätigte mit einem Kreis aus Zeigefinger und Daumen und tauchte ab. Durch die aufsteigenden Luftblasen war die Leiche nicht mehr zu sehen. Ein undeutlicher Lichtstrahl wanderte unter Wasser hin und her. Nach kurzer Zeit war der Taucher wieder an der Oberfläche.

„Nein, da ist nichts. Die Leiche wird von nichts gehalten. Sie ist zwischen Rumpf und Mauer eingeklemmt. Wenn ich sie herausziehe, ist sie frei."

Beck blickte zu einem Kollegen mit Fotoapparat in der Hand, dieser nickte wortlos.

„Gut, wir ham's im Kasten. Wir hol'n raus", bestimmte Beck. Früher hatte er einen Schnauzer getragen, der die Kerbe an seiner Oberlippe verdecken sollte. Oft hatte er sich zusätzlich eine Hand vor den Mund gehalten, was es den Kolleginnen und Kollegen zusätzlich erschwerte, ihn überhaupt zu verstehen. Nach einem Kurs für mentale Stärke – Beck widersprach dem Begriff Therapie – und vor allem, seit er mit Martin Schwaner zusammenarbeitete, der allein durch seine Körpergröße vor Selbstbewusstsein strotzte, versteckte er die Narbe nicht mehr.

Der Taucher nickte, setzte sein Mundstück wieder ein und war im nächsten Moment verschwunden. Seine Flossen schlugen auf die Oberfläche und erschwerten zusätzlich die Sicht. Einen kurzen Moment später erschien der leblose Körper an der Oberfläche. Das wohl einmal weiße Hemd war nach oben gerutscht und bedeckte nur noch die Schulterpartie. Die Arme standen rechtwinklig vom Körper ab und bewegten sich leicht mit den Wellen des Mains. Die Haare waren mittellang und blond. Sie bildeten einen Kranz um den Kopf.

Der Taucher hielt die Füße des Toten, die in dunkelfarbenen Schuhen steckten, keine Socken. Die Beine waren mit einer dunklen Baumwollhose bedeckt. Einen kurzen Moment hatte es den Anschein, als wären die beiden ein Paar. Der Mann mit der schwarzen Kapuze und dem Atemgerät, der dem vor ihm Schwimmenden Unterricht erteilt.

Das Schlauchboot kam herangefahren. Die beiden Insassen packten den Leichnam, der Taucher half vom Wasser aus mit. Die Beine des Toten standen für einige Augenblicke widernatürlich über den Bootsrand. Weiße Beine, deren bleiche Farbe durch die dunkle Kleidung noch betont wurde.

„Das ist der Tod", war ein plötzlicher Gedanke Becks. „Der Tod hat bleiche, weiße Beine." Dann verschwand der Körper hinter der wulstigen Außenwand und wurde mit einer Decke verhüllt. Der Taucher stieg hinzu und das Boot brauste in Richtung Osthafen und der dortigen Feuerwache 40 davon.

15

Als Beck dort am Bootssteg der Frankfurter Feuerwehr wenig später eintraf, lag der Tote bereits auf der Decke, die ihn zuvor verhüllt hatte. Ein Kollege der Wasserschutzpolizei kam auf Beck zu und überreichte ihm eine Brieftasche, ein Handy und einen kleinen Schlüsselbund. „Das haben wir bei dem Toten gefunden. Er trägt auch noch eine Uhr und zwei massive Ringe."

„Gut, die könn' ihm später in'er Gerichtsmedizin abgenomm'n wer'n. Habt ihr alles fotografiert? Dann ab mit ihm." Beck öffnete die Brieftasche und zog eine Einkaufskarte der METRO heraus. „Mirko Leininger" stand neben dem bereits sehr verblassten Bild.

4. Kapitel

Schwaner war zwischenzeitlich ins Büro des Hallenmeisters gegangen. Es war zu diesem Zeitpunkt allerdings unmöglich, mit der Frau des Opfers zu sprechen. „Ich habe gleich gesagt, ihm ist etwas passiert. Ich habe es gleich gesagt. Niemand hat mir zugehört", brachte sie immer wieder hervor und weinte weiter in ein schon völlig zerknülltes Taschentuch hinein. Die Kollegin vom psychologischen Dienst schaute Schwaner kurz an und schüttelte leicht den Kopf.

Der Hauptkommissar verabschiedete sich von Frau Kazakis und kündigte seinen Besuch für den morgigen Tag an. „Sie kümmern sich bitte darum, dass Frau Kazakis nach Hause kommt und jemand bei ihr bleibt." In diesem Moment klingelte sein Handy. „Ja?"

„Hallo Martin, hier Sven", meldete sich Beck, „passt's bei dir?"

„Leg los!"

„Also, wir ham hier ne männliche Leiche, um die vierzig. Nach mein'n erst'n Beobachtung'n keine erkennbare Fremdeinwirkung. Raub fällt meins Erachtens auch aus. Die Brieftasche is vorhand'n und der Tote trägt reichlich Klunker. Nach Meinung aller kann er noch nicht lang' im Wasser geleg'n ham. Er sieht noch ziemlich gut aus. Die Leiche ist jetzt unterwegs in die Gerichtsmedizin. Was hast du?"

„Ein erschlagener Händler der Kleinmarkthalle. Erzähle ich dir später. Bitte organisiere eine erste Besprechungsrunde gegen ...", Schwaner schaute auf seine Uhr, es war jetzt kurz nach halb zehn, „... sagen

17

wir so gegen elf. Ich versuche hier mit Messner eine erste Fallanalyse."

„Okay, ich fahr zurück. Bis später." Beck legte auf. Schwaner ging wieder zum Kühlhaus. Das Opfer hatte ein Gesicht bekommen.

„Siehst du, wie ich es gesagt habe. Eine Platzwunde an der Stirn", empfing ihn Günther Messner fast strahlend. „Wir haben mit einer Lampe das Blut aufgetaut, die Folie abgenommen und das Gesicht gereinigt."

Das selbst für einen Toten sehr bleiche Antlitz wirkte entspannt, fast enthoben. Lediglich die verschlossenen Augen waren bläulich unterlaufen, und in den kurzen schwarzen Bartstoppeln waren Reste von Blut zu sehen. Am Kinn hatte sich ein Stück weißen Zellstoffs verhakt. Reflexartig nahm es Schwaner mit den Fingerspitzen ab. „Nein, er war nicht mehr zu Bewusstsein gekommen", war sein Gedanke. Er hatte schon Tote gesehen, die erstickt waren. Der Todeskampf hatte ihre Gesichter zu einer Grimasse verzerrt.

Die klaffende Wunde an der linken Stirnseite war nicht sehr lang, stand allerdings wulstig offen. „Fünf Stiche – vielleicht sechs", dachte Schwaner und seine Platzwunde kam ihm in den Sinn, die er sich beim Rudern zugezogen hatte. Beim Heraustragen war er unaufmerksam gewesen und gegen eine Stange, auf der die Boote lagen, gerannt. Die Narbe war noch heute zu sehen. „Viel Blut", dachte Martin.

Die schwarzen Haare des Opfers klebten am Kopf und waren mit roten Strähnen durchzogen. An den Schläfen waren Ansätze von Grau zu erkennen. Schwaner richtete sich auf. Er glaubte, den Toten nun

18

ein wenig zu kennen. „Auch Tote können sprechen", pflegte er immer zu sagen.

„Also, lass es uns einmal durchspielen. Was ist passiert?", sagte er zu dem Leiter der KTU.

„Einen Moment. Etwas haben wir noch gefunden. Es lag unter dem Regal." Messner hielt ihm einen Kunststoffbeutel vor die Nase, in dem eine unförmige, dunkle, etwa wie eine Kinderfaust große Knolle lag. „Weißt du, was das ist?"

„Das ist Trüffel, schwarzer Trüffel", gab Schwaner sofort zur Antwort. Trotz seiner eher sportlichen Lebensführung und bewussten Ernährung waren ihm die Feinheiten der gehobenen Küche nicht ganz fremd. Allerdings hatte er noch nie einen Trüffel in natura gesehen, geschweige denn gegessen.

„Richtig, ein Trüffel. Weißt du, was der kostet?" Messner wirkte aufgeregt. Ihm und seinem Körperumfang waren anzusehen, dass er diese Delikatesse nicht nur vom Sehen kannte. Ohne eine Antwort abzuwarten, fuhr er fort: „Etwa fünf bis sechs Euro das Gramm! Hier in der Kleinmarkthalle vielleicht sogar noch etwas teurer. Und dieser hier, den schätze ich auf gut und gerne siebzig bis achtzig Gramm, eventuell mehr. Das heißt, dieser kleine Freund ist so um die drei- bis vierhundert Euro wert!", und blickte erwartungsvoll in das Gesicht des Kommissars.

„Sind noch mehr da?", wollte Schwaner wissen.

„Nein, das ist der Einzige."

„Du meinst, es könnte sich um einen Raubüberfall gehandelt haben?", fragte Schwaner skeptisch nach.

„Ich weiß nur, dass die Trüffelsaison jetzt gerade beginnt. Und sicherlich hat er nicht nur mit einem

19

gehandelt. Er betreibt ja ein Geschäft für italienische Delikatessen. Und kennst du eine teurere und begehrtere als Trüffel?"

Schwaner hob die Schultern und schaute sich zum ersten Mal genauer im Kühlhaus um. Dass hier etwas Wertvolles gelagert worden war, war ihm bislang gar nicht in den Sinn gekommen. Er konnte auch jetzt zwischen den Flaschen, Dosen und Kartons nichts dergleichen erkennen.

„Meiner Meinung nach kommt er mit einem Kunden herunter und will ihm die Trüffel zeigen. Die Tür ist unbeschädigt und wurde aufgeschlossen. Sie gehen beide herein, er nimmt etwas aus dem Regal und steht in diesem Moment mit dem Rücken zum Täter. Der schlägt ihn von hinten nieder, wickelt ihn ein, schnappt sich die Trüffel, dreht die Temperatur unter null und verschwindet." Auch jetzt hatte Messner seine Ausführungen mit Gesten und einigen Schritten im Kühlhaus unterstrichen. Erwartungsvoll blickte er zu Martin Schwaner. Dieser überlegte einen Moment.

„Du bist mir zu schnell, Günther. Lass uns keine voreilige Position einnehmen." Da war er wieder, der Systematiker Martin Schwaner. Dafür war er im Präsidium bekannt. Alles musste in ein klares, neutrales System hineinpassen, nichts durfte vorschnell oder ungeprüft angenommen werden.

„Was wissen wir sicher? Der Mörder und sein Opfer haben sich gekannt? Vielleicht. Er ist mit seinem Mörder freiwillig hier herunter gekommen? Vielleicht. Er könnte auch gezwungen worden sein. Wenn er gezwungen worden war, würde er

20

wahrscheinlich anders liegen. Er hätte sich wohl eher zu dem anderen hin gedreht." Dieses Mal hatte Schwaner seine Ausführungen fast pantomimisch begleitet. Er überlegte einen Moment.

„Ich kann mir nicht vorstellen, dass jemand das Opfer in der Halle bedrohen konnte. Das wäre zu auffällig", warf Messner ein.

„Also noch mal, beide kommen hier herunter, sagen wir, um sich die Trüffel anzuschauen. Das Opfer dreht dem Täter den Rücken zu, um etwas aus dem Regal zu nehmen. In dem Moment schlägt der Täter zu!" Wieder tänzelte der Kommissar zwischen Messner und Regal umher.

„Womit schlägt er zu?"

Das war nun eine Frage an Messner. Beiden war klar, dass der Täter sicherlich keine Waffe offen bei sich getragen hatte, als er mit dem Opfer herunterkam. Schwaner langte mit der Rechten in das Regal. Hier war ein freier Platz.

„Hier hat etwas gelegen. Was war es?", fragte Schwaner erneut.

„Was es auch war, es muss schon einiges an Gewicht gehabt haben, sonst hätte die Wucht nicht ausgereicht, um das Opfer bewusstlos zu schlagen. Auch konnte der Täter nicht sehr weit ausholen, das lässt sein vermutlicher Standort gar nicht zu." Messner trat neben Martin.

Beide blickten sich im Kühlhaus um. Hier war nichts Verwertbares zu sehen. Messner las auf einer Kiste oberhalb des von Schwaner bezeichneten Platzes „Prosciutto di Parma" und rief: „Schinken – vielleicht ein Schinken."

21

Schwaner sah ihn ungläubig an. „Meinst du, mit einem Schinken kann man einen Menschen erschlagen?"

„Und ob! Man muss ihn ja nicht erschlagen, aber die Wirkung reicht aus, dass das Opfer nach vorne fliegt und gegen das Regal knallt." Messner trat zum Regal, zog einen der Kartons herunter, riss ihn auf und zeigte auf eine unförmige Keule. „Die wiegt sicherlich gut und gerne fünfzehn Kilo. Und du siehst, man kann sie am unteren Ende packen und damit zuschlagen."

„Eine Möglichkeit", entgegnete Schwaner knapp. „Wo ist eigentlich die Folie?"

„Die haben wir nicht gefunden. Der Täter muss sie mitgenommen haben – leider. Diese Adhäsionsfolie hätte uns sehr geholfen. Die zieht ja förmlich Spuren an. Das ist demjenigen wohl auch eingefallen. Und noch etwas." Messner deutete auf eine aufgerissene Packung Einweghandschuhe. „Fingerabdrücke können wir sicherlich vergessen."

„Könnte es auch eine Frau gewesen sein?"

„Also, wenn wir vom Schinken als Tatwaffe ausgehen, eher weniger. Da müsste es schon eine sehr kräftige Frau gewesen sein."

„Ich kenne kräftige Frauen bei uns im Ruderverein. Täusch dich mal nicht. Denen siehst du nicht an, was die für eine Power haben. Wir denken da oft noch in alten Rollenbildern."

„Na gut, theoretisch könnte es auch eine Frau gewesen sein."

„Was käme noch als Tatwaffe infrage? Vielleicht die Folienrolle selbst?"

„Ist auch nicht auszuschließen. Zumal hier am Stand sicherlich die großformatigen Rollen verwendet wurden." Messner deutete auf einige Stiegen, die mit Klarsichtfolie abgedeckt waren. Dennoch schien ihm sein Vorschlag des Schinkens als Tatwaffe nachvollziehbarer und sympathischer.

„Also weiter. Der- oder diejenige schlägt mit dem Schinken oder der Folie zu. Das Opfer schlägt vorne gegen das Regal und fällt bewusstlos zu Boden."

„Nicht ganz", unterbrach ihn Messner. „Schau einmal hier, der Blutfleck." Er deutete auf eine Stelle in der hintersten Ecke. „Ich nehme an, dass das Opfer zunächst hier, und zwar recht verkrümmt, gelegen hatte. Anschließend wurde es ein Stück zurückgezogen – hier ein weiterer Blutfleck – gerade hingelegt und mit der Folie umwickelt. Und noch etwas, ich habe das erst im Gegenlicht gesehen, als wir den Kopf mit der Lampe auftauten. Hier sind links und rechts", Messner trat ein Stück zurück und zeigte auf den Boden, „Sohlenabdrücke zu erkennen, kannst du es sehen?" Schwaner ging in die Hocke und sah die gezackten Muster. „Von daher hatte die Kälte ihr Gutes, sie hat diese Spuren gleich mit eingefroren", freute sich Messner.

So ging es etwa zehn Minuten sukzessive weiter. Die beiden Kriminalbeamten kannten dieses Spiel bereits aus zahlreichen anderen Fällen und wussten, wie wichtig eine rasche Erarbeitung des möglichen Tathergangs war. Am Ende fasste Schwaner zusammen.

„Was suchen wir? Die Tatwaffe – Folie oder Schinken. Den Schlüssel zum Kühlhaus, denn der Täter hat von

23

außen abgeschlossen. Zeugen, die gesehen haben, mit wem Herr Kazikis hier heruntergegangen ist oder wer am Samstagabend hier noch in der Halle war. Es könnte ja auch einer der Kollegen gewesen sein."

Mit diesem Ergebnis ging Schwaner nach oben und trat vor die Halle. Dort wurde er von einer aufgeregten Menge von Händlern empfangen.

„Wie lange sollen wir denn noch warten?"

„Wisse Sie, was mich des do koscht?"

„Wann wir kommen in Halle hinein?"

Eine attraktive Frau in grüner Schürze stellte sich Schwaner resolut in den Weg. „Guten Tag. Mein Name ist Freiser. Ich bin die Sprecherin der Händler hier aus der Kleinmarkthalle. Wir würden alle gerne wissen, was hier vor sich geht und wann wir wieder in die Halle können?"

„Schwaner, Mordkommission", stellte sich der Hauptkommissar automatisch vor. „Es tut mir leid, aber es wird noch dauern. Ich kann Ihnen nicht genau sagen, wie lange. Sie könnten uns aber helfen, indem Sie Ihre Kollegen zusammenrufen, nach Möglichkeit alle. Wir hätten ein paar Fragen ..."

„War es denn ein Unfall?", wollte Frau Freiser wissen.

„Nein, es war kein Unfall. Alles andere als ein Unfall. Das Opfer wurde ermordet, ziemlich kaltblütig sogar."

Die Markthändlerin hielt sich die Hand vor den Mund „Aber der Alex war doch so ein beliebter Kerl. Ein wirklich netter. Das kann ich mir gar nicht vorstellen, wer so etwas tut. Das ist ..."

„Woher wissen Sie, um wen es sich handelt?"

„Ach, des weiß doch schon die ganz Hall ..."

Martin Schwaner unterbrach sie erneut. „Entschuldigen Sie bitte, ich muss zu meinen Kollegen, damit wir mit unserer Arbeit fertig werden. Bitte rufen Sie die Händler zusammen." Damit drängte sich Martin Schwaner vorbei und ging zu der Traube von Polizeibeamten. „Kollegen, die Halle ist für uns jetzt frei. Ich bitte Sie, mit mir hineinzukommen, damit ich Ihnen ein Lagebild geben und sagen kann, wonach wir suchen. Eine zweite Gruppe wird hier draußen die Händler befragen." Schwaner ging voraus in die Kleinmarkthalle.

5. Kapitel

Sven Beck saß mit einigen Kolleginnen und Kollegen aus dem Innendienst nun schon seit einer Viertelstunde im Besprechungsraum. Zwar hatte sich Martin Schwaner gemeldet, hätte aber schon längst hier sein müssen. Günther Messner war schon vor zehn Minuten eingetroffen. Die Tür ging auf. „Entschuldigt, der Chef hat mich noch aufgehalten. Einer der Händler aus der Kleinmarkthalle hatte sich bei ihm beschwert. Die scheinen ja Gott und die Welt zu kennen. Aber lassen wir uns dadurch nicht aus der Ruhe bringen." Schwaner nahm Platz und gab einen Überblick über die Geschehnisse dieses Vormittages in der Kleinmarkthalle. In kurzen Sätzen fasste er seine gemeinsam mit Messner erstellten Überlegungen zusammen.

„Wir gehen also im Moment von einem Raubdelikt mit Todesfolge aus. Der Tod des Opfers wurde nicht nur billigend in Kauf genommen, er sollte mit absoluter Sicherheit eintreten. Die Kollegen suchen zurzeit noch am Tatort nach Hinweisen und natürlich nach der Tatwaffe. Wir hier werden versuchen, weitere Hintergründe zu ermitteln, in der üblichen Aufteilung. Was gab es bei dir, Sven?"

„Der Tote im Main is ein gewisser Mirko Leininger, nach erst'n Erkenntniss'n ein Koch und Restaurantbesitzer hier in Frankfurt."

„Ein Restaurantbesitzer?!", fuhr es aus Messner heraus. „Wisst ihr denn nicht, wer Mirko Leininger ist? Er ist der Betreiber der VILLA METZLER, dem einzigen Zwei-Sterne-Restaurant in Frankfurt. Er

26

ist nicht irgendein Koch, er ist das kulinarische Aushängeschild der Stadt. In seinem Restaurant verkehrt die gesamte High Society – und nicht nur das. Jeder, der einmal etwas ..."

„Schon gut, schon gut. Wir ham's verstand'n", unterbrach Beck, der eine der bekannten langwierigen Predigten Messners fürchtete. „Kann ich fortfahr'n? Also, wir ham'n kein'n einfach'n Koch, sonnern nen Sternekoch im Main. Nach erst'n Erkenntniss'n gibt's keine Hinweise auf Fremdeinwirkung. Die Leiche wird gerade in'er Gerichtsmedizin untersucht. Wir sin' dabei, Angehörige und alles weitere zu ermitteln. Ich glaube, das ist kein Fall für uns."

„Okay, du bleibst aber weiter dran. Wenn sich das bestätigen sollte, umso besser, dann nehmen wir dich in die Ermittlungen zu der Kleinmarkthalle hinzu. Alle alten Vorgänge gehen natürlich auch weiter. Für den Fall Kazikis treffen wir uns morgen wieder um elf Uhr hier. Ich besuche zuvor Frau Kazikis und sehe mich privat um. Anne ...", hiermit wandte sich Schwaner an Anne Wiegand, seine Assistentin im Innendienst, „... es wäre schön, wenn ich bis dahin schon einen Überblick über die privaten Hintergründe haben könnte. An die Presse geben wir zunächst nur eine kurze Meldung zu unserem Fall in der Kleinmarkthalle heraus. Zum Fund im Main müssen wir erst die Angehörigen informieren. Sven, das machst du. Damit sind wir durch oder gibt es noch Fragen?"

Martin Schwaner ging in sein Büro, das sich durch seine Nüchternheit und Ordnung von vielen anderen im Präsidium unterschied. Er startete seinen PC und begann, wie immer bei einem neuen Fall, sein eigens von ihm entwickeltes Schema mit Namen und Fakten zu füllen. Dabei gingen ihm nochmals die Bilder des Vormittages durch den Kopf, die blutunterlaufene Folie, der starre, gefrorene Leichnam, der friedliche Gesichtsausdruck des Opfers. Unter der Rubrik „Tötungsart" summierte er: erschlagen, erstickt, eingefroren. Das war ungewöhnlich. Meist stand hier nur ein Punkt, entweder erstochen, erschossen oder erdrosselt. Mehrere Punkte deuteten darauf hin, dass es eine spontane Tat war. Raubüberfälle waren dagegen meist sehr genau geplante Verbrechen, die eine genaue Beobachtung des Objektes und des Opfers einschlossen.

„Irgendetwas stimmt hier nicht", ging es Schwaner durch den Kopf und er beschloss, noch aufmerksamer als sonst auf die kleinsten Details zu achten.

Um die Mittagszeit kam aus der Kleinmarkthalle die Nachricht, dass die Suche und Befragungen am Tatort so weit abgeschlossen seien. Alexis Kazikis war ebenfalls in die Gerichtsmedizin gebracht und das Kühlhaus Nummer vier versiegelt worden. Insgesamt waren sieben Schinken und dreiundzwanzig Rollen Folie sichergestellt worden. Die Befragung der Händler hatte bislang nichts Verwertbares ergeben. Alle waren sich sicher, Kazikis am Samstag gesehen zu haben, meist an seinem Stand oder in der Frühe beim Ausladen. Zwei Zeugen glaubten sogar, ihm noch an diesem Morgen begegnet zu sein.

„Die Händler sind jetzt auf hundertachtzig und wollen wissen, wann sie endlich in die Halle dürfen. Noch viel länger können wir die nicht zurückhalten", jammerte der Kollege ins Telefon.

„Ja, ist gut, ihr könnt die Halle freigeben. Die haben sich hier auch schon beim Chef beschwert." Schwaner legte auf und ging in die Kantine.

6. Kapitel

Den ersten Teil des Nachmittages verbrachte Schwaner damit, sich über Trüffel zu informieren. Der Punkt „Motiv" innerhalb seines Schemas war zu füllen – und darauf verwendete er oft die meiste Zeit.

Würde tatsächlich jemand wegen Trüffeln einen Mord begehen? Er müsste die gestohlenen Knollen auch verkaufen können. Martin recherchierte den Unterschied zwischen weißen und schwarzen Trüffeln, von denen der weiße der weitaus wertvollere war. Perigordtrüffel, Piemonttrüffel, Frühlingstrüffel, Sommertrüffel, Wintertrüffel, Burgundertrüffel bis hin zu falschen Trüffeln. Das war der sogenannte „China-Trüffel, Tuber Himalayensis, der nach nichts schmeckte und mit synthetischem Trüffel-Öl aufgepeppt wurde. Es gab eine Unmenge von Arten. Herkunftsländer waren in erster Linie Frankreich, das Baskenland, Italien und Kroatien. Er errechnete, dass in Deutschland der Handel mit Trüffeln ein Gesamtvolumen von mehr als fünfzig Millionen Euro hatte, wobei der größte Teil direkt über Großhändler in die Gastronomie geliefert wurde. Die private Nachfrage sei aufgrund der in den letzten Jahren deutlich gestiegenen Preise stark zurückgegangen. Nur wirkliche Gourmets mit dem entsprechenden Kleingeld leisteten sich diese Delikatesse. In Japan wurde sogar das Doppelte verlangt und bezahlt. Kostengünstiger produzierten Trüffeln wurde ein hohes Marktpotenzial zugeschrieben. Nur wusste noch niemand so recht, wie

30

das gehen sollte. Dazu kam, dass gewisse Regionen wie Alba und das gesamte Piemont versuchten, Trüffel als regionale Spezialität durchzusetzen. Knollen aus anderen Herkunftsländern sollten sich nicht mehr „Trüffel" oder „Tartufo" nennen dürfen. Schwaner studierte einige Trüffelrezepte, Pasta mit frischen Trüffeln oder den Klassiker, Omelett mit Trüffeln, was ihn nach dem geschmacklosen Essen in der Kantine den festen Entschluss fassen ließ, in absehbarer Zeit ein Trüffelgericht zu probieren. Es gab wohl eingelegte Trüffelstückchen und aromatisierte Öle, die für einen Kriminalhauptkommissar erschwinglich waren. Martin las sogar ein Märchen, über einen Prinzen und eine Fee.

In einem Schloss nahe der Stadt Montignac lebte einst ein Prinzenpaar. Der eine war ein harter, streitsüchtiger junger Mann, der nichts mehr wollte, als einmal seinen Vater beerben und selbst Duc de Montignac zu werden. Der andere war ein zarter und kunstverliebter Prinz, der gerne seine Zeit in den umliegenden Wäldern verträumte – er war der ältere von beiden, und ihr Vater, ein traditionsbewusster Fürst, würde ihm auf alle Fälle sein Erbe übergeben. Daher stand es um die beiden Brüder nicht zum Besten, im Gegenteil, der jüngere hasste den älteren und ließ keine Gelegenheit aus, ihm zu schaden und bei seinem Vater anzuschwärzen.
Eines Tages vermeinte der Ältere, er war wieder einmal im Wald unterwegs, einen lieblichen Gesang im Rauschen der Bäume zu hören, und folgte der Stimme. Doch er konnte niemanden entdecken. Auf einer kleinen Lichtung war er der Quelle des

31

Liedes so nah, dass er glaubte, die Sängerin fassen zu können. Sehen konnte er sie immer noch nicht. Der Gesang befahl ihm, im Boden zu graben, und nach kurzem Suchen fand er eine unförmige Knolle. Er solle davon ein Stück abschneiden und in den Mund stecken. Der Prinz zögerte keine Sekunde und mit dem ersten Biss erschien eine wunderschöne Frauengestalt vor seinen Augen. Kein Zweifel, sie war die Sängerin, und der Prinz war sofort unsterblich in sie verliebt. Die Fee des Waldes erzählte dem Prinzen ihre Geschichte und dass sie Menschen nur dann erscheine, wenn diese von der Knolle essen würden, und auch nur so lange, wie der Geschmack anhielte. Der Prinz ging fortan jeden Tag von morgens bis in die Nacht in den Wald. Er schnitt sich besonders dünne Scheiben von der Knolle ab, damit er länger davon zehren konnte. Seinem jüngeren Bruder blieb dies natürlich nicht verborgen und eines Tages schlich er ihm nach. Er konnte die Fee nicht sehen, aber er sah, wie sein Bruder in der Erde wühlte, über einer Stelle, an der kleine goldene Fliegen sich versammelt hatten. Dort grub er eine Knolle aus, aß davon und schien sich anschließend lebhaft mit jemandem zu unterhalten, ja gar durch den Wald zu flanieren. Bei nächster Gelegenheit grub auch er an einer durch die Fliegen bezeichneten Stelle, fand eine Knolle, aß davon und sah die Fee des Waldes ebenfalls. Unermessliche Eifersucht und unermesslicher Neid stieg in dem jungen Prinzen auf, der seinem Bruder nichts gönnen konnte. Er heckte einen düsteren Plan aus. Nur er sollte die Fee noch zu Gesicht bekommen, und befahl daraufhin den ihm treu ergebenen Soldaten, überall im Wald nach den Knollen zu suchen und ihm diese zu bringen. Er drohte ihnen, bloß keine einzige zu vergessen.

Die Fee spürte den Raub der Früchte ihres Waldes und verzauberte die unerwünschten Plünderer samt dem jüngeren Bruder in Schweine, die seither im Wald umherlaufen und wie entfesselt den Boden mit ihrer Schnauze nach den Knollen durchwühlen. Wenn sie welche finden, essen sie diese gleich auf, denn dann erscheint ihnen ihr Ebenbild, als sie noch Menschen waren.

Der ältere Prinz wurde ein weiser Herrscher, der Leben und Natur achtete. Er blieb unverheiratet und starb hochbetagt. Sein letzter Wille war, auf der Lichtung im Wald beerdigt zu werden, ohne ein großes Grab oder dergleichen. Seit seinem Tod sollen dort weiße und schwarze Knollen zu finden sein.

Nebenbei machte Schwaner sich Notizen und trug Stichpunkte in sein Schema ein: wertvoll, begehrt, weiße Trüffel bis zu zehntausend Euro das Kilo, in Japan mehr. „Diamanten der Küche" hatte er ebenfalls irgendwo gelesen.

Er griff zum Telefon und wählte Messners Nummer.

„Hast du schon etwas für mich?"

„Langsam, langsam. Ich kann nicht hexen. Vor mir liegt ein Berg von Folien und Schinken. Dazu noch die Spuren vom Tatort."

„Glaubst du wirklich, dass er wegen der Trüffel ermordet wurde?" In der Frage klang nach wie vor die Skepsis von Martin an, dass wegen einer solchen Knolle irgendjemand einen Mord begehen würde.

„Also, ich würde es tun, wenn du mich so direkt fragst. Allerdings nicht wegen des Geldes. Ich würde sie mir in dünne Scheiben hobeln ..."

„Ja, ja, ja. Aber der Täter würde sie sicher nicht alle essen wollen, sondern müsste sie verkaufen können. Und nicht zuletzt kommt ein Raubüberfall nur dann in Betracht, wenn es eine größere Menge war, wofür wir noch keine Belege gefunden haben."

„Vielleicht war es ja ein anderer Händler? Jemand aus der Kleinmarkthalle? Bist du schon mal auf diese Idee gekommen?"

„Das wäre untypisch. Raubdelikte finden in der Regel nicht im unmittelbaren Umfeld statt. Die Gefahr der frühzeitigen Erkennung der Täter ist viel zu hoch, insbesondere durch die Beraubten ..."

„Du mit deiner ewigen Statistik. Du hörst dich schon an wie ein Lehrbuch", fiel Messner Martin ins Wort. „Wenn du mit deinem Hintern auf einer glühenden Herdplatte sitzt und deine Füße im Eis badest, ist es an den Knien angenehm warm."

„Ha, ha", Martin lachte kurz. „So ähnlich kannst du es darstellen. Ich glaube halt an die Erkenntnis durch Zahlen. Was ist mit dem Sohlenprofil?"

„Das kannst du erst einmal vergessen. Wenn wir nicht wissen, wo wir nach dem Vergleichsabdruck suchen sollen, ist das noch weniger als ein Sandkorn in der Sahara."

„Danke für deine aufmunternden Worte", quittierte Schwaner, legte auf und schaute noch einige Augenblicke auf den Bildschirm seines Rechners.

34

Durch die offene Tür rief er Anne Wiegand im benachbarten Büro zu: „Anne, ich fahr nochmals zur Kleinmarkthalle und dann nach Hause. Messner soll mir seinen Bericht auf den Tisch legen und wenn du ...“

Anne war in der Tür erschienen. „Ja, ja, ich weiß. Die Informationen zu Kazikis. Hast du morgen früh auf dem Tisch. Ebenso die Unterlagen aus der Gerichtsmedizin, falls da heute noch was kommt. Glaube ich aber kaum, es ist ja schon nach vier.“

„Die sollen sich mal ranhalten.“ Er nickte Anne zum Abschied kurz zu, verließ sein Büro über den Flur und schaute noch bei Sven Beck vorbei.

„Bei dir etwas Neues?“

„Bisher konnt'n wir keine Angehörig'n von Leininger ausfindig mach'n. Die Eltern sind schon seit Jahr'n verstorb'n. Keine Geschwister, auch keine Geschwister der Eltern, die noch leb'n. Das Restaurant betreibt er gemeinsam mit ein'm gewiss'n Burkhard Heinen. Doch dort ist niemand zu erreich'n – Ruhetag. Privat geht bei Heinen auch niemand ran.“

„Bleib dran und informier mich, falls sich etwas ergibt. Ich fahr nochmals zur Kleinmarkthalle. Anne sammelt alles. Bis morgen.“ Vor dem Polizeipräsidium schwang sich Schwaner auf sein Fahrrad und fuhr den warmen Nachmittag genießend in Richtung Innenstadt.

7. Kapitel

Schwaner nutzte die wenig befahrenen Nebenstraßen durch das Nordend, um über den Oeder Weg in die Innenstadt zu kommen. Es waren neuerdings breite Radwege entlang der Hauptverkehrsachsen wie der Friedberger Landstraße angelegt worden. Aber niemand, der sich in Frankfurt ein wenig auskannte, nutzte diese Routen. Dort kam es immer wieder zu gewollten oder ungewollten Konfrontationen mit Autofahrern, die seit der Einführung des neuen Verkehrskonzepts unentwegt im Stau standen. Martins Handy klingelte. Er hielt an und tastete sein Sakko ab. Das Telefon war durch die abgewetzte Tasche ins Innenfutter gerutscht. Es dauerte lange, bis er rangehen konnte.

„Ja, hallo?", rief er schließlich überhastet hinein.

„Hallo, ich bin's!", antwortete sanft Sandras Stimme.

„Hallo, grüß dich."

„Wo bist du?"

„Ich bin gerade auf dem Weg in die Kleinmarkthalle."

„Ach ja, euer toter Gemüsehändler. Ich habe ihn gesehen. Ist es dein Fall?"

„Delikatessenhändler, bitte. Wessen Fall sollte es denn sonst sein?"

„Ich dachte, der Tote aus dem Main. Dieser Koch?"

„Nee, das macht Beck."

„Schade, den habe ich schon untersucht. Du weißt doch, deine Toten haben bei mir Vorrang."

„Ehrlich? Das ist schön. Aber Beck meinte, wir hätten hier keinen Fall."

„So, meinte das Beck? Na dann braucht ihr die Gerichtsmedizin ja nicht mehr, oder? Und ich muss

36

dir nicht sagen, dass der Koch nicht ertrunken ist. Er hatte kein Wasser in der Lunge und somit war er schon tot, bevor er in den Main kam."

„Bist du dir sicher?"

„Entschuldige, natürlich bin ich mir sicher, ich bin ja nicht Beck."

„Sorry, war nicht so gemeint. Sven sagte, es gebe keine Spuren von Gewalteinwirkung an der Leiche?"

„Das stimmt, da hat Beck ausnahmsweise mal recht."

„Gibt es denn einen Hinweis auf die Todesursache?"

„Von außen nicht. Auch die Organe waren nicht geschädigt, zumindest nicht so, dass dadurch der Tod eingetreten wäre. Seine Leber ist etwas ramponiert, er hat wohl gerne mit Wein gekocht, der Koch. Andererseits war er für seinen Beruf noch richtig schlank, ich möchte fast sagen dürr. Also, wenn ich Koch wäre, dann ..."

„Bitte Sandra, nicht jetzt. Was ist mit der Todesursache?"

„Die toxikologische Untersuchung des Blutes läuft noch. Da liegen erste Ergebnisse erst morgen vor. Ich glaube allerdings nicht, dass es Gift war, dafür gab es keine signifikanten äußeren Indikatoren. Die Augen waren nicht unnatürlich verfärbt, keine Verkrampfungen im Gesicht oder an den Händen, kein auffälliger Geruch ..."

„Ja, aber was meinst du, war es dann?"

„Na ja, ich tippe auf irgendeine Überdosis."

„Du meinst Rauschgift."

„Nein, keine Injektionsstellen oder Merkmale an den Schleimhäuten. Eher Tabletten oder so etwas."

„Freiwillige Einnahme?"

„Mensch Martin, fragen konnte ich ihn nicht. Woher soll ich das wissen? Vielleicht wollte er auf Nummer sicher gehen, hat sich die Tabletten eingeworfen und ist dann ins Wasser gegangen?"

„Oder jemand hat sie ihm untergemischt? Du sagtest, er trank viel?"

„Ja, seine Leber hatte schon den einen oder anderen Kratzer abbekommen. Im Magen konnte ich auch Alkohol nachweisen und viel Kleinzeug."

„Was für Kleinzeug?"

„Also, für einen Koch hat er eine sehr bescheidene Henkersmahlzeit zu sich genommen. Ich denke, dass er eher nichts gegessen hatte, nur Knabberkram."

„Er knabbert also vorm Fernseher ein paar Nüsschen, beschließt, sich umzubringen, wirft irgendetwas ein und springt zur Sicherheit dann noch in den Main. Das glaubst du doch wohl selbst nicht, oder?"

„Hab ich auch gar nicht gesagt. Du bist der Kommissar. Ich bin nur die Leichenaufschneiderin. Bleibt es bei heute Abend?"

„Ja, klar. Wollen wir irgendwo draußen was essen? Es ist so schönes Wetter heute?"

„Wo?"

„Treffen wir uns in der Buchscheer. Bist du auch mit dem Fahrrad unterwegs?"

„Na klar. Wann?"

„Wie spät ist es jetzt? Kurz vor fünf, sagen wir gegen sieben?"

„Ja, ist gut. Ich freu mich. Bis später."

„Halt, warte. Was ist mit dem Händler, ich meine den Griechen, Kazikis, aus der Kleinmarkthalle?"

„Keine Ahnung. Das macht der Chef persönlich. Und du weißt doch, gut Ding braucht Weile. Da wirst du erst morgen etwas hören, wenn überhaupt. Also, bis später, ich muss auflegen."

„Bis später!"

Schwaner wählte sogleich die Nummer von Sven Beck.

„Martin. Was gibt's?"

„Sven. Ich habe gerade mit Frau Dr. Thielacker gesprochen."

„Frau Dr. Thielacker?", wiederholte Beck auf der Gegenseite und musste unwillkürlich grinsen. Schwaner glaubte immer noch, dass seine Beziehung zur Ärztin in der Gerichtsmedizin ein Geheimnis war. Jedenfalls bemühte er sich stets, den Namen betont nüchtern und mit Titel auszusprechen. Dabei wusste längst das gesamte K11, wenn nicht das ganze Präsidium, von den beiden. Es ging ja auch schon eine Weile. „Was sagt sie?"

„Sie sagt, dass der Leininger nicht ertrunken ist, sondern schon tot war. Wahrscheinlich durch eine Überdosis Tabletten oder so etwas. Wir haben also auf alle Fälle einen Fall."

„Scheiße! Ich wollt gerade nach Hause geh'n."

„Macht nichts. Hast du denn jemanden ausfindig machen können?"

„Nein, ehrlich gesagt, hab' ich auch nich' mehr viel unternomm'n"

„Okay. Hör zu. Versuch es morgen früh weiter. Ich bin morgen zuerst bei der Frau des Gemüsehändlers ..."

„Delikatess'n."

„Was?"

„Delikatess'n. Er war Delikatess'nhändler."

„Ist doch egal. Da bin ich morgen zuerst. Sie wohnt in Praunheim. Wir telefonieren morgen früh nochmals wegen möglicher Angehörigen von Leininger. Zu seinem Geschäftspartner, da möchte ich gerne mitkommen, ja?"

„Ja, Chef. Alles klar. Mach' ich. Ich geh' dann jetzt auch."

„Bis morgen."

„Bis morg'n!"

8. Kapitel

Schwaner schloss sein Fahrrad vor dem Eingang Liebfrauenberg an. Nichts erinnerte mehr an die morgendliche Aufregung. Das Sperrband war verschwunden. Das Gitter oben. Einzig das Stimmengewirr vom darüberliegenden Weinausschank schien heute etwas lauter und intensiver zu sein als sonst. Hier wurde in hitzigem Gebabbel das Geschehene diskutiert und sicher waren schon einige mögliche Täter im Umlauf.

Direkt hinter dem Eingang lief Schwaner Frau Freiser in die Arme.

„Ach. De Herr Kommissar. Habbe Se de Täder scho?", sprach sie ihn überlaut und für alle drumherum vernehmbar an. Zwei ältere Herrschaften an ihrem Stand drehten sich auch gleich zu Martin um und musterten ihn argwöhnisch. Entgegen ihrem morgendlichen Hochdeutsch schien Frau Freiser an ihrem Stand den breitesten Frankfurter Dialekt zu sprechen.

„Nein. Wir haben noch niemanden", sagte Schwaner und wollte schon weiter zum Hallenmeister. Da fielen ihm zwei Schilder ins Auge. Auf dem oberen stand: „Aushilfe gesucht! Vier Männer oder eine Frau!" Auf dem darunter: „Trüffel aus Alba!"

„Sagen Sie. Sie bieten auch Trüffel an?"

„Was heißt hier auch. Jeder zweite Stand bietet hier Trüffel an. Na ja, nicht jeder zweite. Vielleicht jeder zweite Gemüsehändler."

„Warum sprechen Sie jetzt wieder Hochdeutsch?" Schwaner war irritiert.

41

„Nu, des Frankforterisch iss für die Kunde, die höre des gern. Des iss dann mehr Marktatmusphär, wisse Se. Aber mit solch hochgestellten Persönlichkeiten wie Ihnen spreche ich natürlich hochdeutsch. Mer kenne ja beides."

Frau Freiser und Hauptkommissar Schwaner plauderten eine ganze Weile. Schwaner ließ sich zunächst die Person des Alexis Kazakis beschreiben, ob er beliebt war, ob es Probleme gab, sonstige Auffälligkeiten. Aber Frau Freiser konnte nur in den nettesten Tönen von dem ermordeten Kollegen berichten. Ein Umstand, den Schwaner schon vielfach erlebt hatte. Für die ersten Risse im strahlenden Andenken des Toten war es noch zu früh.

„Wie ist denn das Verhältnis der Händler untereinander?"

„Lebbe un lebbe losse – so kann man es vielleicht am besten beschreiben. Es gibt natürlich einige, die leben besser als die anderen. Das erzeugt hin und wieder auch mal Neid."

„War Kazakis einer, der besser davon leben konnte?"

„Das kann ich Ihnen nicht genau sagen. Sein Stand ist ja auf der anderen Seite der Halle. Aber der Alex war ja auch schon bald dreißig Jahre dabei. Wenn du so lange dabei bist, hast du natürlich deine Kundschaft."

„Das heißt?"

„Das heißt, dass wir hier alle von unseren Stammkunden leben. Die Touristen, die hier gruppenweise durchgeführt werden, von denen kauft doch keiner etwas. Oder meinen Sie, so ein Chines' nemmt en Krautkopp mett nach Heidelbersch oder Rotenburg uff der Tauber? Nix, die gucke Se nur aahn wie e Aff im Zoo. Kumme uff de en Seit' enei un gehn uff de

42

anner widder enaus!" Frau Freiser hatte sich in Rage geredet und merkte es nun selbst. Mit einer lapidaren Handbewegung versuchte sie, das eben Gesagte wegzuwischen. Dabei entstand eine unangenehme Pause, die Schwaner durch eine weitere Frage beendete.

„Nochmals zurück zu den Trüffeln, von wem bekommen Sie diese geliefert?"

Frau Freiser schien dankbar für das Thema. „Vom Großhändler, ich meine, vom Boos. Der ist hier, was heißt hier, ich meine, der ist in ganz Deutschland der Großhändler für Trüffel. Ich wüsste nicht, wo man sonst Trüffel beziehen könnte."

„Kaufen Sie viele Trüffel ein?"

„Sind Sie verrückt. Schauen Sie doch mal, was die kosten. Ein paar muss man schon immer an Lager haben, aber ich kann mir ja nicht Trüffel für zig Tausend Euro in den Keller legen. Von den weißen habe ich aktuell fünf Stück, zusammen etwas mehr als ein Pfund. Von den schwarzen wird es nahezu ein Kilo sein. Zum Glück hatten die sich ewig, wenn sie gut sind. Warum fragen Sie? Hat das etwas mit dem Alex zu tun?"

„Das weiß ich noch nicht. Wir haben einen Trüffel neben der Leiche gefunden, und das könnte auf einen Raubmord hindeuten."

„Sie meinen, der Alex ist wegen seiner Trüffel erschlagen worden?" Martina Freiser schaute ihn entgeistert an und griff sich unwillkürlich an die Kehle. „Dann wäre ja jeder von uns genauso in Gefahr wie der Alex?"

„Moment, Moment! Ich möchte hier keine Gerüchte in die Welt setzen. Ich habe nur gesagt, dass wir einen Trüffel neben der Leiche gefunden haben.

43

Ob dies überhaupt etwas mit dem Mord zu tun hat, wissen wir noch nicht. Es kann genauso gut sein, dass es gar nichts zu bedeuten hat."

„Also, wisse Se, des wär ja e stakes Stick, aber in de heutisch Welt iss ach alles möchlich. Ich bin sowieso kein besonderer Freund von den Trüffeln, die sind mir persönlich viel zu intensiv. Da schmeckt ja alles nur noch nach Trüffel und sonst nix. Wussten Sie eigentlich, dass vor etwa zweihundert Jahren die Trüffel fast in jedem Haushalt als Gewürz verwendet wurden? Ich meine, aach bei de klaane Leut? Da gab es eben nicht viel anderes, kein Pfeffer, kein Curry oder dergleichen. Trüffel gab es damals massenhaft, und jeder konnte sie im Wald finden. Heute ist alles verknappt. ‚Perlen der Küche' werden sie genannt oder so etwas und mit diesem Attribut völlig überteuert verkauft. Dabei ist so ein Steinpilz oder ein Pfifferling auch was Schönes, oder ned? Isch muss uffpasse. Isch daff jo ga nett so redde, immerhin verkaafe mer se jo ach."

„Ich verstehe, was Sie meinen. Obwohl ich gestehen muss, dass ich noch nie selbst Trüffel gegessen habe – ich meine frischen Trüffel."

Frau Freiser tippte Schwaner auf die Schulter und bedeutete ihm mit einer Geste, einen Moment zu warten. Sie ging hinter ihren Stand und beugte sich hinunter, kam wieder hervor und überreichte Schwaner eine kleine schwarze Knolle.

„Hier, probieren Sie mal. Ist zwar nur ein schwarzer und nicht besonders groß, aber Trüffel ist Trüffel."

„Das kann ich doch gar nicht annehmen, das ist doch ..."

44

„Nemme Se, nemme Se! Wie hat der Anner gesacht: Wenn es der Wahrheitsfindung dient. Iss ja nur a Winzling."

„Nein, nein. Das geht nicht ..."

„Schauen Sie mal. Es ist doch so. Dieser Vorfall ist keine gute Werbung für die Kleinmarkthalle. Und je schneller sich alles aufklärt, desto besser. Nicht dass die Kundschaft denkt, hier drin herrscht neuerdings Mord und Totschlag. Und wenn Ihnen der kleine da irgendwie hilft, umso besser. Nehmen Sie ihn als eine Art Beweisstück."

„Nun gut, danke!"

Schwaner steckte den Trüffel in seine Sakkotasche, wo er sofort durch den Saum fiel und dem Mobiltelefon Gesellschaft leistete. Er verabschiedete sich und ging in Richtung Büro des Hallenmeisters.

Martin war kaum dreißig Meter vorangekommen, da wurde er plötzlich von hinten angesprochen: „Herr Kommissar. Herr Kommissar!" Schwaner hielt an und drehte sich um. Vor ihm stand ein Herr in grüner Latzhose, die einen mächtigen Bauch hielt, und eine schlanke Frau in dunkler Fleecejacke. Sie war es, die ihn gerufen hatte.

„Sie sind doch der ermittelnde Kommissar, der wegen Alex ...?", vergewisserte sich die Frau und schob ihre Brille zurecht. Schwaner nickte, woraufhin die Frau zu einem Seitenausgang wies, um sich aus dem Strom der Hallenbesucher zu stellen.

„Mein Name ist Roland, Katharina Roland. Das ist mein Kollege Mohamed Özdal. Wir vertreten die Händler der Kleinmarkthalle und hätten uns gerne mit Ihnen unterhalten."

45

„Wenden Sie sich an Frau Freiser. Ich habe schon alles mit ihr besprochen. Sie ist die Sprecherin der Händler ..." Martin stockte, als er den wechselseitigen Blick von Frau Roland und Herrn Özdal sah. „Stimmt etwas nicht?"

„Frau Freiser ist keineswegs die Sprecherin der Händler, da hat sie Ihnen wohl etwas Falsches gesagt. Sie ist noch nicht einmal ..." Herr Özdal legte beruhigend seine Hand auf den Arm von Frau Roland, die sofort verstummte. „Herr Kommissar", setzte er mit einem politischen Lächeln an. „Herr Kommissar, glauben Sie uns bitte, wir sind die gewählten Vertreter der Händlerschaft. Sie können das auf unserer Internetseite nachprüfen ..."

„Aber Frau Freiser ...", wollte Martin ihn unterbrechen.

„Frau Freiser fühlt sich manchmal als die Sprecherin von alle", fuhr Özdal mit noch breiterem Grinsen fort. „Aber gewählt sind wir und noch drei andere. Kommen Sie ..., kommen Sie bitte." Herr Özdal deutete auf die Tür nach draußen. „Da ist ruhiger."

„Wie kann ich Ihnen helfen?", fragte Schwaner ein wenig gereizt darüber, dass er sich von Frau Freiser so einfach übertölpeln ließ. Missmutig blickte er links und rechts über den ihm bekannten Parkplatz.

„Wir haben eine Bitte an Sie", begann Frau Roland zaghaft. „Wir möchten Sie bitten, die Untersuchungen hier in der Halle, und vielleicht auch darüber hinaus, ich meine insgesamt, also Ihre Arbeit, wie soll ich sagen, möglichst leise und unauffällig, mit Fingerspitzengefühl, also ohne viel Aufmerksamkeit und Tamtam gegenüber der Presse,

46

durchzuführen. Seit dem Vormittag sind ständig Journalisten in der Halle."

Schwaner hatte geduldig zugehört, wollte jetzt aber schnell zum Hallenmeister und tat schon einen Schritt wieder in die Halle hinein. „Darauf habe ich keinen Einfluss. Die Presse tut ihren Job, ich meine. Wenn Sie mich jetzt ..."

„Ja aber, Sie können womöglich beruhigen?" Özdal stellte sich in den Weg. „Die Journalisten laufen durch die Keller, sprechen überall Kunden an, machen von allem Bilder." Herr Özdal musste Luft holen. „Vor dem Stand Valentino stehen Lichter und Kamera, es wird gefilmt. Das ist nicht gut für unser Geschäft."

„Beruhigen, wie Sie sich ausdrücken, kann ich da wenig. Wie gesagt, die Presse ist die Presse. Freuen Sie sich doch über die kostenlose Werbung." Wieder wollte Schwaner in die Halle gelangen, wieder stellte sich Özdal wie zufällig dazwischen, wieder wechselte er mit Frau Roland einen Blick.

„Aber das ist doch keine Werbung für uns!", wurde Frau Roland energisch und stellte sich ebenfalls vor die Tür. „Vor allem nicht bei der derzeitigen Stimmung."

„Welche Stimmung?" Schwaner trat ein Stück zurück.

„Die Stimmung bei manchen Kunden und bei einigen Kollegen", antwortete Frau Roland zweideutig.

„Könnten Sie das vielleicht etwas genauer beschreiben?"

„Der Platz vor der Halle hat sich zu einem Treffpunkt für Feierwütige entwickelt. Jeden Samstag trifft

47

sich dort eine mal größere, mal kleinere Menge von meist jungen Leuten, die sich ihren Alkohol in Tüten und Taschen mitbringen und bis spät in die Nacht dort Party machen. Das Ganze wird von den umliegenden Gastronomen noch befeuert. Besonders schlimm wird es, wenn die Halle bereits geschlossen ist, also nach sechzehn Uhr. Damit sind auch die Sanitäranlagen versperrt und es beginnt ein wildes, schamloses Urinieren, Erbrechen und Sch ..., Sie wissen schon, was ich meine, zwischen den parkenden Autos bis in die Hausflure der Anwohner hinein."

Schwaner kannte dieses Treiben nicht, konnte es sich aber lebhaft vorstellen. „Was hat das mit schlechter Stimmung zu tun?", fragte er nach.

„Sehen Sie", begann Özdal wieder äußerst freundlich, „uns Händlern aus der Kleinmarkthalle lastet man das alles an. Natürlich sind einige Kollegen hier draußen mit einem Stand dabei, aber nach vier ist für diese Schluss, dann bauen sie ab. Die Feier geht aber weiter, ohne dass wir Einfluss darauf haben ..."

„Es gab schon Presseberichte, sogar Fernsehbeiträge darüber", sprang ihm Frau Roland bei. „Diese würden durch die neueren Gerüchte ..."

„Welche Gerüchte?"

„Dass der Alex, also Herr Kazikis, hingerichtet wurde. Dass es offenbar um Drogen ging. Dass in der Kleinmarkthalle mafiöse Strukturen herrschen. Dass es zum Kampf der Händler untereinander gekommen sei ..."

„Davon habe ich bislang noch nichts gehört", hakte Schwaner ein. „Ein Kampf der Händler untereinander? Aus welchem Grund?"

Frau Roland und Herr Özdal schauten sich wieder an und zögerten.

„Wenn ich Ihnen helfen soll, dann müssen Sie mir auch helfen."

„Es ist so ..." Özdal suchte sichtbar nach den richtigen Worten. „Vor ein paar Tagen gab es eine Veranstaltung ..." Er brach ab.

„Welche Veranstaltung? Worum ging es?"

„Es ging um den anstehenden Umbau der Kleinmarkthalle", kam es geradeheraus von Frau Roland. „Und wie sich dieser in den kommenden Jahren auswirken wird. Eigentlich dürfen wir nicht darüber sprechen. Dazu wurden wir verpflichtet", schoss sie noch hinterher.

Schwaner schaute abwechselnd Herrn Özdal und Frau Roland in die Augen. „Entschuldigung, aber ich verstehe kein Wort. Was hat der Umbau mit einem Kampf unter den Händlern zu tun und wieso dürfen Sie nicht darüber sprechen?"

„Von dem Umbau", setzte Özdal wieder eindeutig zweideutig an, „sind manche Kollegen mehr, andere weniger betroffen. Die konkreten Pläne liegen auch noch gar nicht vor. Aber schon jetzt gibt es Spannungen, wie soll ich sagen, Unterstellungen ..."

„Und wer untersagte Ihnen, darüber zu sprechen?"

„Herr Konrad von der HFM. Er ist der Verwalter der Kleinmarkthalle seitens der HFM. Manager würde er sagen." Frau Roland lachte zynisch.

„Aber es gibt Spannungen unter den Händlern?", versuchte Schwaner nochmals, konkret zu werden. „Wie weit ..."

„Was mein Kollege sagen wollte", fiel ihm Frau Roland schnell ins Wort, „ist, dass es durchaus

49

einmal zu Auseinandersetzungen und Reibereien kommt. Manchmal aus den kleinsten Anlässen. Sehen Sie, viele kennen sich schon seit vielen Jahren. Sie verbringen da drinnen mehr Zeit miteinander als zu Hause mit ihrer Familie. Es ist sozusagen eine andere Familie. Und wie in jeder Familie kommt es hin und wieder zu Konflikten. Am Ende steht aber genauso die Versöhnung."

Schwaner überlegte, ob er Frau Roland erläutern sollte, dass gerade das familiäre Umfeld für den Großteil polizeilicher Ermittlungen verantwortlich ist, ließ es aber bleiben. Weitere Nachfragen sparte er sich ebenfalls, da er das Gefühl hatte, nichts wesentliches mehr zu erfahren. Er verabschiedete sich unter dem Hinweis des Zeitdrucks und weiterer Termine und eilte zum Hallenmeister.

Im Gegensatz zum Vormittag saß nun ein deutlich jüngerer Mann hinter dem Schreibtisch.

„Schwaner, Kriminalpolizei. Ich komme ..."

„Ich habe schon davon gehört. Unglaublich, nicht zu fassen."

„Sie hatten Dienst am letzten Samstag, hat mir Ihr Kollege von heute Vormittag erzählt. Ist Ihnen etwas Besonderes aufgefallen?"

„Seitdem ich davon gehört habe, zerbreche ich mir den Kopf darüber. Aber ich kann mich an nichts Außergewöhnliches erinnern. Es war ein Samstag wie jeder andere."

„Das heißt?"

„Nun, dass schon morgens um neun die Halle voll ist und man gegen elf gar nicht mehr durch die Gänge kommt. Auf der Galerie sitzen die feinen Damen bei Austern und Champagner, die Herren beim Wein.

Um die Mittagszeit torkeln die ersten Richtung Toilette. Mindestens einer kotzt alles voll. Dann der gewöhnliche Ärger, dass die Besucher der Stände vor der Tür den Eingang versperren und damit angeblich den Umsatz in der Halle verhindern. Ab vier müssen Sie sich allerhand Frechheiten anhören, wenn die Kunden gehen sollen und Sie die Halle abschließen möchten. So ein gewöhnlicher Samstag war das."

„Haben Sie letzten Samstag Herrn Kazikis gesehen, hatten Sie Kontakt mit ihm?"

„Ja, ich habe ihn morgens kurz gesehen. Es war eigentlich wie immer. Wir haben uns gegrüßt, wobei ich mir einbilde, dass er an diesem Tag irgendwie besonders gut gelaunt, ja fast glücklich wirkte."

„Wie kommen Sie darauf?"

„Ich weiß nicht genau. Er strahlte mich auf eine eigentümliche Weise an. Vielleicht denke ich das auch nur, weil er tot ist."

„Wo haben Sie ihn genau gesehen?"

„Das war frühmorgens. Er war wohl gerade beim Ausladen. Da sind wir uns auf dem Gang vor seinem Stand begegnet. Ich sehe es noch genau vor mir. Er lachte mich über die Kisten, die er trug, hinweg an, er strahlte förmlich."

„Sonst war nichts? Haben Sie ihn später nochmals gesehen?"

„Nein, später nicht mehr."

„Auch nicht am Ende des Tages?"

„Wissen Sie, was da los ist? Da sind noch jede Menge Kunden in der Halle, andere stehlen sich noch heimlich hinein, obwohl die Eingänge geschlossen sind. Die versuchen es dann über die Seitentüren. Die Händler bauen ab, weil sie ins Wochenende wollen.

Das ist ein unübersichtliches Gewusel, da sehen Sie niemanden."

„Aber auch später ist Ihnen nichts aufgefallen, auch nicht über die Monitore?" Schwaner nickte in Richtung eines Bildschirms, auf dem im Wechsel unterschiedliche Ausschnitte der Halle zu sehen waren.

„Nein, ich war ja bis gegen halb sechs gar nicht hier im Büro. Und wenn das Licht aus ist, erkennen Sie sowieso nichts mehr, nur noch sich bewegende Schatten."

„Schade, dass es keine Aufzeichnungen gibt."

„Das ist richtig. Wir haben das schon mehrfach vorgeschlagen. Was bringen die Kameras, wenn nicht aufgezeichnet wird? Aber dafür ist eben kein Geld da. Jetzt sollen erst einmal die Kühlhäuser modernisiert werden – nach siebzig Jahren! Dann ist für die nächsten siebzig Jahre auch kein Geld da!"

„Drehen Sie, bevor Sie abschließen, nochmals eine Runde?"

„Selbstverständlich!"

„Und auch da war nichts Außergewöhnliches?"

„Nein. Alles war ruhig."

„Wann sind Sie gegangen?"

„So zwischen Viertel nach sechs, halb sieben."

„Es war auch nicht ungewöhnlich, dass das Auto von Herrn Kazikis noch immer auf dem Parkplatz stand?"

„Nein, überhaupt nicht. Manche Standbetreiber gehen am Samstag selbst noch in die Stadt und lassen ihre Autos hier stehen, das ist überhaupt nicht ungewöhnlich."

„Und am Stand von Herrn Kazikis war das Licht schon aus, als Sie Ihre Runde drehten?"

„Ja, das Licht wäre mir aufgefallen."
„Und die Jalousie war auch unten?"
„Nun, ich will Ihnen nichts vormachen. Das weiß ich nicht genau. Wissen Sie, die Eintracht spielte um halb sieben und ich wollte pünktlich im Irish Pub sein. Da treffen wir uns immer. Ich war spät dran, und ..."
„Also war die Jalousie nicht unten?", Schwaner schaute ihm nun direkt in die Augen.
„Mein Kollege sagte mir, dass der Stand heute Morgen offen war ... und sogar noch die Schlüssel und das Handy da lagen ..."
„Mit anderen Worten, Sie haben doch nicht so genau nachgeschaut am Samstag?"
„Seitdem es die Schließanlage gibt, ist das sowieso nebensächlich." Der Hallenmeister rieb sich nervös die Hände.
„Was heißt das?", wollte Schwaner wissen.
„Das heißt, dass heute ein Großteil der Händler einen Sensorschlüssel besitzt, mit dem sie zu jeder Tages- und Nachtzeit die Halle betreten können."
Schwaner ging mit dem Hallenmeister zum nächstgelegenen Seiteneingang und ließ sich die Technik erklären. „Wird denn gespeichert, wann welcher Sensor benutzt wurde?", fragte er abschließend.
„So etwas wäre möglich gewesen, wurde bei uns allerdings nicht installiert – aus Datenschutzgründen angeblich." Der Hallenmeister zwinkerte dem Hauptkommissar zu und rieb seinen Daumen über den Zeigefinger.
Schwaner nickte verstehend und folgte dem Hallenmeister nochmals in dessen Büro, wo dieser ihm am PC zeigte, welche Daten der Schließanlage abrufbar waren. Im Grunde wurde nur angezeigt,

53

dass diese oder jene Tür, an dem und dem Tag, um die und die Uhrzeit geöffnet wurde. „Von außen, wohlgemerkt", fügte der Hallenmeister an, „Von innen können sie ohne Sensor öffnen und die Halle verlassen. Von wegen Fluchtwege und so. Hätte man auch anders haben können ..." Wieder zwinkerte er Martin vieldeutig zu.

Aus dem Büro des Hallenmeisters tretend, lief Schwaner einem Herrn Mitte fünfzig in die Arme, als hätte der auf ihn gewartet. „Herr Kommissar, Herr Kommissar", stürzte jener mit vorgestreckter Hand auf Martin zu.
„Schon wieder einer", dachte Schwaner und wollte nach links in die Halle entwischen. Der stämmige Herr, fast gleich groß, trotz Oktober einen sommerlichen Strohhut auf dem Kopf, einen bunten Schal weit über die linke Schulter geworfen, trat geschickt in den Weg.
„Mein Name ist Till Le Bon ..." Der Herr ließ eine erwartungsvolle Pause, als müsste bei seinem Gegenüber eine freudige Reaktion eintreten. Die kam nicht. „Ich bin Gästeführer hier in der Kleinmarkthalle ...", ergänzte der bunte Vogel, als würde er Schwaner damit auf die Sprünge helfen. Nichts.
„Wie kann ich Ihnen helfen?", fragte der trocken.
„Nun, äh, wie gesagt, ich bin Stadtführer hier in der Kleinmarkthalle, vielleicht haben Sie schon von mir gehört ...?" Le Bon lächelte.
„Nein, tut mir leid. Worum geht es?"
„Ich wollte Sie fragen, ob Sie mir vielleicht etwas sagen können, zu dem ... Vorfall ... Unglück ... ich meine ... Mord?"

54

„Ich verstehe nicht?" Schwaner versuchte erneut einen Schritt in Richtung Eingang. „Ich meine einen kleinen Hinweis, wie und wo, etwas Skurriles womöglich, ein, zwei Details? Wissen Sie, die Besucher möchten ..." Le Bon und Schwaner mussten einer Gruppe, die gerade aus der Halle kam, ausweichen. Martin nutzte den Moment und schlüpfte durch die offene Tür, Le Bon wie sein Schatten hinterher. „Sehen Sie, ich mache diese Führungen nun schon etliche Jahre. Ich kann mich ja schon selbst nicht mehr hören. Immer dieses Gerede vom „Bauch von Frankfurt" und der Einzigartigkeit der Kleinmarkthalle. Ich komme mir ja schon vor wie ein Museumsführer ... oder, noch besser, wie ein Tonband, das bei den immer gleichen Objekten den immer gleichen Text abspielt. Es müsste mal etwas Neues dazukommen, eine Kuriosität, eine Sensation, eine ..."

„Sind Sie Komiker?" Schwaner blieb abrupt stehen.

„Ja, auch das!" Le Bon zeigte einen zufriedenen Gesichtsausdruck und Martin glaubte, die aufgesetzte Miene tatsächlich schon auf Plakaten gesehen zu haben. Schwaner schwankte zwischen einfach stehen lassen oder ruhig bleiben.

„Kannten Sie Herrn Kazikis?"

„Ja natürlich! Er war ja, also nicht er, sondern VALENTINO, ist ja Teil meiner Tour. Das heißt, wenn ich es mir richtig überlege, war es doch mehr der Alex. Er konnte reden, das müssen Sie erlebt haben! Ein wirklicher Verkäufer! Andere hier in der Halle halten den Besuchern stumm und steif etwas zum Probieren hin, manche bedrängen sie fast ... Nicht so der Alex. Er war ja mal Autoverkäufer, hat er mir

55

erzählt, das haben Sie auch gemerkt. Der konnte einem Italiener eine Salami verkaufen, als hätte der noch nie davon gehört. Und wie er dabei mit seinen Händen in die Luft malte und fast tanzte ..." Le Bon gestikulierte vor Schwaner herum und tat einige Schritte. „Das war schon eine Show, sag ich Ihnen. Ich konnte getrost zehn Minuten verschwinden, man hat ja auch seine Bedürfnisse ..." Le Bon redete ohne Punkt und Komma. „Und was die Besucher anschließend alles bei ihm gekauft haben, das können Sie sich gar nicht vorstellen. Sündhaft teures Olivenöl, Grappa, hundert Euro die ..."

„Auch Trüffel?", unterbrach Schwaner.

„Trüffel? Trüffel? Daran kann ich mich jetzt nicht erinnern. Vielleicht beim Essen. Viele der Teilnehmer sind nach der Tour zu Valentino zurückgegangen und haben dort gegessen ... Also für Alex haben sich meine Führungen immer gelohnt. Er hat eben verstanden ..."

„Für andere nicht?"

„Na ja, ich will ja nicht lästern, aber einige der Händler hier drin, die gehen zum Lachen in den Keller. Wenn ich da mit einer Gruppe ankomme, da schauen die, als würde ich ihnen Satan höchstpersönlich vorbeibringen. Nicht selten werden wir auch beschimpft, aus den Ständen heraus oder lauthals von der Galerie herunter." Le Bon deutete nach oben und schüttelte den Kopf so heftig, dass sein Strohhut verrutschte.

„Ich muss weiter", sagte Schwaner und griff die Hand des Gästeführers. „Vielen Dank für die Informationen."

Le Bon erwiderte den kräftigen Händedruck, ließ aber Martins Hand nicht wieder los und flüsterte an sein Ohr: „Haben Sie auch eine für mich?"

„Bananenschale", antwortete Schwaner bierernst. „Herr Kazikis ist auf einer Bananenschale ausgerutscht. Jetzt müssen wir klären, ob diese dort absichtlich hingelegt wurde ..." Martin nutzte Le Bons Verblüffung, zog blitzschnell seine Hand zurück und entschwand.

Am Stand von Alexis Kazikis waren die Jalousien heruntergelassen und der Eingang versiegelt. Hin und wieder kamen Besucher der Kleinmarkthalle und blieben kurz stehen. Leises Getuschel war zu vernehmen: „Hier war es, hier wurde er erschlagen. Unglaublich. Ist das nicht Blut da unten?"

„Die Gerüchteküche brodelt tatsächlich schon", dachte Schwaner. „Da kann ich auch ein wenig dazu beitragen." Unten war allerdings kein Blut zu sehen, sondern zwei Blütenblätter, die vom Blumenstrauß herabgefallen waren, der am Boden vor dem Eingang von „VALENTINO, Feinkost & Delikatessen" stand. Daneben flackerte unruhig eine Kerze im Glas.

Schwaner ging zu seinem Fahrrad, schloss es auf und radelte hinunter zum Main. Auf der Sachsenhäuser Seite fuhr er bis Niederrad und von dort Richtung Stadtwald zur Gaststätte Buchscheer. Es war noch immer herrliches Wetter und warm genug, um im Garten zu sitzen. Sandra war schon da. Sie umarmten sich zärtlich, küssten sich und verbrachten einen wundervollen Abend.

9. Kapitel

Die Nacht hatte Schwaner bei Frau Dr. Sandra Thielacker verbracht. Sie waren nun schon seit mehr als sechs Monaten ein Paar und Martin sehr glücklich. Seine Heimlichtuerei war einzig dem Umstand geschuldet, dass er den Klatsch und Tratsch unter den Kolleginnen und Kollegen über Kollegen und Kolleginnen hasste. Für Schwaners Verhältnisse waren er und Sandra so etwas wie verlobt. Er hatte einige Kleider bei ihr, sie einige bei ihm untergebracht.

Sandra Thielacker wohnte in Bockenheim, in einer sehr schönen Altbauwohnung, die sie noch schöner eingerichtet hatte. Sie gefiel Martin Schwaner wesentlich besser als seine eigene, die in einem unscheinbaren Haus aus der Nachkriegszeit in Sachsenhausen lag. Er hatte sich bislang nicht viel für Möbel und Einrichtung interessiert. Ihm war es immer wichtig gewesen, dass eine Wohnung praktisch ist. Und mit praktisch verband er in erster Linie einen unkomplizierten Weg ins Büro und zu seinem Ruderverein Germania am Mainufer. Beides war von seiner Adresse aus gegeben. Hinter den meist bis zu zwei Dritteln heruntergelassenen Rollläden – „Der beste Schutz gegen Einbruch", so Schwaner – herrschten wie in seinem Büro peinliche Ordnung und Sauberkeit. Den wenigen Möbeln sah man an, bis auf das Bett und einen kleinen Schreibtisch vorm Fenster, dass sie kaum gebraucht wurden. Im Kühlschrank war wenig bis gar nichts, in einem Regal standen einige Konserven. Zum Frühstück genügte ihm meist eine Tasse Kaffee, wofür er eine alte Bodum-Kanne benutzte, die er sich zu Beginn seiner Studienzeit gekauft hatte. Das Wohnzimmer wurde dominiert von einem Ruder-Ergometer. Dies war der Lieblingsplatz von Martin Schwaner. Zum Fernsehen oder auch wenn ihn Fälle bis nach Hause verfolgten, setzte er sich auf die Maschine und begann zu pullen. Hierbei, sagte er, könne er am besten nachdenken, vor allem, da er alleine sei. Noch größere Freude bereitete ihm lediglich das Rudern auf dem Main, ebenfalls alleine. Seit er mit Sandra zusammen war, hatte sich daran einiges geändert. In ihrer Umgebung und in ihrer Wohnung fühlte er sich heimisch und konnte mühelos entspannen. Als sie dieses Wochenende zu ihrem Vater gefahren war, er wurde fünfundsechzig, hatte er ein deutliches Gefühl der Einsamkeit verspürt. Sandra wollte unbedingt alleine fahren und ihn, wie sie sagte, „vor den Klauen ihrer Familie bewahren". Samstag und Sonntag verbrachte Martin in der Germania. Er beteiligte sich an einem Vierer – was er normalerweise nie tat – und plauderte dabei mit Vereinskollegen über Nichtigkeiten. Man sah ihn sogar später im Vereinslokal sitzen. Fakt war, er wollte einfach nicht nach Hause. Umso mehr hatte er sich auf den gestrigen Abend und die vergangene Nacht gefreut.

Von Bockenheim war es durch den Niddapark nicht weit bis Praunheim. Martin hatte schon sehr früh mit Anne im Büro telefoniert und sich die wichtigsten Daten zur Familie Kazikis durchgeben lassen.

59

Alexis Kazikis, 1952 in Griechenland geboren, lebte seit 1960 in Frankfurt. Er war mit seinen Eltern wohl im Zuge der Gastarbeiteranwerbung nach Deutschland gekommen. Nach dem Hauptschulabschluss hatte er eine Lehre als Automechaniker absolviert und einige Jahre in diesem Beruf gearbeitet. Dann wurde er Autoverkäufer auf der Hanauer Landstraße. Von dort landete er in der Kleinmarkthalle, wo er 1986 den Stand eines Landsmanns übernahm. Er war verheiratet und hatte zwei Kinder. Mit seiner Familie lebte er in Praunheim, in einem der Ernst-May-Häuser im Damaschkeanger.

Praunheim war eine Gegend, in der sich Martin, trotzdem er schon einige Jahre in Frankfurt lebte, nicht besonders gut auskannte. Sandra hatte ihm den Weg durch den Park beschrieben und gleichzeitig von der May-Siedlung, wie sie es nannte, geschwärmt. Sie erzählte, dass sie auch gerne in einem der kleinen Häuschen leben möchte, dass es allerdings enorm schwer wäre, an eines heranzukommen. „Es gibt regelrechte Wartelisten, hat mir jemand erzählt. Und einen Verein, der die neuen Eigentümer begutachtet – wenn es stimmt. Trotzdem haben etliche ihre Häuser völlig verschandelt und die unmöglichsten Dinge auf- und drangebaut. Kein Wunder, dass es nicht als Weltkulturerbe anerkannt wurde. Und schade!" Martin verstand nur die Hälfte von dem, was Sandra ihm erzählte. Von der Nidda kommend wurde ihm allerdings schnell klar, was sie meinte. Die Architektur war wirklich beeindruckend. Schwaner schloss sein Fahrrad an einem Verkehrsschild an und schaute sich um. Die Häuser

60

gegenüber waren bunt, fast in Regenbogenfarben, gestrichen. Er ging zu Fuß, auf einer Art Promenade etwas oberhalb der Straße, weiter und suchte die Hausnummer. Nach weniger als fünfzig Metern stand er vor einem strahlend weißen Haus, die Tür- und Fensterrahmen himmelblau, davor ein mächtiger Rhododendron und die schneeweiße Skulptur irgendeines, offensichtlich griechischen Gottes, dem an Helm und Füßen Flügel angebracht waren. Als hätte sie ihn von weitem gesehen, öffnete Frau Kazikis, bevor er klingeln konnte, die Tür. Sie wirkte übermüdet und ihre Frisur war völlig zerzaust.

„Frau Kazikis, wie geht es Ihnen?"

„Danke, danke. Es geht schon. Kommen Sie herein."

Nike Kazikis trug eine weite Baumwollhose und darüber ein abgetragenes Sweatshirt, das ihr viel zu groß war. Die Schultern hingen ihr fast an den Ellenbogen, die Ärmel hatte sie zu einem dicken Knäuel nach oben gerollt. Auf der Vorderseite war ihr Name, allerdings als Marke eines bekannten Sportherstellers, zu lesen. Schwaner deutete mit dem Finger darauf.

„Sie haben es ja einfach, Ihren Namen aufzubringen."

Sie verstand nicht sofort, lächelte dann leicht.

„Es gehört – gehörte – meinem Mann. Er hat immer gesagt: „Ich trag dich auf meinem Herzen." Tränen stiegen ihr in die Augen. „Möchten Sie Kaffee, Tee?"

„Ein Wasser, wenn Sie hätten."

Frau Kazikis ging nach rechts in die Küche, Schwaner den Flur geradeaus ins Wohnzimmer. Dieses war mit Tischen, Tischchen, Stühlen, Ses-

61

seln, Schränken, Vitrinen überfüllt. An der Wand Bilder, die griechische Landschaften und Inseln zeigten. Dicke Teppiche bedeckten den Fußboden. Auf der Fensterbank zwischen Blumen in antik verzierten Übertöpfen Bilder von der Familie. Er und sie sich umarmend am Strand, dahinter tiefblaues Meer, von rechts ragte eine Landzunge hinein. Beide mit weiteren Personen an einem kleinen Hafen, Netze im Hintergrund, zwei Männer halten einen enorm großen Fisch in die Kamera, alle lachen. Die Kinder in verschiedenen Jahresabständen. Ein Hochzeitsbild. Sie war wieder hereingekommen und reichte ihm das Glas.

„Sind das Ihre Kinder?"

„Ja, Eleni und Ioannis."

„Wie alt sind sie?"

„Eleni ist sechzehn, Ioannis achtzehn."

„Sie leben hier bei Ihnen?"

„Nein, sie gehen auf ein Internat in der Schweiz. Mein Mann wollte, dass sie eine gute, eine sehr gute Ausbildung haben. Ich habe sie gestern angerufen, sie kommen heute mit dem Zug."

„Frau Kazikis, ich muss Ihnen einige Fragen stellen, auch wenn es für Sie sehr schwer ist."

„Kein Problem. Setzen wir uns." Frau Kazikis zeigte zum Esstisch.

„Hatte Ihr Mann sich in der letzten Zeit irgendwie anders verhalten?"

„Nein, oder doch. Er war sehr vergnügt, besonders letzte Woche. Er hat ein Geheimnis daraus gemacht. Ich hatte ihn gefragt, aber er sagte, bald wird alles anders."

„Was meinte er damit?"

„Ich weiß es nicht, wie gesagt, es war sein Geheimnis."

„Hatte er oft Geheimnisse vor Ihnen?"

„Nein, es war kein Geheimnis, wie Sie meinen, nichts Böses, mein Mann war nicht böse. Er war immer zu allen gut."

„Wie lange kennen Sie sich?"

„Seit bald zwanzig Jahren. Wir haben uns in Griechenland kennengelernt, in Kefalonia. Ich bin dort geboren, er auch. Er ist aber früh mit seinen Eltern nach Deutschland. Dann kam er zurück nach Fiskardo, um das Haus seiner Eltern zu renovieren, da haben wir uns dann kennengelernt, später kam ich mit nach Deutschland. Ich bin jetzt siebzehn Jahre hier."

„Gab es in letzter Zeit Probleme zwischen Ihnen?"

„Wie meinen Sie?"

„War Ihr Mann oft weg, kam nicht oder sehr spät nach Hause?"

„Nein, mein Mann war ein guter Mann und treu, wenn Sie das meinen. Er war immer sehr pünktlich und sehr korrekt. Morgens um fünf Uhr dreißig klingelte der Wecker, er ging zur Arbeit, kam um acht nach Hause, immer, bis auf Samstag."

„Sie meinen letzten Samstag?"

„Nein, am Samstag geht er ins Café OMONIA. Dort trifft er Freunde, spielt Karten, schaut Fußball. Gegen elf Uhr kommt er heim. Nie später als elf Uhr. Letzten Samstag nicht. Er ging nicht an sein Telefon. Ich habe im OMONIA angerufen. Er war gar nicht dort gewesen. Ich bin gleich zur Polizei, ich habe gleich gewusst ..."

Ihre Stimme versagte, Tränen schossen ihr in die Augen und sie verdeckte ihr Gesicht mit ihren Händen.

„Es tut mir wirklich sehr leid, Frau Kazikis, aber ich muss Sie das fragen. Es ist für uns sehr wichtig, in den ersten Tagen so viele Informationen wie möglich zu bekommen, um den Täter zu finden."

Nike Kazikis richtete sich auf, zog aus der Hosentasche ein völlig zerschlissenes Papiertaschentuch und tupfte sich die Tränen ab.

„Bitte, fragen Sie."

„Wo waren Sie letzten Samstag zwischen sechzehn und achtzehn Uhr?"

„Hier zu Hause. Ich habe auf meinen Mann gewartet."

„Wann wurde Ihnen klar, dass etwas nicht stimmte?"

„Gegen halb zwölf. Wie gesagt, er kam immer vor elf, nie später. Irgendwann habe ich gewusst, etwas ist nicht in Ordnung."

„Was haben Sie dann getan?"

„Ich habe versucht, ihn anzurufen. Oft." Die Aussage stimmte mit der Anruferliste auf Kazikis Handy überein.

„Ihr Mann kam also nie später oder überhaupt nicht nach Hause?"

„Nein."

„Es gab also keine Anzeichen, dass Ihr Mann vielleicht eine Affäre hatte?"

„Nein!" Nike Kazikis funkelte Schwaner wütend an.

„Hatten Sie oder Ihr Mann Schulden, Geldprobleme?"

„Nein. Mein Mann war ein sehr guter Geschäftsmann. Unsere Kinder leben in der Schweiz, dieses Haus gehört uns und ist bezahlt. Mein Mann hat Häuser in Kefalonia, die er im Sommer vermietet.

Jeden Sommer sind sie ausgebucht. Sehr schöne Häuser. Wir, mein Mann und ich, brauchen nicht viel Geld. Wir wollten zurück nach Griechenland."
„Wann?"
„In ein paar Jahren, hat er gesagt. Wenn die Kinder fertig mit der Ausbildung sind."
„Hatte er vielleicht in seinem Geschäft Probleme?"
„Ich weiß es nicht genau, er hat immer gesagt, hier ist zu Hause, Arbeit ist dort. Aber heute hat schon jemand angerufen, der das Geschäft kaufen will. Er hat gesagt, er gibt mir einhundertfünfzigtausend Euro für das Geschäft. Sofort."
„Wie hieß der Mann?"
„Habe ich mir nicht gemerkt. Ich habe ihn angeschrien und aufgelegt."
„Bitte notieren Sie sich den Namen, falls er nochmals anrufen sollte. Es ist wichtig."
„Gut. Aber ich glaube, er ruft nicht mehr an. Ich habe geschimpft und er, glaube ich, verstand Griechisch."
„Hatte Ihr Mann hier ein Büro?"
„Ja, oben. Ist aber nur ein Schrank. Er hat dort Papiere gesammelt. Einmal im Monat hat er einen Tag im Büro verbracht. Er hasste es und hatte dann immer schlechte Laune."
„Kann ich das bitte einmal sehen." Schwaner ging hinter Frau Kazikis eine schmale, steile Treppe nach oben in den ersten Stock. Unter der weiten Hose zeichnete sich bei jeder Stufe ihr wohlgeformter Po ab. Nike Kazikis war eine hübsche Frau mit einem sportlich schlanken, weiblichen Körper. Ihr dunkles Haar und ihre dunklen Augen unterstrichen ihre südländische Aura.
„Hier ist es." Sie hatte die Tür zu einem kleinen Zimmer geöffnet. Darin stand ein kleiner

65

Schreibtisch, zwei Regalbretter darüber, ein abschließbarer Stahlschrank, der Schlüssel steckte. Im Schrank standen auf fünf Regalböden Ordner mit jeweiligen Jahreszahlen. Die Ordnung gefiel Schwaner.

„Frau Kazikis. Ich müsste diese Ordner abholen lassen."

„Warum? Mein Mann hat doch nichts getan."

„Frau Kazikis, es geht nur darum, dass wir verschiedene Dinge prüfen und ausschließen können. Meine Kollegin schaut die Unterlagen durch und gibt sie Ihnen wieder zurück."

„Ich weiß nicht ..."

„Frau Kazikis. Es geht um den Mord an Ihrem Mann. Wir sind nicht die Steuerfahndung."

„Mein Mann hat immer Steuern bezahlt", brauste Frau Kazikis auf. „Er war immer korrekt. Hat sich viel geärgert über Griechenland und alles, was dort schlecht ist."

„Kann ich meiner Kollegin Bescheid geben?"

Frau Kazikis nickte schweigend. Schwaner griff nach seinem Handy, das er erst wieder umständlich aus dem Saum herausfummeln musste.

„Hallo Anne, Martin hier. Bitte schick doch einen Wagen zu Kazikis nach Hause. Hier sind Ordner abzuholen, etwa zwanzig Stück. Kannst du dich darum kümmern und vielleicht heute schon damit anfangen?"

Sofort musste sich Schwaner eine Aufzählung all der Dinge anhören, die Anne unbedingt noch zu erledigen hatte.

„Ja, ich weiß, Anne, aber dies geht vor. Ich habe auch Frau Kazikis versprochen, dass sie die Unterlagen möglichst schnell wieder zurückbekommt."

Dabei lächelte er die indirekt Angesprochene an. Hauptsächlich wollte er natürlich vermeiden, dass, aus welchem Grund auch immer, ein Anwalt oder sonst wer die Unterlagen sperren würde. Gerade in Fällen mit Geschäftsleuten kam dies häufig vor. Bis die Polizei dann auf die Unterlagen zugreifen konnte, dauerte es oft Monate, in denen alles Verdächtige entfernt und getilgt wurde.

„Danke, bitte gleich. Ich warte hier so lange."

„Ach so, hat sich Sven schon gemeldet?" – „Er soll mich bitte anrufen. Danke."

Schwaner bat auch die anderen Zimmer sehen zu dürfen: Schlafzimmer, Bad, die ehemaligen Kinderzimmer. Alle waren klein und übervoll. Frau Kazikis und er stiegen die Treppe hinab und setzten sich wieder an den Tisch.

„Hatte Ihr Mann Hobbys?"

„Was meinen Sie mit Hobby?"

„Ich meine, hat Ihr Mann Sport getrieben oder etwas in dieser Art?"

„Nein. Er hatte zu wenig Zeit. Er hat Sport nur im Fernsehen geschaut."

„Wissen Sie, ob Ihr Mann vielleicht gewettet hat? Auf Fußball oder etwas anderes?"

„Nein, mein Mann hat nicht gewettet."

„Hat er Lotto gespielt oder etwas in der Art?"

„Nein. Mein Mann hat immer gesagt, man muss arbeiten, um Geld zu verdienen."

Schwaner klopfte noch weitere mögliche Anknüpfungspunkte für den Überfall ab. Aber Alexis Kazikis hatte weder etwas gesammelt noch nebenbei mit Autos oder anderem gehandelt.

Auch die Kontakte des Toten schienen sehr begrenzt zu sein, ganz so, als lebte er in Deutschland wirklich auf Abruf, bis zu dem Zeitpunkt der Rückkehr nach Griechenland.

„Was machen Sie den ganzen Tag?"

„Ich mache den Haushalt, den Garten, gehe zum Sport. Abends koche ich für meinen Mann. Manchmal helfe ich auch im Geschäft, wenn ein besonderer Tag ist."

„Welcher Sport?"

„Ich gehe in ein Studio. Ein Studio nur für Frauen", ergänzte Nike Kazikis unaufgefordert.

„Ist das nicht etwas langweilig für Sie?"

„Nein, ich lebe gern so. Ist, wie sagt man, gemütlich."

„Sie sind eine attraktive Frau und bekommen bestimmt zahlreiche Komplimente. Gibt es bei Ihnen vielleicht jemand anderen?" Schwaner schaute bei den letzten Worten zunächst auf seine Hände, eher er den stechenden Blick von Nike aufnahm.

„Was glauben Sie von mir. Ich habe meinen Mann geliebt, ich liebe ihn noch immer ...", so ging es in einem sich steigernden Tonfall fort. Sie war nahe dran, diesen unverschämten Kommissar aus dem Haus zu werfen. Martin versuchte, sie zu beruhigen, verwies wieder auf die Ermittlungen und dass er das fragen müsse. Es müsse ja auch gar nicht von ihr ausgehen, sondern von jemandem, der sich vom Tod ihres Mannes etwas erhoffe, ohne dass sie etwas ahne, und dergleichen mehr. Die Wogen glätteten sich langsam wieder. Ganz zum Schluss kam Schwaner auf die Trüffel zu sprechen.

„Frau Kazikis. Ihr Mann verkaufte doch auch Trüffel?"

„Trüffel. Natürlich. Ich liebe Trüffel. Er hat mir manchmal welche mitgebracht. Letzten Freitag auch. Er hat gesagt, das ist ein besonderer Trüffel."
„Hat er viele davon eingekauft oder verkauft?"
„Das weiß ich nicht, das müssen Sie Sami fragen."
„Wer ist Sami?"
„Er arbeitet mit meinem Mann in der Kleinmarkthalle."
„Wie heißt er weiter? Sami ist der Vorname?"
„Ich kenne ihn nur unter Sami. Mehr weiß ich nicht."
„Wie lange arbeitet er schon bei Ihrem Mann?"
„Oh, schon Jahre. Er ist ein lieber Mann. Ich glaube, er kommt aus dem Iran."
„Wie oft arbeitete er bei Ihrem Mann?"
„Jeden Tag. Sami ist auch manchmal morgens schon hier gewesen und dann mit meinem Mann einkaufen gefahren."
„Und Sie wissen nicht, wie er mit vollständigem Namen heißt?"
„Nein."
„Haben Sie denn eine Telefonnummer oder irgendetwas anderes von ihm?"
„Nein, sie ist aber bestimmt bei meinem Mann auf dem Handy."
„Hat sich Sami denn schon bei Ihnen gemeldet?"
„Ja, gestern, er ist sehr traurig. War völlig verstört. Wissen Sie, ich glaube, Sami ist nicht so klug, oder wie sagt man ...?"
„Ist er behindert?"
„Ja, nein. So ein bisschen."
„Was heißt ein bisschen? Ist er nun behindert oder nicht?"

„Nicht am Körper. Aber ich glaube, er ist ein wenig behindert im Kopf."

„Na gut. Wenn Sie Sami nochmals sehen, sagen Sie ihm bitte, dass er sich unbedingt bei uns melden soll, es ist sehr wichtig. Er könnte ein wichtiger Zeuge sein." Nike Kazikis schaute dem Kommissar direkt in die Augen. Die Traurigkeit war nun daraus verschwunden, sie schienen eher zu blitzen.

„Ich werde es ihm sagen. Er kommt sicher wieder, wenn Sie weg sind."

„Was heißt das? Versteckt er sich?"

„Er hat Angst vor Polizei, glaube ich."

„Sagen Sie ihm bitte, dass wir ihm nichts tun. Wir möchten den Täter fassen. Das möchte er doch sicher auch."

„Ganz bestimmt, sicher, das möchte er."

„Was hat er Ihnen gesagt?"

„Dass er den Mörder finden will."

„Hat er Ihnen denn gesagt, ob er ihn gesehen hat?"

„Nein. Er nur gesagt, er will den bösen Mann finden." Es klingelte. Zwei Polizeibeamte standen vor der Tür. Schwaner wies ihnen den Weg nach oben ins Büro und zeigte die Unterlagen, die mitzunehmen waren. „Bitte gleich zu Frau Wiegand ins Büro." Er nutzte die entstandene Pause, um sich zu verabschieden.

„Frau Kazikis, bitte denken Sie daran. Hier ist meine Karte. Sagen Sie Sami, er soll mich anrufen oder zu mir ins Büro kommen. Ihm passiert nichts, gar nichts."

Sie nickte zustimmend. „Werde ich machen, Sie können sich auf mich verlassen."

10. Kapitel

Bevor Schwaner sich auf sein Fahrrad schwang, versuchte er nochmals, Sven Beck zu erreichen. „Sven? Hier Martin. Bitte berufe für zehn Uhr eine Teambesprechung ein, es gibt einige Neuigkeiten. Wie sieht es bei dem Fall Leininger aus?" „Nichts Neues. Ich hab' gestern die Wohnung versiegeln lass'n, die KTU müsste dann heute dort sein. Verwandte konnt'n wie gesagt keine ausfindig gemacht werd'n. Somit noch keine Entwicklung." „Gut, ich war eben bei Frau Kazikis und komme jetzt ins Präsidium. Bis gleich." „Ach so, Martin, hast du heute schon in die Zeitung geguckt?" „Nein, warum?" „Nun, unser Fall aus der Kleinmarkthalle ist Top-Thema. Musst du dir anschau'n." „Ja, okay, bis gleich." Mit dem Fahrrad dauerte die Fahrt von Praunheim ins Polizeipräsidium etwas mehr als eine Viertelstunde. Bis zur Besprechung war noch Zeit. Schwaner wollte seine Eindrücke aus dem familiären Umfeld in sein Schema übertragen und sich die Presseausschnitte in Anne Wiegands Büro abholen. Diese stand mit in den Hüften gestemmten Armen hinter ihrem Schreibtisch. „Danke, Martin, danke. Ich habe ja sonst nix zu tun und auch massenhaft Platz. Eine kleine Vorauswahl vor Ort war nicht möglich?" „Nein, Anne. Es musste schnell gehen. Ich wollte keine Unterlagen dort ausbreiten und Frau Kazikis

71

damit nervös machen. Vielleicht hätte sie uns die Einsicht dann untersagt oder erst nach Beschluss genehmigt."
Seine Assistentin schüttelte den Kopf und fügte sich in die Gegebenheiten. Sie registrierte Schwaners suchenden Blick und hielt ihm die Mappe mit den Kopien der Pressemeldungen des heutigen Tages hin. Die Pressestelle des Polizeipräsidiums sichtete schon am frühen Morgen alle lokalen Zeitungen nach Berichten, die die Polizei und laufende Fälle behandelten. Entsprechende Artikel wurden kopiert und den Abteilungen zur Verfügung gestellt, damit man sich ein Bild von der Stimmungslage in den Medien machen konnte.

Umgekehrt versuchten natürlich auch die Pressesprecher der Polizei, die Medien zu informieren und für die Ermittlungsarbeit zu nutzen. Somit herrschte auf beiden Seiten Interesse an einer guten Zusammenarbeit. Reißerische Artikel oder gar offene Angriffe aus den Medien auf die Polizei waren eine Seltenheit. Der Artikel in der NEUEN PRESSE war definitiv außergewöhnlich.

Toter in der Kleinmarkthalle
Opfer organisierter Kriminalität?
FRANKFURT. Am gestrigen Morgen musste die Kleinmarkthalle gegen 7 Uhr aufgrund eines Feueralarmes komplett geräumt werden. Wie sich später herausstellte, war allerdings kein Feuer ausgebrochen, sondern die Leiche von Alexis K., Händler in der Kleinmarkthalle, im Keller in seinem Kühlhaus entdeckt worden. Wie die Neue Presse erfuhr, hatte die Ehefrau des Opfers

72

schon am vergangenen Sonntag versucht, eine Vermisstenanzeige bei der Polizei aufzugeben, vergebens. Sie wurde mit Beschwichtigungen nach Hause geschickt. Als sie persönlich am gestrigen Morgen auf der Suche nach ihrem Gatten in die Kleinmarkthalle kam, entdeckte sie gemeinsam mit dem Hallenmeister den leblosen Körper ihres Mannes. Ob eine frühere Suche nach Alexis K. womöglich dessen Leben gerettet hätte, ist unklar. Die abschließenden Ergebnisse der Obduktion liegen noch nicht vor. Ebenfalls viel Unverständnis lösten die Polizeibeamten bei ihren Ermittlungen vor Ort aus. Wie mehrere Händler aus der Kleinmarkthalle bestätigen, war es den Betreibern bis zum frühen Nachmittag nicht erlaubt, die Halle zu betreten. Auch Vorschlägen, in Begleitung von Beamten zu ihren Ständen zu gehen, um teure, verderbliche Ware wegzuräumen, wurde nicht stattgegeben. Insbesondere Stefan G., der mit frischem Fisch und Meerestieren handelt, sprach von einem Schaden in Höhe von mehreren Tausend Euro. Für ihn steht der Hintergrund der schrecklichen Tat bereits fest: „Es war ja nur eine Frage der Zeit, bis die mafiösen Strukturen in der Kleinmarkthalle ein erstes Opfer fordern würden." Auf gezielte Nachfragen verweigerte Stefan G. weitere Kommentare. Nachforschungen der Neuen Presse können zumindest belegen, dass in den letzten Jahren die Zahl der ausländischen Händler stark zugenommen hat. Mittlerweile befinden sich ganze Sortimentsbereiche, wie zum Beispiel der Obst- und Gemüsehandel, fast ausschließlich im Besitz ausländischer Händler. Ob der

Mord in Zusammenhang mit der organisierten Kriminalität steht, werden die weiteren Ermittlungen zeigen.

„Das wird Frau Roland und Herrn Özdal nicht freuen", dachte Martin bei sich. Schwaner schaute die weiteren Artikel durch. Von Leininger war in den Kurzmeldungen lediglich zu lesen, dass eine männliche Leiche aus dem Main geborgen wurde. Ein Name wurde nicht genannt. Mit den Presseausschnitten in der Hand betrat er das Besprechungszimmer.

Martin Schwaner berichtete von seinem Besuch im Hause Kazikis, seinem Eindruck vom Familien- und Eheverhältnis und dass er Eifersucht beziehungsweise eine Beziehungstat für unwahrscheinlich halte.

„Es gibt einen Helfer oder Mitarbeiter von Kazikis, Sami, Nachname unbekannt. Wahrscheinlich iranischer Herkunft und wahrscheinlich geistig behindert. Er ist womöglich ein wichtiger Zeuge."

Anne Wiegand stellte den wirtschaftlichen Hintergrund der Familie Kazikis dar. Man könnte sie als wohlhabend, aber nicht reich bezeichnen. Das Haus war schuldenfrei, das monatliche Einkommen wurde zu einem großen Teil in die Schweiz überwiesen, auf das Konto eines Internates. Nennenswertes Bar- oder Aktienvermögen war nicht vorhanden.

„Bitte überprüfe die Unterlagen, ob und in welchem Umfang Eigentum in Griechenland vorhanden ist. Frau Kazikis sprach von mehreren Wohnungen oder Häusern in Kefalonia. Dort gibt es wohl auch Familienangehörige des Opfers. Im Zweifel müssten wir ein Rechtshilfeersuchen stellen." Anne nickte und machte sich einige Notizen.

„Dann hat die Presse einen Aspekt angesprochen, den wir selbstverständlich nicht außer Acht lassen dürfen: Vielleicht war es die Tat eines Händlers, der bereits in der Halle tätig ist, oder von einer Person, die unbedingt Händler in der Halle werden möchte, und der Betrieb ist das Motiv. Frau Kazikis berichtete von einem Anruf heute Morgen, in dem ihr einhundertfünfzigtausend Euro für den Stand angeboten wurden – in bar." Schwaner berichtete von seinen gestrigen Gesprächen mit Frau Freiser, Frau Roland und Herrn Özdal. „Insgesamt, so mein Eindruck, scheinen sich die Händler nicht immer grün zu sein. Es gibt wohl viel Neid, Missgunst und Eifersucht – wie in jeder guten Familie."

Es flammte eine kurze Diskussion auf, dass die Kleinmarkthalle kein klassisches Umfeld für das organisierte Verbrechen wäre, höchstens im Schutzgeldbereich. Dabei würden die Opfer vielleicht bedroht und eingeschüchtert, aber nicht ermordet. Es deute doch vieles auf einen Einzelfall hin. Der Tatort zeuge eher von einer spontanen Tat ohne exakte Planung.

Günther Messner brachte erneut das Motiv Raubmord ein und verwies auf den Trüffel. Schwaner bestätigte, dass Raubmord als Motiv nicht auszuschließen wäre, wenn denn tatsächlich Trüffel in großer Menge gestohlen worden wären. „Dazu haben wir momentan keinen Anhaltspunkt. Ferner müsste die gestohlene Ware zu Geld gemacht werden." Martin notierte etwas. „Gibt es etwas zu den Sohlenabdrücken?"

„Wir konnten jeweils ein, zwei markante Stellen identifizieren. Es scheinen ältere, auf alle Fälle stark benutzte, Schuhe zu sein. Knick-Senkfüße, Größe dreiundvierzig oder vierundvierzig. Vom Profil her Arbeits- oder Wanderschuhe. Aber solange wir kein Vergleichspaar haben ..." Messner hob resignierend Schultern und Arme.

„Anne, schau bitte, ob du Belege für größere Einkäufe von Trüffeln findest. Eine Firma Boos ist offenbar Großhändler dafür. Bitte frag auch in der Gerichtsmedizin nach den Ergebnissen der Obduktion." Anschließend lenkte Schwaner auf den Fall Leininger über. Er berichtete von den ersten Ergebnissen Frau Dr. Thielackers, dass sowohl Fremd- als auch Selbstverschulden infrage kämen.

Sven Beck ergänzte: „Heute müsste das Restaurant von Leininger wieder geöffnet ham. Dies ist neb'n seiner Wohnung bislang der einzige Anhaltspunkt. Ich habe vor, gleich nachher mal hinzufahr'n."

„Du willst doch nur nicht in die Kantine", warf Messner ein und erntete einige Lacher. Die üblichen Frotzeleien über das Essen folgten, begleitet von Bemerkungen über die Figur des ein oder anderen. Schwaner ließ das Gespräch ein wenig laufen, brachte dann aber alle wieder zum Thema zurück. Ruhe einfordernd hob er die Hand. „Ich komm mit", sagte er und schob gleich ein, „nicht um auch unserem köstlichen Kantinenessen aus dem Weg zu gehen, sondern weil mir ein Gefühl sagt, dass hier etwas im Busch ist. Sven, du fährst zuerst in Leiningers Wohnung und sprichst dort mit den Kollegen der KTU. Ich fahr nochmals in die Kleinmarkthalle und versuche etwas über diesen

Sami und Stefan G. rauszubekommen. Wir treffen uns dann vorm Restaurant. Nächstes Treffen für alle heute Nachmittag um drei wieder hier."

11. Kapitel

In der Kleinmarkthalle musste Schwaner auf Frau Freiser warten. Sie bediente eine alte Dame, die sie sehr gut zu kennen schien und mit der sie während der Einkäufe plauderte und herzhaft lachte. Zwischendurch gab sie dem Kommissar immer wieder ein Zeichen, dass sie gleich für ihn Zeit hätte.

„Ach, das war die Frau Rauch. Eine ganz alte Kundin von uns. Die hat schon bei meiner Mutter hier eingekauft. Siebeenachtzig Johr is se letzt Woch gewordde und gehd immer noch selbst eikaafe. Herr Kommissar, was gibt's? Verdächtige Sie jetzt mich?"

„Wieso?", fragte Schwaner überrascht.

„Ich habe gehört, der Alex ist auf einer Bananenschale ausgerutscht und dadurch ..." Frau Freiser wurde durch Schwaners lautes Auflachen unterbrochen und schaute den Kommissar fragend an.

„Sie müssen nicht alles glauben, was hier in der Halle erzählt wird", erwiderte Martin frech grinsend. „Sie haben mich, mit Ihrer Rolle als Sprecherin der Händler allerdings auch ein wenig angelogen."

„Ach was! Bis die annern da aus ihrem Quark kumme, da iss doch scho alles vorbei. Oder habbe Sie gestern Morsche jemand von dieser IG Kleinmarkthalle getroffe?" Die Frage war offensichtlich rhetorisch gemeint. „Mei Mudder hat scho in de Trümmer von der ahl Markthall Obst un Gemies verkaaf. Ich brauch niemand, der für mich ..."

„Welche alte Markthalle?", unterbrach Schwaner den sich steigernden Redefluss von Frau Freiser. Sie selbst holte tief Luft und beruhigte sich.

„Vor dem Kriesch gab es schon mol a Markthall, etwa do, wo heute das Parkhaus vom Cloppenbursch steht." Frau Freiser holte nochmals Atem. „Diese Halle war wesentlich größer als unser Schmuckstück hier." Frau Freiser wies abschätzig mit dem Arm im Kreis herum. „Die alte Markthalle war den Markthallen in Paris nachempfunden un einzischartisch in ganz Deutschland. Wie so vieles isse im Kriesch in Schutt und Asche gelescht worde."

„Und darin hatte Ihre Familie bereits einen Verkaufsstand?", fragte Schwaner wirklich interessiert.

„Awwer selbstverständlich! Meine Urgroßeltern hawwe mitem Obst- und Gemüsehandel begonne. Damals awwer wesentlich klaaner als jetzt hier. Die sinn mit nem Handwägelsche gekumme unn hawwe sich nebedra gehockt." Frau Freiser demonstrierte es mithilfe einer Holzkiste. „Nach dem Kriesch, bis Anfang der fuchziger Johr, gings in de Ruine weida. Do wusste se ned, ob ihne ned gleich was uff de Kopp fallt. Als hier dann eröffnet worde is, da gehörten wir selbstverständlich mit dazu. Der Walter Kolb hat damals alle Händler mit Handschlag begrüßt." Frau Freiser reckte sich und schaute den Kommissar selbstbewusst an.

„Wer ist Sami?", wechselte Schwaner abrupt das Thema.

Der stolze Ausdruck wich augenblicklich aus Martina Freisers Gesicht. Sie schien kurz zu überlegen, ob Lügen einen Sinn ergäben.

„Der Sami, ja, der Sami. Was möchten Sie denn von ihm?"

„Bitte Frau Freiser, weichen Sie mir nicht aus. Ich suche Sami, weil er ein wichtiger Zeuge sein könnte. Vielleicht ist er sogar in Gefahr", drängte Schwaner. „Also noch mal, wer ist Sami?"

79

„Der Sami ist eine arme Sau, ein herzenslieber Mensch, aber eine arme Sau."

„Wo kann ich ihn finden?"

„Das weiß ich nicht. Ich kenn ihn ja auch nur von hier."

„Wie lange kennen Sie ihn schon?"

„Etliche Jahre. Am Anfang hat er ausgeholfen. Das heißt, wer gerade jemanden brauchte, hat den Sami gerufen. Er stand oft hinten auf dem Parkplatz neben dem großen Müllcontainer. Für seine Hilfe hat er dann etwas zu essen bekommen oder e paar Mack."

„Also war er schon zu D-Mark-Zeiten hier?"

„Ja, bestimmt. Er hat schon bei meiner Mutter ausgeholfen, und sie ist ja schon über zehn Jahre nicht mehr im Betrieb."

„Und weiter?"

„Nun, der Sami ist eben geistig behindert, das nutzen auch welche aus. Vor allem, als immer mehr neue Händler hier hereinkamen. Für viele von ihnen war der Sami nur ein Idiot, den man, auf gut Deutsch, verarschen kann. Die haben ihn schuften lassen und ihm anschließend nur das bereits verfaulte Obst un Gemies gegebbe. Alles Babbsäck!"

„Und weiter?"

„Der Alex hat sich irgendwann um ihn gekümmert, ab da hat der Sami nur noch beim ihm gearbeitet. In der letzten Zeit war er auch oft im Wald, hat er mir erzählt."

„Wer hat im Wald gearbeitet?"

„Na, der Sami. Ich hatte ihn gefragt, weil er manchmal drei, vier Tage nicht hier war, wo er sich denn rumtreibt. ‚Im Wald', hat er gesagt, oder ‚bei den Soldaten'. Und hat gelacht dabei. Manchmal hat er auch seinen Zeigefinger auf die Lippen gelegt und ‚Pssstt' gemacht. ‚Geheimnis', hat er dann gesagt."

„Und was es mit dem Geheimnis auf sich hat, das wissen Sie nicht?"

„Nein. Einmal hat der Alex ihn angefahren, als er mitbekam, dass der Sami hier bei mir steht und irgendetwas vom Wald erzählt. So kannte ich den Alex gar nicht. Ich hab dann auch zu ihm gesacht: ‚Du Alex, so darfste awwer ned midem Sami redde.' Dann ist er wieder ganz nett geworden, hat sich bei mir entschuldigt und den Sami in den Arm genommen."

„Aber was es mit dem Wald und den Soldaten auf sich hat, das wissen Sie nicht?"

„Nein, keine Ahnung."

„Und wie ich Sami finden kann?"

„Er war heute wieder ganz früh hinten an seinem alten Platz am Container. Er wirkte ganz verstört, weil der Alex nicht mehr da ist."

„Hat er denn keine Wohnung?"

„Ich hab einmal gehört, dass er bei seiner alten Mutter wohnt. Die Eltern haben sich wohl getrennt, als klar war, dass der Sami ein Idiot, ich meine, dass er behindert ist. Wo sie wohnt, des waß isch ned."

„Noch eine andere Frage, wer ist denn Stefan G.?"

„Ach du lieber Gott. De Sami kann ja nix dafür, dass er en Idiot iss, awwer de Gerlinger, der hat' es sich aangelernt. En solscher Dummbabbler iss das, a Neidhammel, a Quertreiber, hörn Se ma uff mit dem!"

„Immerhin spricht er in der Zeitung von mafiösen Strukturen in der Kleinmarkthalle." Schwaner hatte

81

den Artikel in Kopie eingesteckt und zog ihn nun heraus. Martina Freiser überflog die Zeilen und die Röte stieg ihr immer mehr ins Gesicht. Anschließend musste sie noch etliche derbe Flüche ablassen, ehe sie wieder zu einem normalen Gespräch zurückfand.

„Also, das mit dem Gerlinger ist so: Sein Vater hatte ein großes Fischgeschäft, mit Import am Flughafen, Halle in Griesheim und eben auch ein Geschäft hier in der Kleinmarkthalle – wobei das hier nur das fünfte Rad am Wagen war. Der alte Gerlinger hat die gesamte Gastronomie beliefert, und das nicht nur in Frankfurt und Rhein-Main. Der hatte einen Lieferservice bis hinter Kassel und in die andere Richtung bis nach Würzburg. Der hat richtig Geld verdient. Eines Tages verkauft der alles, bis uff de Stand hier in de Klaamarkthall an aa Unnernemme in Hambursch. Seinem Sohn, dem Stefan, dem läster des hier als Lewwensunnerhalt un iss ab met senner Sekretärin no Ibiza. Do habbe se all geguckt."

„Was heißt das?", wollte Schwaner wissen.

„Nun, sein lieber Herr Sohn, der hatte natürlich bis dahin nix gemacht, als das Geld von seinem Vater zu verjubeln. Schule nix, Studium nix, danach nur de Dicke mit de Kohle vom Ahle gemacht. Gestrunzt bis zum gehd ned mehr."

„Ja, aber er hat doch sicherlich einen Erbanspruch?", warf Schwaner ein.

„Das kann sein. Aber der alte Gerlinger lebt ja noch. Von seiner ersten Frau ist er schon lange getrennt, ich glaube, sie ist auch mittlerweile verstorben. Am Unternehmen war der Sohn nie beteiligt. Es kann sein, dass er einen Pflichtteil bekommt, wenn der Alte einmal stirbt. Awwer bis dohin muss er gucke, wo er bleibt."

„Ich versteh aber immer noch nicht ganz, was das mit der Kleinmarkthalle zu tun hat?"

„Pass obacht, des war so. De klaane Gerlinger kommt do aan un macht emol gleich uff de dicke Max. Als hätt er do jetzt besonnere Aasprüch. Als misste die annern ihm des Gescherr hinnerher trache, als sei er do de Graf Koks von der Hall. Wollt emol gleich an annern Standplatz, des würd ihm zustehe un all so dumm Sprüch."

„Und dann?"

„Wissen Sie, jeder neue Kollege hier in der Halle wird, sofern er sich nicht total plemplem anstellt, von den eingesessenen Händlern unterstützt. Auch dieses Geschreibe da über Ausländer in der Halle ist der totale Quatsch. Hier hat niemand etwas gegen Ausländer oder Türken oder so was. Die Frage ist doch eine ganz andere: Warum möcht kaa Deutscher mehr Obst- und Gemüsehändler werre? Das ist doch nicht nur hier in der Kleinmarkthalle so, sondern auch üwwerall in der Stadt und außerhalb Frankfurts ned anners."

„Warum?"

„Weil es enn Scheißjob iss, destewesche! Wer möchte denn an sechs Tagen die Woche morgens um vier aufstehen und zur Großmarkthalle fahren, einkaufen? Dann hierher und ausladen, die Auslagen aufbauen, bis abends Kundschaft, nach Schluss alles wieder in Kisten und ab ins Kühlhaus. Am nächsten Morgen geht's wieder von vorne los. Und dann darf es noch nicht einmal etwas kosten. Alles muss billig, billig, billig sein, weil Aldi, REWE, Edeka es für die Hälfte anbieten."

„Ich wollte jetzt aber doch gerne nochmals auf Stefan Gerlinger zurückkommen."

„Ja, der hat dann auch lernen müssen, dass es Arbeit ist, hier in der Kleinmarkthalle. Unn dass aus ungeleschte Eier kaa Hinkel schluppe. Dass man sein Geld mit viel Mühe verdienen muss. Das kannte er nicht. Und seitdem isser neidisch uff jeden, der vielleicht e bissie mehr hat wie er. Unn macht Gott unn die Welt fer alles verantwortlisch."

„Frau Freiser, Sie haben mir, wie immer, sehr geholfen, besten Dank! Und sagen Sie dem Sami, wenn Sie ihn sehen, dass er keine Angst vor mir haben muss und sich bitte dringend bei mir melden soll." Schwaner reichte eine Visitenkarte an den Obststand hinüber und ging nach draußen, um zu telefonieren.

„Hallo Anne? Nein, leider nichts Neues über Sami. Sag mal, wie weit ist der Messner mit dem Handy von Kazikis. Da könnte eine Rufnummer von Sami gespeichert sein. Er wohnt womöglich bei seiner Mutter."

„Ich hake nach, wenn ich etwas erfahre, melde ich mich sofort bei dir."

„Gut, ansonsten schau bitte, dass du die Unterlagen durchsehen kannst. Bring bitte in Erfahrung, ob der Kazikis einen Jagdschein oder so etwas hatte. Oder ob er Pächter von einem Waldstück war."

„In Ordnung, ich kümmer mich darum. Bis später."

Der nächste Anruf galt Sven Beck.

„Hallo Sven. Wie sieht es aus bei dir?"

„Also, die KTU ist hier fertig. Die Wohnungstür war verschloss'n. Keine Anzeich'n von Einbruch oder dergleich'n. Die Wohnung war zwar etwas unaufgeräumt, scheint aber vom Besitzer selbst zu stamm'n, da es sich fast ausschließlich um Klamott'n, CDs und Zeitschrift'n handelt. Badezimmer war auch in Ordnung. Es wurd'n keine Drogen oder dergleich'n gefund'n, allerdings einige leere Pull'n Wein, und er verfügt über eine ansehnliche Bar mit reichlich Sprit."

„Sonst noch etwas?"

„Ja! In der Wohnung gibt es keine Küche."

„Wie bitte?"

„Keine Küche. Ich meine, es ist schon eine Küche da, aber sie ist nicht eingerichtet. Dort steht nur ein Tisch mit zwei Stühlen, ein Kühlschrank, ein Weinschrank, eine Spüle, eine Vitrine mit Gläsern in verschieden'n Größ'n und Form'n und eine recht imposante Espressomaschine. Kein Herd, keine Töpfe, keine Schüsseln, keine Teller! Nichts! Ich dachte, er war Koch?"

„Naja, vielleicht wollte er das zu Hause nicht haben?"

„Kann sein, wirkt aber komisch."

„Du weißt doch, jeder darf leben, wie er will, solange er keinen dabei stört."

„Ja, ja. Schon gut. Es ist dennoch die erste Wohnung ohne Küche, die ich je geseh'n habe."

„Dann treffen wir uns in dreißig Minuten vor der VILLA METZLER. Okay?"

„Bin da, Chef."

Schwaner ging wieder in die Halle und nach oben auf die Galerie. Hier war er bislang noch nicht gewesen. Er blieb einen Augenblick an der Brüstung stehen und betrachtete das Gewusel in den Gängen unter ihm. Erstmals fiel ihm das große Wandgemälde an der vorderen und die riesige Uhr an der hinteren Stirnwand auf. Ohne genauer hinsehen zu müssen, sprangen ihm allerhand unschöne Ecken auf den Ständen und an der Halle selbst ins Auge. Staub aus vielen Jahren, in uralten Spinnweben gefangen, bewegte sich im leichten Luftzug. Die gesamte Fensterfront gegenüber war blind und grau. Auf der Unterseite des Daches zeigten sich zahlreiche Flecken.

„Ganz schön in die Jahre gekommen, unser gutes Stück", sagte eine Stimme, als hätte sie seine Gedanken erraten. Es war Frau Roland, die plötzlich neben ihm stand.

„Ja, wenn man genauer hinschaut." Schwaner ließ seinen Blick nochmals von rechts nach links wandern.

„Das soll jetzt alles anders werden", kommentierte Frau Roland Martins Wanderung. „In diesem Jahr soll endlich die Renovierung beginnen."

„Von der nicht alle begeistert sind, wenn ich Sie gestern richtig verstanden habe?"

„Ursprünglich", Frau Roland stützte sich mit beiden Armen auf der Brüstung ab, „ursprünglich sollte die Halle abgerissen werden. Das war der Plan vor etwa zwanzig Jahren. Dagegen gab es großen Protest, nicht nur von den Händlern, sondern noch mehr von den Kunden. Es endete darin, dass die Kleinmarkthalle unter Denkmalschutz gestellt wurde. Damit wurden allerdings auch die dringend notwendigen Veränderungen und Modernisierungen in der Halle verhindert. Sie müssen sich vorstellen,

86

die gesamte Technik in den Kellern stammt größtenteils noch aus den Fünfzigerjahren. Damals dachte man an keine Klimatisierung, es musste ja in erster Linie schnell gehen und billig sein." Frau Roland deutete auf die Fensterfront gegenüber und hinauf zum Dach. „Die Fensterfassade sollte möglichst viel Licht hereinlassen. Damals dachte kein Mensch an die Wärme, die dadurch erzeugt wird. Ebenso die ungedämmte Decke ..." Ihre Augen wanderten von Stahlträger zu Stahlträger. „Waren Sie schon mal im Sommer hier oben?"

Schwaner verneinte.

„Da haben Sie etwas verpasst, kann ich Ihnen sagen. Wir haben nicht selten schon mal vierzig Grad ..."

„Aber dann ist es doch gut, dass jetzt renoviert wird. Was kann man dagegen haben?" Der Kommissar verstand wirklich nicht, wie ein solches Vorhaben in der heutigen Zeit abgelehnt werden konnte.

„Technisch gesehen absolut, aber ..." Frau Roland verstummte und wusste nicht wie weiter.

„Aber?", fragte Schwaner nach.

„Vier Jahre Umbauzeit, wenn alles glattläuft. Wahrscheinlich werden es fünf oder sechs. Können Sie sich das vorstellen?"

Schwaner verneinte abermals.

„Es wird das gesamte Hallendach abgenommen werden. Von hier nach dort ...", Frau Roland zeigt auf den Boden der Galerie hinüber zur Fensterfront, „... wird eine provisorische Decke eingezogen. Pfeiler, keiner weiß, wo genau, ob in den Gängen oder in den Ständen, stützen diese Konstruktion. Anschließend werden die Keller, später die Halle, in Abschnitten saniert. Staub, Lärm, Absperrungen

87

über Jahre hinweg. Auf dem Parkplatz vorne stehen die Kräne, das Baumaterial, Container und was sonst notwendig ist. Glauben Sie allen Ernstes, da kommt noch jemand?"

Schwaner hatte keine Antwort. Frau Roland drehte sich um und zeigte die Galerie entlang. „Glauben Sie, es wird eine Kundin, die hier samstags Austern zu einem Glas Sekt oder Champagner schlürft, das in einem Zelt oder Container hinterm Haus, neben der Müllpresse tun?"

„Es wird doch bestimmt Zwischenlösungen, Hilfen, Kompensationen geben?", versuchte es Schwaner.

„So!" Frau Roland lachte. „Von wem? Von der Stadt? Von den Kunden? Vom lieben Gott?" Tränen stiegen Frau Roland in die Augen. „Nein, es wird das alles, so wie es jetzt ist, ganz einfach nicht mehr geben." Frau Roland wandte sich ab und ließ Schwaner stehen. Er sah ihr hinterher und erkannte, wie sie sich mehrmals mit dem Ärmel ihrer Jacke über die Augen fuhr. Martin blickte plötzlich ganz anders über die Dächer der Stände. Die Uhr zeigte ihm, dass er spät dran war und los musste. Seinen geplanten Besuch bei Gerlinger schob er auf.

12. Kapitel

Die VILLA METZLER hatte schon äußerlich alle Attribute einer noblen Adresse. Die weiße Fassade des dreigeschossigen Hauses strahlte bis zur anderen Mainseite hinüber. Der Vorgarten war auf eine Art und Weise gepflegt, der Rasen so grün und kurz geschnitten, dass es einen Besucher nicht verwundert hätte, mehreren Schwarzen mit Strohhüten zu begegnen, die wie in den Südstaaten Amerikas zur Zeit der Sklaverei für solch penible Arbeiten zuständig waren.

Ein geschmiedeter, fast drei Meter hoher Zaun trennte durchsichtig, aber bestimmt, das Leben dahinter von Lärm und Lästigkeit der Straße. Auf ein etwa DIN-A4-großes, goldenes Schild an einer der beiden Säulen, die die geschwungenen Flügel eines imposanten Tores trugen, war in einer serifenlosen Schrift „VILLA METZLER" eingraviert, darunter zwei Sterne.

Schwaner suchte auf dem Parkplatz hinter dem Haus vergeblich nach einer Möglichkeit, sein Fahrrad anzuschließen. Diese Art der Fortbewegung war den Gästen oder Betreibern des Restaurants wohl fremd. Beck kam mit seinem Dienstwagen auf den Parkplatz gerauscht. Der Opel wirkte auf der markierten Fläche seltsam klein und unscheinbar. Aus einem dunklen Lieferwagen wurden Kühlboxen und Kartons entladen. Auf der Seite des Fahrzeugs prangte ein überlebensgroßes Foto des toten Leiningers. Auf den Kuppen seiner Zeigefinger balancierte er je ein Messer, stehend, die Spitze nach unten und lachte den Betrachter an. „Gekonnt ist gekonnt – Zwilling" stand groß daneben. Unter dem Bild und kleiner: „Kochkurse mit Mirko Leininger unter www.villa-metzler.de. Schwaner trat näher und schaute in das strahlende Gesicht. Leininger wirkte wesentlich jünger, schlanker und vitaler als auf den Bildern, die er bisher von ihm gesehen hatte – nicht nur, da die meisten davon aus der Gerichtsmedizin stammten.

„Scheint en ält'res Bild zu sein", frotzelte Beck neben Schwaner.

Die beiden Polizisten folgten den Boxen und Stiegen nach drinnen. Auf einem Flurstück hingen gerahmte Fotografien, auf denen Leininger mit allerhand Prominenz aus Politik, Wirtschaft, Film und der High Society zu sehen war.

„Hier, die kenn' ich vom seh'n! Das is doch diese Schaffrath. Künstlername Gina Wild." Beck tat ganz aufgeregt, grinste und stieß Martin in die Seite.

Tagsüber schien das Restaurant geschlossen zu sein. Gäste waren an den weit auseinander stehenden Tischen keine zu sehen. Mehrere junge Damen deckten unter der Aufsicht eines streng blickenden Herren ein. Als er Schwaner und Beck wahrnahm, stellte er keine Frage an sie, sondern hob nur leicht Kopf und Augenbrauen. Gäste des Hauses konnten diese beiden wohl kaum sein.

„Wir möchte'n bitte zu Herrn Heinen", schob sich Beck vor.

„Wen darf ich melden?", kam es kurz und schnittig aus kaum bewegten Lippen.

„Kommissar Beck und Hauptkommissar Schwaner von der Kriminalpolizei Frankfurt." Beck hatte seinen Ausweis gezogen und hielt ihn dem immer noch mindestens sechs Meter entfernt Stehenden entgegen. Schwaner stand mit auf dem Rücken verschränkten Armen daneben und wippte leicht auf den Zehenspitzen. Er wusste nicht genau warum, aber das Gefühl, dass sich der Fall Leininger zu einem wirklichen Fall entwickeln würde, war nahezu Gewissheit in ihm geworden.

Der steife Herr gab eine kaum vernehmliche Anweisung an eine der jungen Damen, die Geschirr und Besteck ablegte und die beiden Polizisten bat, ihr zu folgen.

„Aufzug oder Treppe?", fragte sie.

„Aufzug", sagte Beck.

„Treppe", sagte Schwaner. Also Treppe.

Im ersten Stock war ein Gang mit vier abgehenden Zimmern zu sehen. Im Gegensatz zum Erdgeschoss waren die Wände hier sehr hell, fast leuchtend tapeziert. Ein Läufer von sicherlich drei Zentimetern Dicke und mit klassischem Muster zog den Betrachter förmlich in Richtung der Türen. Schwaner ging auf das erste Zimmer zu, die junge Frau war an der Treppe stehen geblieben.

„Das sind unsere Séparées. Für Gäste, die beim Essen nicht gestört werden möchten, oder auch für kleinere Gesellschaften."

„Wie viele dieser kleineren Gesellschaften haben Sie hier denn so?", wollte Schwaner wissen.

„Sehr viele. Die Räume sind fast immer ausgebucht. Manchmal ist es sogar so, dass jemand den ganzen Stock mietet, obwohl nur zu zweit oder zu viert, also in einem Raum, gegessen wird", erzählte die junge Frau unbekümmert.

„Ja, ja. Wenn diese Wände erzählen könnten", sprach Schwaner leise vor sich hin und lächelte zu Beck hinüber.

91

Im obersten Stock blieb die nette Führerin vor einer kleinen, schwarzen Tür stehen. Auf ihr war ein Messingschild mit der zweizeiligen Aufschrift „Burkhard Heinen, Direktor" angebracht. Nach dem zarten Klopfen kam ein recht deutliches „Herein" von innen. Das Mädchen öffnete die Tür. In einem unvermutet schmalen, jedoch hellen Raum saß ein Herr in lila Anzug hinter einem riesigen Schreibtisch aus Glas.

„Herr Heinen, die beiden Herren sind von der Polizei und möchten Sie gerne sprechen." Damit verschwand das Mädchen auf der Stelle. Der Angesprochene verkrampfte die Finger um die verchromten Armlehnen seines Sessels. Erst schien es, als wolle er aufspringen, dann ließ er sich wieder zurückfallen. Seine Augen huschten zur Tür, zum Fenster und zu einer weiteren Tür, die wohl in einen Nebenraum führte. Abschließend rückte er bis zur Kante seines Stuhles vor, richtete seinen Rücken kerzengerade aus und wies auf zwei gepolsterte Stühle vor seinem Schreibtisch.

„Meine Herren. Guten Tag. Nehmen Sie doch Platz. Wie kann ich Ihnen helfen?"

Schwaner schaute Burkhard Heinen direkt ins Gesicht. Dieser wich dem Blick aus, wischte irgendein Staubkorn von der Glasplatte und schaute seinerseits aus dem Fenster. Das Gesicht schien Schwaner überaus blass und um die Mundpartie war ein leichtes Zittern sichtbar.

„Herr Heinen", begann Beck, „wir müss'n Ihn'n eine traurige Nachricht überbring'n."

Ein sichtbarer Ruck ging durch Heinen. Augenblicklich wandte er sich seinen Besuchern zu.

„Wir hab'n gestern im Main die Leiche von Mirko Leininger geborg'n."

Was auf diesen Satz folgte, hatten Schwaner und Beck in ihrer langjährigen Erfahrung noch nicht erlebt. Wie von einem Faustschlag getroffen, warf es Heinen in den Sessel zurück, seine Hände krampften sich noch mehr um die Armlehnen, er fing am ganzen Körper zu zittern an und Schaum trat aus dem Mund. Im nächsten Moment trampelte er mit den Beinen, warf zunächst den Kopf, dann den ganzen Körper hin und her. Die Rollen des Schreibtischstuhls vollführten Pirouetten und mit einem leisen, dann immer lauter werdenden „Nein, nein, nein, nein ..." fuhr Heinens Oberkörper nach vorne. Seine Stirn knallte auf die Glasplatte.

Beck und Schwaner glaubten, dass sie, wenn nicht gebrochen, so doch einen deutlichen Riss davongetragen haben müsste. Der Riss zeigte sich stattdessen am Haaransatz von Heinen. Eine Platzwunde begann stark zu bluten. Erst in diesem Moment konnte Schwaner seine Starre überwinden. Er stürzte um den Schreibtisch und versuchte Heinen in den Stuhl zu drücken. Es schien, als wolle dieser gerade wieder Schwung nehmen und seinen Kopf nochmals auf die Tischplatte schlagen.

„Ruf einen Notarzt!", brüllte er zu Beck hinüber, der bis dahin ebenfalls bewegungslos die Szene verfolgt hatte.

Es dauerte einige Minuten, ehe sie das Martinshorn vernehmen konnten. Bis die Sanitäter zu ihnen hinaufgelangt waren, mussten Schwaner und Beck mit vereinten Kräften Heinen im Sessel festhalten.

Erst eine Injektion ließ den Direktor der VILLA METZLER ruhiger werden und in ein dauerhaftes Weinen verfallen.

Schwaner und Beck standen nach dem Abtransport auf dem Parkplatz. Zuvor hatten sie die Belegschaft über das Ableben Mirko Leiningers informiert, ohne auf die näheren Umstände einzugehen. Herr Heinen hätte wohl offensichtlich einen Schock erlitten. Im Hinausgehen hörten sie, wie der strenge Herr die Mitarbeiter nach Hause schickte.

„Hast du so etwas schon mal erlebt?", wollte Beck wissen.

„Nein, so noch nicht. Vor allem nicht bei einem Mann."

„Das heißt?"

„Das weiß ich noch nicht. Ich habe es bisher einmal bei einer Frau erlebt, die ihren Ehemann völlig überraschend verloren hatte."

„Das bedeutet, er hatte keine Ahnung vom Tod seines Partners?"

„Vom Tod Leiningers hatte er keine Ahnung. Aber da war noch etwas anderes, gleich als wir reinkamen."

„Was meinst'n?"

„Flucht. Es waren typische Fluchtbewegungen. Der Blick zur Tür, zum Fenster, zu der anderen Tür. Er prüfte seine Möglichkeiten, wie er uns im Zweifel hätte entkommen können."

„Du meinst, er wusste doch etwas?" Beck schaute Schwaner erstaunt an.

„Nein, nicht über den Tod Leiningers. Das eben war nicht gespielt, es war absolut echt. Aber da war etwas anderes. Er hatte Angst vor uns, ganz deutlich. Er

94

war blass, er war nervös, er rechnete mit etwas anderem."

„Und warum?"

„Das wird er uns sicherlich nicht verraten, das müssen wir schon selbst herausbekommen. Los, wenn wir uns beeilen, schaffen wir es noch in die Kantine. Du mit dem Auto, ich mit dem Fahrrad. Mal sehen, wer schneller ist. Blaulicht zählt nicht."

13. Kapitel

Zur nachmittäglichen Besprechung kamen sowohl Anne Wiegand als auch Günther Messner mit dem jeweils typischen Gesichtsausdruck für Neuigkeiten. „Also, ihr zwei schaut ja so, als ob ihr gleich platzt", begrüßte sie Schwaner. „Wer fängt an?"

„Die Damen zuerst", gab sich Messner großzügig.

Anne rückte noch ein, zwei Mal auf ihrem Stuhl hin und her und öffnete dann die vor ihr liegende Mappe.

„Ich habe mir die Unterlagen von Alexis Kazikis angeschaut und bin dabei auf etwas Besonderes gestoßen, insbesondere weil es etwas mit Wald und Trüffel zu tun hat: Tautuffo."

„Tautuffo? Tautuffo!", ging es rund um den Tisch.

„Was ist Tautuffo?", wollte Schwaner wissen. „Spann uns nicht so auf die Folter."

„Soweit ich es aus den Unterlagen ersehen konnte, ist Tautuffo ein Unternehmen, das Trüffel hier bei uns im Taunus anpflanzen oder züchten möchte. Ich habe eine Unterlage gefunden, laut der Tautuffo ein Waldstück in Köppern bei Wehrheim gepachtet hat, auf dem Gelände des dortigen Munitionsdepots."

Messner meldete sich. „Ich habe schon gehört, dass man in Frankreich und Italien erfolgreich versucht hat, Trüffel zu züchten, aber hier bei uns ist mir das völlig neu. Ich kann mir auch gar nicht vorstellen, dass das funktioniert. Da müssen so viele Faktoren passen, das geht eigentlich gar nicht. Aber dank des Klimawandels ..."

„Günther", fiel ihm Schwaner ins Wort, „das muss jetzt hier nicht unser Problem sein. Es scheint

96

sich zumindest eine Spur zu zeigen, und diese hat tatsächlich etwas mit Trüffeln zu tun."

„Es geht noch weiter", begann Anne wieder, die es liebte, ihre Neuigkeiten Stück für Stück zu präsentieren. „Die Firma Tautuffo ist eine GbR, eingetragen hier in Frankfurt. Es gibt zwei Gesellschafter, Alex Kazikis und ...", hier machte sie abermals eine Pause und schaute jedem Anwesenden einzeln in die Augen.

„Und wer?", wollte Schwaner endlich wissen.

„Mirko Leininger!", warf Anne fast strahlend ein und freute sich an der Wirkung ihrer Neuigkeit. Schwaner war einen Moment perplex.

„Die beiden Fälle haben also eine Verbindung ..."

„Nicht nur eine!" Nun war es Messner, der freudig loslegte.

„Auf dem Handy von Kazikis ist sowohl die Mobilnummer von Leininger als auch dessen Privat- und Geschäftsnummer gespeichert. Und nun das Beste", auch er zögerte die Spannung hinaus. Schwaner machte eine Handbewegung, die Messner bedeutete, doch nun endlich mit der Sprache rauszurücken.

„Das letzte Gespräch, das Kazikis von seinem Handy aus führte, war am Samstag gegen elf Uhr dreißig, und zwar mit dem Restaurant von Mirko Leininger."

„Und später sin' beide tot", entfuhr es Sven Beck.

„Ja", wiederholte Schwaner, „und in der Nacht sind beide tot." Schwaner grübelte einige Augenblicke.

„Hast du ein paar mehr Informationen zu diesem Telefonat?"

„Es war recht kurz, noch nicht mal eine Minute. Ich vermute, dass er nur eine Nachricht dort hinterlassen hat. Für ein richtiges Gespräch wäre die Zeit sehr knapp gewesen."

„Eine Verabredung?"

„Könnte schon sein, dass es dafür gereicht hat."

„Wenn sich beide getroffen hätten. Wann könnte dies gewesen sein?" Schwaner malte einen Zeitstrahl auf ein Blatt vor ihm. „Sven, du musst herausbekommen, und zwar exakt, wann der Leininger am Samstag in seinem Restaurant war und wann nicht. Ich habe mit dem Hallenmeister in der Kleinmarkthalle gesprochen. Er sagte, dass er kurz nach achtzehn Uhr ging und die Halle abschloss. Danach wäre niemand mehr ohne Schlüssel hinein- oder herausgekommen. Kazikis Schlüssel lag an dessen Stand, er tot im Keller. Wenn die beiden sich getroffen haben, dann nach dem Anruf und vor achtzehn Uhr. Also müssen wir herausbekommen, wo Leininger zwischen elf Uhr dreißig und siebzehn Uhr war. Prüft das bitte nach." Martin hielt Beck seine Skizze hin.

„Aber wo führt'n das hin?", wollte Beck wissen.

„Das weiß ich noch nicht. Vielleicht haben sich Leininger und Kazikis in der Kleinmarkthalle getroffen, vielleicht auch nicht. Vielleicht war Leininger der Mörder von Kazikis? Keine Ahnung. Wir wollen jetzt nicht spekulieren, wir müssen Fakten sammeln. Anne, du bringst bitte in Erfahrung, wann der Heinen befragt werden kann."

Zu Messner gewandt: „Hast du eine Telefonnummer von diesem Sami gefunden?"

„Ja, habe ich. Der Anschluss war aber auf Kazikis zugelassen. Also keine Adresse von Sami. Da drehen wir uns im Kreis. Ich habe eine Ortung veranlasst, aber aktuell ist das Telefon ausgeschaltet."

„Bleib bitte dran."

„Anne, du gehst bitte weiter die Unterlagen durch. Gibt es irgendetwas zu Griechenland? Sind die Ergebnisse der Obduktion da?"

Anne nickte und schüttelte gleichzeitig den Kopf.

„Gut, ihr wisst, was zu tun ist. Alle neuen Informationen gleich zu mir. Nächstes Treffen morgen neun Uhr hier."

Schwaner ging in sein Büro. Auf seinem Schreibtisch lag ein Zettel, dass Frau Dr. Thielacker angerufen hatte und um einen Rückruf bat. Ferner hatte ihn Dr. Winkler, Leiter der Presseabteilung, angemailt: „Umgehende Abstimmung bezüglich Fall Leininger notwendig. Dr. W." Eine weitere Notiz besagte, dass ein Herr Konrad von der HFM um einen Rückruf bat.

Dann doch lieber zuerst Sandra. Er schloss die Bürotür, setzte sich an seinen Schreibtisch und wählte ihre Nummer in der Gerichtsmedizin.

„Hier die persönlich-medizinische Assistentin von Hauptkommissar Schwaner", meldete sie sich vergnügt. „Wie kann ich Ihnen helfen?"

„Hallo, wie geht's dir?"

„Danke, kann mich über ausreichende Arbeit nicht beklagen."

„Gibt es etwas Neues bei Leininger?"

„Mmhhh", offenbar trank Sandra Thielacker nebenbei, „Gamma-Butyrolacton."

„Wie bitte?"

„Gamma-Butyrolacton, oder kurz GBL. Kannst du auch als K.-o.-Tropfen bezeichnen, wobei GBL meist nur die Grundsubstanz für die eigentlichen K.-o.-Tropfen oder Ecstasy darstellt. Es riecht nämlich

99

ziemlich intensiv und unangenehm, hat aber den Vorteil, dass du es relativ einfach besorgen kannst."

„Was heißt ‚relativ einfach'?"

„Nun, es wird massenhaft in der chemischen und pharmazeutischen Industrie eingesetzt und unterliegt nur einer freiwilligen Kontrolle. Du kannst es sozusagen in jedem größeren Labor finden und natürlich in Apotheken oder auf Krankenhausstationen."

Schwaner überlegte einen Moment. „Und GBL führt zum Tod?"

„In einer entsprechenden Dosierung schon", wieder trank Frau Dr. Thielacker, „in geringer Dosierung, so ein bis zwei Milliliter, das sind vielleicht vier, fünf Tropfen, bewirkt es einen Rausch, ähnlich wie Alkohol. Darüber hinausgehende Mengen führen zunächst zu gänzlicher Willen-, anschließend zur Bewusstlosigkeit und schlimmstenfalls zu Atem- und Herzstillstand."

„Augenblicklich oder wie?"

„Nein, natürlich nicht. Ich kann mir nicht vorstellen, dass jemand eine solche Menge von GBL auf einen Schlag zu sich nimmt oder nehmen kann. Das muss schon portionsweise geschehen. Und dann dauert es ja auch eine gewisse Zeit, bis es seine Wirkung entfaltet."

„Wie lange?"

„Da spielen mehrere Faktoren eine Rolle: Gewicht, körperliche Konstitution, Trink- und Rauschgewohnheiten, wie das Mittel aufgelöst wird. Ich würde mal so auf fünf bis fünfzehn Minuten tippen."

„Unterm Strich kann er es also selbst eingenommen haben oder es wurde ihm heimlich eingeflößt?"

Schwaner war mit seinen Gedanken schon weiter.

„Das kann ich dir leider nicht beantworten. Beides ist möglich. K.-o.-Tropfen werden einerseits häufig bewusst für den eigenen Rausch eingenommen, anderseits auch eingesetzt, um ein Opfer zu betäuben oder zumindest gefügig zu machen."

„Ja, ja, ich weiß. Bringt uns hier nicht weiter. Aber ganz lieben Dank, meine fleißige Biene."

„Sehen wir uns später?"

„Wenn du möchtest. Ich wollte allerdings erst noch zum Rudern gehen."

„Ruf mich an, ja?"

„Mach ich, bis später."

Sven Beck klopfte an die Bürotür. Schwaner winkte ihn herein.

„Ich hab' mit den Kolleg'n von der Wasserschutzpolizei gesproch'n. Die sind sich ziemlich sicher, dass der Leininger unterhalb der Alt'n Brücke in den Main gestieg'n sein muss. Das ist auch nicht weit weg von seiner Wohnung. Er ist von dort an der Kaimauer entlang bis zum Schiff am Eisern'n Steg getrieb'n un hat sich verfang'n. Wäre er weiter ob'n und mehr in der Mitte ins Wasser, wäre er frühestens an der Staustufe Griesheim häng'n geblieb'n."

„Gut. Vielleicht gibt es ja Zeugen. Ich habe jetzt gleich einen Termin mit Dr. W. Da geht es um den Leininger. Vielleicht kann uns die Presse helfen und es meldet sich jemand, der etwas gesehen hat."

Durch die offene Tür rief Schwaner. „Anne, wer ist dieser Konrad von der HFM?" Martin hielt die Notiz in die Höhe. Anne hob die Schultern. „Er hat irgendetwas mit der Kleinmarkthalle zu tun. Mehr sagte er mir nicht."

„Konrad, Konrad ...?" sprach Martin vor sich hin. Irgendwo hatte er den Namen schon mal gehört.

101

Er wählte die notierte Nummer, die eine städtische war, wie ihm jetzt auffiel. Es meldete sich ein scheinbar junger, energischer Mann in einem Ton, als sei er der Vorgesetzte Schwaners und der habe ihn über Gebühr auf den Rückruf warten lassen. Er kam gleich zur Sache und stellte sich als der „Manager der Kleinmarkthalle seitens der Hafen- und Marktbetriebe" vor. Bei dem Begriff „Manager" klickte es in Martins Kopf. Konrad legte dar, dass er für das reibungslose Funktionieren der Kleinmarkthalle verantwortlich sei, so, als hinge davon das Wohl der Welt ab. Ihm unterstünden auch alle Personen dort, inklusive der Hallenmeister. Gespräche mit diesen sollten künftig nur mit seiner Einwilligung und in seinem Beisein geführt werden. Er, Konrad, übe auch das Hausrecht aus. Film- und Fotoaufnahmen dürften nur mit seiner ausdrücklichen Genehmigung erstellt werden. Schwaner unterbrach die Flut der Selbstdarstellungen und des Kompetenzgehabes. Er wollte gerne wissen, wie er Herrn Konrad helfen könne und was eigentlich der Zweck des Telefonates sei? Konrad holte wieder aus und stellte sich diesmal als Mittler der unterschiedlichen Interessen zwischen der Stadt Frankfurt, als Vermieter, und den Mietern, sprich Händlern, der Kleinmarkthalle dar. Er stehe sozusagen zwischen Politik und Wirtschaft. Das erfordere sehr viel Fingerspitzengefühl, gerade nach außen, also über die Medien, die, so Konrad, nichts oder nur wenig und wenn überhaupt, es von ihm erfahren dürften. Schwaner verstand immer noch nicht. Als Konrad allen Ernstes forderte, er müsse vorab und als Erstes über mögliche Ergebnisse der

102

Ermittlungen informiert werden, legte Schwaner auf.

„Warum möchten alle, dass die Ermittlungen still und leise verlaufen?", sagte er beim Hinausgehen zu Anne. „Kannst du mir mal einen Überblick über die Geschichte der Kleinmarkthalle verschaffen?"

14. Kapitel

Das Treffen mit Dr. Winkler, im K11 nur Dr. W. genannt, verlief gewohnt kompliziert und hatte eine gewisse Ähnlichkeit mit dem eben geführten Telefonat Schwaners. Allerdings forderte und bestimmte Dr. W. nicht. Er agierte subtiler. Der heutige Bericht in der NEUEN PRESSE über den Fall in der Kleinmarkthalle war überhaupt nicht nach seinem Geschmack. Das waren keine guten Nachrichten, da klang deutliche Kritik an der Polizeiarbeit durch, und zwar äußerst negative Kritik.

„Na und", entgegnete ihm Schwaner, „sollen doch die Kollegen, die Frau Kazikis haben abblitzen lassen, mal einen auf den Deckel kriegen. Ich kann mir das gut vorstellen, wie sich da jemand in der sonntäglichen Ruhe auf dem Revier gestört fühlte und sie vertröstet hat."

„Aber Herr Schwaner, ich bitte Sie, so können Sie doch nicht von Ihren Kolleginnen und Kollegen reden. Das betrifft uns doch alle."

„Nein, überhaupt nicht. Ich habe da, wenn überhaupt, mehr Verständnis für denjenigen, dem in einer Stresssituation mal die Nerven durchgehen, als für diejenigen, die einfach nicht gestört werden möchten."

Dr. W. schüttelte seinen Kopf. „Und mussten wir die Halle tatsächlich so lange geschlossen halten? Sie kennen diese Händler nicht. Die haben Einfluss."

Fast flehentlich streckte Winkler ihm seine Hände entgegen.

„Dr. Winkler, Sie wissen so gut wie ich, dass die KTU den Tatort freigibt. Ich finde, da es sich um eine komplette Markthalle handelt, in der an vielerlei Orten Beweisstücke versteckt werden können, die Dauer der Schließung erstaunlich kurz."

„Nun gut, nun gut. Das ist jetzt nicht unser Punkt." Dr. Winkler hob beschwichtigend die Hände. „Kommen wir zu Leininger. Das wird die nächste Katastrophe werden." Dr. W. vermutete immer dann eine Katastrophe, wenn die Meldungen der Polizei zu nicht mehr steuerbaren Eigenberichten der Presse führten. Winkler wäre es am liebsten, die Medien würden exakt die Texte der Pressestelle abdrucken, nicht mehr und nicht weniger.

„Dass der Tote im Main der Sternekoch Leininger ist, das wird eine Katastrophe werden, eine einzige Katastrophe. Wie ist denn der Stand der Dinge?"

„Viel gibt es noch nicht zu sagen. Wir können weder Fremdverschulden noch Selbstmord ausschließen. Die Todesursache war Atemstillstand durch eine Überdosis K.-o.-Tropfen. Wir wissen mit ziemlicher Sicherheit, dass er unterhalb der Alten Brücke in den Main gestiegen ist. Keine sichtbaren Spuren von Gewalt. Sein Umfeld konnten wir bislang nicht befragen. Sein Geschäftspartner hat einen Nervenzusammenbruch erlitten, Angehörige gibt es nicht."

„Oh, eine Katastrophe, eine Katastrophe", Dr. W. verschränkte die Finger ineinander, drückte, spreizte, drückte, spreizte, „es ist immer schlecht, wenn wir wenig zu sagen haben. Dann wird viel spekuliert. Dann schießen die Vermutungen ins Kraut und wir müssen das später wieder einfangen. Aber wir müssen noch heute eine Meldung herausgeben. Und es ist nicht mehr viel Zeit."

„Ich würde an Ihrer Stelle eine möglichst knappe Meldung verfassen. Vielleicht mit der Bitte um Hinweise, ob jemand den Toten Samstagnacht gesehen hat."

„Eine knappe Meldung ist ja noch viel komplizierter als ein seitenlanger Bericht. Wenn wir nur einen Zweizeiler raussenden, dann denken die Kollegen gleich, wir mauern. Das wird die Spekulationen nur anheizen." Dr. W. schien wirklich verzweifelt. Er und Schwaner saßen in dem kleinen Büro des Presseleiters, das von einem an mehreren Stellen festgebundenen Gummibaum dominiert wurde, und überlegten. Schwaner kannte die Situation. Sie war typisch für Winkler, der bei schwierigen Fällen den Hilflosen mimte und sein Gegenüber immer wieder mit kurzen Blicken zu einer Lösung des offenbar Unlösbaren aufforderte.

Vorschläge wurden dann von Winkler sofort akzeptiert, allerdings immer intern mit seinem Vermerk versehen: „Wie von Kommissar XY, Leiter der Ermittlungen, vorgeschlagen ..." Damit hoffte sich Winkler ein Hintertürchen offen zu halten, wenn einmal tatsächlich eine Katastrophe eintrat. Er würde dann sicherlich nicht zögern, alle Verantwortung von sich zu weisen und dem Kollegen alle Pannen in die Schuhe zu schieben. Gab es einen Erfolg, interpretierte er die Zeile als „Beispiel unkomplizierter und abteilungsübergreifender Zusammenarbeit, die von ihm intensiv betrieben würde ..." Schwaner wollte ihn dieses Mal nicht so leicht davonkommen lassen. Er hatte sich schon beim letzten Mal etwas überlegt.

„Herr Dr. Winkler, machen Sie es doch so: Sie schreiben heute, knapp vor Feierabend, eine kurze

Pressemeldung und laden für morgen, zehn Uhr, zu einer Pressekonferenz hier ins Präsidium ein. Dieser Fall, vielmehr der Bekanntheitsgrad des Opfers, erfordert meiner Meinung nach eine solche Maßnahme. Und Sie können dann im direkten Kontakt mit den Journalisten sehr genau und individuell auf Fragen eingehen – oder eben auch nicht."

Dr. Winkler hatte völlig regungslos zugehört, er überlegte, langsam fingen seine Hände wieder an sich zu reiben. Sein Mund wurde spitz, seine Stimme hoch.

„Herr Hauptkommissar, das ist eine ganz großartige Idee. Das geht aber nur, wenn Sie auch an der Pressekonferenz teilnehmen. Kein anderer kann dort Rede und Antwort stehen. Sie sind der Leiter der Ermittlungen. Ich würde die Veranstaltung, sagen wir einmal, moderieren."

Schwaner war sprachlos. Verdutzt schaute er Dr. W. an, der mit einem leichten Lächeln aufgestanden war, um seinen Schreibtisch herum kam, dem Hauptkommissar die rechte Hand entgegenstreckte und gleichzeitig mit der linken zur Tür wies.

„Großartig, ganz großartig. So machen wir es. Ich schreibe lediglich eine Einladung zur Pressekonferenz, morgen, zehn Uhr unten im Mediensaal, und verweise auf Sie als leitenden Ermittler. Herzlichen Dank, Herr Hauptkommissar. Jetzt müssen Sie mich entschuldigen, ich habe noch alle Hände voll zu tun."

Schwaner stand vor der Tür und ärgerte sich. Wie konnte er sich so einfach überrumpeln lassen. Und warum hatte er vorher nicht daran gedacht. Wie ein Schuljunge hatte er sich vorführen lassen. Fluchend

107

ging er in sein Büro zurück. Dort wurde er bereits erwartet.

Anne machte ihm bei seinem Eintreten noch ein schnelles Zeichen, indem sie mit der flachen Hand unter ihrem Kinn wedelte. Dazu bewegten sich ihre Lippen und formten lautlos: Doktor Körner. Schwaner wusste Bescheid. Nebenan wartete Oberstaatsanwalt Dr. Körner, hastig eine Ausgabe von POLIZEI AKTUELL durchblätternd, die irgendwie auf Schwaners Schreibtisch gelandet war.

„Herr Dr. Körner, was verschafft mir die Ehre?"

„Herr Hauptkommissar. Ich dachte mir, wenn der Prophet nicht zum Berg kommt, dann kommt der Berg eben zum Propheten. Ich muss meinen Informationen und Berichten neuerdings hinterherlaufen. Mich haben bereits zwei Stadtdezernenten, das Regierungspräsidium, das Innenministerium und ein völlig zerknirschter Dr. Winkler angerufen."

„Bitte entschuldigen Sie, zwei Fälle auf einmal ..."

Plötzlich durchfuhr Schwaner ein Geistesblitz.

„Ich kann Sie aber sofort auf den neuesten Stand bringen und alle Ihre Fragen beantworten. Übrigens findet morgen um zehn Uhr eine Pressekonferenz statt, das hat gerade Dr. Winkler vorgeschlagen, und es wäre sicherlich richtig und wichtig, dass Sie dort den Journalisten zur Verfügung stehen."

15. Kapitel

Am nächsten Morgen klingelte bereits um kurz vor sieben Schwaners Telefon. Das verhieß nichts Gutes.

„Herr Schwaner? Herr Schwaner! Eine Katastrophe!" Dr. Winkler war am Telefon. Anscheinend hatte ihn die bevorstehende Pressekonferenz so frühzeitig ins Büro getrieben. „Eine einzige Katastrophe! Haben Sie schon in die NEUE PRESSE geschaut? Ein riesiger Artikel über den Fall Leininger. Wir hatten uns doch gestern abgesprochen, wie wir vorgehen wollen, und da finde ich ..."

„Moment, Moment, Herr Dr. Winkler, bevor Sie weiterreden. Was ist passiert, ich verstehe nicht?"

„Eine Katastrophe, eine Katastrophe! Ich habe doch gestern Abend noch die Einladungen für die heutige Pressekonferenz zu der Leiche im Main verschickt. Natürlich schließt das ein, dass wir alle Vertreter der Medien gleichzeitig informieren, das heißt, erst heute?"

Winkler wartete auf Zustimmung.

„Ja, ich verstehe", antwortete Schwaner verschlafen.

„Jetzt druckt die NEUE PRESSE aber schon heute einen ganzseitigen Artikel über das Ableben von Leininger ab. Die wissen also schon, wer die Leiche im Main ist. Wir haben ein Leck in Ihrer Abteilung."

„Moment, Moment!" Martin war jetzt hellwach. „In meiner Abteilung gibt es kein Leck, das kann ich Ihnen versichern. Vielleicht hat es die NEUE PRESSE ja von der Feuerwehr. Die waren bei der Bergung auch dabei? Oder vom Notarzt, Leichenbestatter, Passanten, was weiß ich."

109

„Dann hätte die NEUE PRESSE die Nachricht sicherlich schon gestern gebracht. Warum sollten sie einen Tag mit einer solchen Sensation warten?" Schwaner glaubte am Telefon zu spüren, wie sich Winklers Hände ineinander verknoteten. „Herr Winkler, ich bin gleich im Büro, dann lese ich erst einmal den Artikel und danach können ..."

„Das wird eine Katastrophe werden. Die anderen Journalisten werden uns zerreißen, uns beschimpfen, uns quälen und nach jedem Fehler suchen, damit sie richtig über uns herfallen können. Darauf müssen Sie gefasst sein nachher."

„Ich nehme an der Pressekonferenz nicht teil. Oberstaatsanwalt Körner wird teilnehmen."

Zunächst herrschte Totenstille auf der anderen Seite der Leitung, dann war ein „Aber, aber ..." und schließlich nichts mehr zu hören.

„Der Oberstaatsanwalt war gestern noch bei mir und ich musste ihm ausführlich berichten. Natürlich auch über die geplante Pressekonferenz. Er wollte dann unbedingt daran teilnehmen. Sie wissen doch, er sieht und liest gerne über sich in den Medien."

„Aber Herr Schwaner ...", berappelte sich Dr. W. „Das hätten Sie ... mir mir ... Sie hätten ... Sie müssen unbedingt dabei sein. Jetzt erst recht, nachdem wir diese Panne hatten ..."

„Wir hatten keine Panne", unterbrach Schwaner brüsk. „Für meine Leute kann ich mich verbürgen. Da plaudert niemand mit der Presse, es sei denn, er soll es."

„Aber irgendwie muss es nach außen gedrungen sein. Vielleicht durch Leiningers Geschäftspartner?"

110

Schwaner überlegte einen Moment. „Das glaube ich nicht, dass er gestern dazu in der Lage war, oder, falls doch, in seinem Zustand als Erstes zur Presse gerannt ist. Wer hat den Artikel überhaupt geschrieben?"

„Eine Barbara Geulich-Vogt. Kenne ich nicht. Scheint normalerweise nichts mit der Berichterstattung über Kriminalfälle zu tun zu haben. Ich schau mal nach." Wieder eine kurze Pause. „Aber, Herr Schwaner, wie dem auch sei, Sie müssen an der Pressekonferenz teilnehmen."

„Ich fahr jetzt erst einmal ins Büro. Bis später." Er legte auf, drehte sich um und gab Sandra, die sich schlafend stellend alles mitgehört hatte, einen Kuss auf die Stirn.

„Was hat denn der Winkler schon wieder für ein Problem? Muss er so früh anrufen?" Sie drehte sich zur Seite und presste ihren Hintern gegen Schwaners Schoß. Augenblicklich begann sich dort etwas zu rühren und zu versteifen. Sandra drückte in rhythmischen Bewegungen ihren Po gegen das steifer werdende Glied. Martin umfasste ihren Busen und knetete ihn zart.

„Musst du wirklich schon los?", wollte Frau Dr. Thielacker wissen. „Ich hätte da eine andere Idee."

„So, eine andere Idee hast du? Lass mich raten?" Und seine Hand wanderte vom Busen über den Bauch zwischen ihre Schenkel. „Du, ich komm nicht drauf."

„Na, du bist mir ja ein Kriminalist. Kannst die einfachsten Fälle nicht lösen." Dabei öffnete sie ihre Schenkel und griff zwischen ihren Beinen hindurch. „Vielleicht muss ich dir etwas auf die Sprünge helfen?"

Etwa eine halbe Stunde später kam Schwaner ins Büro. Auf seinem Schreibtisch lag bereits der heutige Artikel aus der NEUEN PRESSE.

Mehr als zwei Sterne sind verloschen
Zum Tod des Frankfurter Spitzenkochs Mirko Leininger
FRANKFURT. Völlig überraschend ist am vergangenen Wochenende der Frankfurter Sternekoch Mirko Leininger aus dem Leben geschieden. Seit Jahren war er das gastronomische Aushängeschild der Mainmetropole und galt auch unter Kollegen uneingeschränkt als die Nummer eins in Frankfurt. Wie es zu diesem tragischen Ende kommen konnte, ist bislang noch unklar. Sein Leichnam wurde am frühen Montagmorgen aus dem Main geborgen. Offensichtlich ist Leininger ertrunken, Spuren von Gewalt konnten nicht festgestellt werden, die genaue Untersuchung der Leiche ist noch nicht abgeschlossen. Sicher ist, dass der oftmals nach außen so impulsive und nicht immer einfache Leininger ein äußerst sensibler, mitunter exzentrischer Mensch war.
Anfang der 1970er in der Nähe von Saarbrücken geboren, war es ihm nicht in die Wiege gelegt, einmal ein bundesweit bekannter und in den Medien präsenter Sternekoch zu werden. Sein Vater arbeitete in der Stahlindustrie, seine Mutter war Hausfrau, die, wie Leininger immer wieder betonte, überhaupt nicht kochen konnte. Leininger absolvierte zunächst eine technische Lehre im gleichen Betrieb wie sein Vater. Erst im anschließenden Zivildienst, er arbeitete in einer Jugendherberge an der Nord-

seeküste, begann sein Weg als Koch. Der lieblose Umgang mit den Produkten und die massenhafte Zubereitung schlechten Essens, so Leininger, weckten sein Interesse. Gerne erzählte er das für ihn eindrückliche Erlebnis, als er in der Jugendherberge nach dem Rezept für die von ihm selbst zubereitete Tomatensoße gefragt wurde.

Mitte der 1990er kam Leininger nach Frankfurt und eröffnete mit anderen zusammen das Lokal AUBERGE im Nordend, das allerdings erst nach einigen Jahren, die ursprüngliche Gruppe hatte sich auf Leininger und seinen langjährigen Adlatus Burkhard Heinen reduziert, zu einigem Ansehen kam.

Mirko Leininger war Autodidakt, der sich viel durch Probieren und permanentes Verbessern beibrachte. Unbenommen hatte er ein kulinarisches Gespür, vielleicht sogar eine geniale Ader für neue Kreationen, die ihm angeblich über Nacht in den Sinn kamen. Wirklich ernst genommen wurde Leininger erst, nachdem er über zwei Jahre bei mehreren Sterneköchen im In- und Ausland hospitiert hatte. Unmittelbar nach seiner Rückkehr bezog er die noble VILLA METZLER am Mainufer. Von nun an ging es steil nach oben für den ungelernten Koch. Ein Jahr nach Eröffnung erhielt die VILLA METZLER ihren ersten Michelin-Stern und sechzehn Punkte im Gault-Millau. Weitere zwei Jahre später folgten der zweite Stern und achtzehn Punkte, die höchste Auszeichnung in der Stadt, ein Niveau, das er allerdings nicht mehr steigern konnte.

Zahlreiche Personen lokaler Prominenz waren Stammgäste in der VILLA METZLER und gelegentlich

113

auch internationale Stars und Sternchen, die in Frankfurt ihre Auftritte absolvierten. Leininger war auch im Fernsehen präsent. Von 2010 bis 2016 strahlte der Hessische Rundfunk regelmäßig die Sendung „Leininger kocht" aus. Aufgrund geringer Einschaltquoten wurde sie eingestellt. Vereinzelt war Leininger Gast bei Tim Melzers „Kitchen Impossible" – allerdings eher in der Reserve als in der Stammmannschaft.

Wie viele andere seiner Zunft hatte sich Leininger auf den wirren Wegen der Molekularküche verlaufen und fand, im Gegensatz zu seinen Kollegen, kaum wieder hinaus. Geradezu stoisch hielt er an diesem Trend fest. Die Sterne am Frankfurter Himmel schienen endgültig zu verblassen, die kreative Energie Leiningers war offenbar versiegt. Vielleicht war dies ein Grund dafür, dass er seinem Leben ein Ende setzte.

Schwaner war verdutzt. Vielleicht nicht so sehr darüber, dass bislang nicht veröffentlichte Informationen in diesem Artikel zu finden waren. Stutzig machte ihn die Art des Artikels, der zwischen Lob und gleichzeitiger Kritik hin- und herschwang. In den Text eingefügt waren mehrere Fotografien. Eine zeigte Leininger am Tor zu seinem Restaurant, wie er auf die Tafel mit den zwei Sternen deutete. Daneben ein wohl privates Bild: der jugendliche Leininger ungelenk vor einem Herd. Auf einem anderen stand er inmitten einiger prominenter Politiker, darunter der Ministerpräsident des Landes und die ehemalige Bundeskanzlerin.

Schwaners Telefon klingelte.

„Herr Hauptkommissar, hier Körner. Dr. Winkler hat mich soeben informiert und mir die Situation eindringlich geschildert. Ich bin auch der Auffassung, dass Sie unbedingt an der Pressekonferenz teilnehmen müssen. Bis später." Schwaner war sauer und entsprechend gereizt ging er in die Besprechung mit dem Team des K11. Als Erstes informierte er die Kollegen über die neuesten Erkenntnisse Frau Dr. Thielackers und über die Ereignisse in Zusammenhang mit der Presse.

„An oberer Stelle wird vermutet, dass jemand aus unserer Abteilung der Presse etwas durchgesteckt hat." Lautes Rumoren und Kopfschütteln am Tisch. „Ich habe mich dafür verbürgt, dass dies unmöglich ist. Sollte sich allerdings herausstellen, dass ich mich hier getäuscht haben sollte, dann ... wäre ich doch sehr ..." Schwaner schaute der Reihe nach alle in der Runde an.

„Nun, ich bin sicher, ich täusche mich nicht." Heftiges Nicken reihum.

„Fangen wir mit der Kleinmarkthalle an. Was haben wir Neues, Anne?"

„Also, der Obduktionsbericht von Alexis Kazikis ist da und bestätigt die von Günther bereits angenommenen Erkenntnisse zur Todesursache, Tod durch Ersticken. Lediglich bei der vermutlichen Tatwaffe für den Schlag wird auf eine glatte Oberfläche hingewiesen. Damit scheint es eindeutig eine Folienrolle gewesen zu sein."

„Schade!", warf Messner ein.

„Leg mir bitte den gesamten Bericht auf den Tisch. Gibt es etwas Neues über diesen Sami?" Schwaner schaute Beck an.

„Ja, ich bin auf etwas gestoß'n. Vor einig'n Jahr'n sollte ein Sami Barut, der nachträglich zu sein'n Eltern nach Deutschland eingereist war, wieder in sein Heimatland Iran abgeschob'n werd'n. Das löste eine riesige Protestwelle aus, da dieser Sami als geistig behindert galt und seine Verwandt'n im Iran ihn wegen angeblicher Lebensgefahr nicht wieder aufnehm'n wollt'n."

„Was ist daraus geworden?"

„Soweit ich es ermitteln konnte, ist die Abschiebung durchgeführt word'n."

„Und wenn dies unser Sami ist, erklärt sich auch, warum er vor der Polizei versteckt wird. Kann man sogar verstehen."

„Ich habe den Nam'n Barut einmal durch den Computer lauf'n lass'n, das scheint wie bei uns Müller oder Schmidt zu sein. Jedenfalls hab'n wir über dreihundert Person'n dieses Namens in und unmittelbar um Frankfurt. Bis wir hier fündig wer'n, wird es mehr als eine Woche dauern." Beck schaute Schwaner fragend an.

„Selbst wenn es viel Arbeit ist, versuchen müssen wir es. Parallel dazu probiere ich noch etwas anderes. Frau Freiser aus der Kleinmarkthalle sagte mir, dass Sami frühmorgens einen bestimmten Platz habe, wo er anzutreffen sei. Er ließe sich dort für Gelegenheitsarbeiten anheuern. Ich werde morgen früh mal versuchen, ihn dort zu treffen. Gibt es weitere Informationen zu Tautuffo?"

Anne Wiegand übernahm wieder das Wort.

„Ich habe mit dem Leiter des Munitionsdepots telefoniert, er war sehr überrascht, aber auch sehr kooperativ – ohne die möglichen bürokratischen

Verwicklungen anzusprechen. Der Pachtvertrag ist schon vor mehr als drei Jahren geschlossen worden. Er selbst habe Alexis Kazikis nicht gekannt, oder kaum gekannt, und ihn seit längerer Zeit nicht gesehen. Er wollte weitere Informationen bei sich einholen."

„Ich möchte da mal hinfahren, kannst du mir das bitte arrangieren?"

„Schon geschehen. Morgen Vormittag um zehn Uhr wirst du dort erwartet."

„Danke. Noch etwas Neues in diesem Fall? Wie sieht es mit den Häusern, dem Vermögen in Griechenland aus?"

Anne schüttelte den Kopf.

„Gut, dann zum Fall Leininger. Ist der Geschäftspartner vernehmungsfähig?"

„Wie ich erfahren habe, ist er gestern Abend auf eigenen Wunsch aus der Universitätsklinik entlassen worden."

„Dann fahren wir beide nach der Pressekonferenz nochmals in die VILLA METZLER. Anne, würdest du mir bitte einmal die Anschrift von dieser Journalistin Barbara Geulich-Vogt raussuchen? Danke. Und denkst du bitte an die Infos zur Kleinmarkthalle? Dann haben wir's. Ich muss auf Anweisung von Körner auch am Schlachtfest teilnehmen. Wir sehen uns am Nachmittag, fünfzehn Uhr, wieder hier."

Die Pressekonferenz verlief, wie von Dr. Winkler befürchtet. Obwohl die einst verschiedenen Tageszeitungen Frankfurts zu einem undurchsichtigen Konglomerat unter einem Dach verschmolzen waren, versuchten sich die Redakteure immer noch als autark und unabhängig voneinander darzustellen. Die Vertreter der Polizei wurden wütend beschimpft und ihnen die Bevorteilung einzelner Journalisten vorgehalten. Mit vielen Wortmeldungen wurden die bisherigen Ermittlungen hinterfragt, das verhieß nichts Gutes. Besonders der bereits formulierte Selbstmord war ein intensives Thema. Hierzu müsste es doch Informationen und Belege geben, ein Abschiedsbrief oder Ähnliches. Warum wurde dies den Anwesenden vorenthalten? Wer im Auditorium fehlte, waren die Verursacher der hitzigen Auseinandersetzung, Frau Barbara Geulich-Vogt oder ein anderer Vertreter der NEUEN PRESSE. Nach etwas mehr als einer Stunde war das Spektakel endlich vorbei. Erstaunlicherweise hatte niemand mehr nach dem Opfer in der Kleinmarkthalle gefragt. Das war Schnee von gestern. Schwaner vermied es tunlichst, auf einen möglichen Zusammenhang der beiden Fälle hinzuweisen.

16. Kapitel

Als sich Schwaner und Sven Beck später auf dem Parkplatz im Innenhof des Präsidiums trafen, schüttelte der Hauptkommissar immer noch den Kopf. „Weißt du, es ist schon merkwürdig. Wird ein Prominenter aufgefunden, spielen alle anderen Fälle plötzlich keine Rolle mehr bei der Presse. Die sind buchstäblich vergessen. Wenn wir unsere Fälle genauso bearbeiten würden, dann möchte ich die Presse einmal hören. Ein Verbrechen ist ein Verbrechen, egal wer das Opfer ist oder wer der Täter. Für die Journalisten besteht dagegen eine Zweiklassengesellschaft, von ihnen selbst geschaffen, und sie merken es nicht einmal." Schwaner riss die Beifahrertür auf und ließ sich in den Sitz fallen. „Ein Gutes hat es allerdings", sagte er, während er sich anschnallte. „Jetzt verlaufen die Ermittlungen in der Kleinmarkthalle still und leise."

Mittlerweile mit der VILLA METZLER vertraut, gingen Schwaner und Beck direkt nach oben zum Büro von Burkhard Heinen. Seine Tür stand offen, er saß hinter seinem Schreibtisch, vor ihm eine Ausgabe der NEUEN PRESSE.
„Herr Heinen. Guten Tag, wie geht es Ihnen?" Schwaner betrat nach einem kurzen Anklopfen unaufgefordert das Zimmer.
Entschuldigend hob der Direktor beide Hände und schüttelte leicht den Kopf. „Verzeihen Sie bitte mein gestriges Verhalten, aber der Tod von Mirko hat mich tief getroffen. Ich kann es immer noch nicht begreifen."

119

„Dennoch hab'n Sie sich selbst aus dem Krankenhaus entlass'n?", fuhr Beck ihn an. Schwaner schob ihn gleich wieder zurück.

„Ja, ich musste", entgegnete Heinen mit säuselnder Stimme. „Das Geschäft muss ja weitergehen, jetzt wo Mirko nicht mehr da ist ... Ich habe mit den Mitarbeitern gesprochen. Sie alle möchten weitermachen und so Mirko ehren."

Schwaner fragte mit einer Handbewegung, ob sie sich setzen durften. „Herr Heinen, auch wir müssen unsere Arbeit fortsetzen und Ihnen einige Fragen stellen." Heinen nickte zustimmend. „Wann haben Sie Herrn Leininger zum letzten Mal gesehen?"

„Vergangenen Samstag. Wir hatten wie immer unser spezielles Saturday-Lunch-Angebot. Das wird sehr gut angenommen. Mirko war in der Küche. Später haben wir noch den Abend durchgesprochen. Wir waren wie immer ausgebucht."

„Wann war das genau, ich meine, Ihre Unterhaltung mit Herrn Leininger?"

„So gegen sechzehn Uhr."

„Wie lange dauerte Ihr Gespräch?"

„Bestimmt länger als eine halbe Stunde. Danach sind wir noch zusammen nach unten gegangen und haben mit dem Team gesprochen. Danach ging Mirko in die Küche, ich habe den Empfang übernommen."

„Mirko Leininger hat also am Samstagnachmittag das Haus nicht verlassen?"

„Um Gottes willen, nein! Wie stellen Sie sich das vor? Warum fragen Sie?"

„Wie war Ihr Verhältnis zu Herrn Leininger?"

„Gut, sehr gut. Wir sind Freunde seit unserer Jugend. Wir haben viel zusammen erlebt und durchgemacht.

Nach vielen schweren Jahren haben wir das hier zusammen aufgebaut." Heinen kreiste einmal mit dem Kopf.

„Wie war die Aufgabenverteilung?"

„Ganz einfach, Mirko in der Küche, ich alles andere." Ein Lächeln umspielte Heinens Mundwinkel.

„Gab es in der letzten Zeit Probleme hier im Restaurant?"

„Nein, zumindest keine außergewöhnlichen."

„Und im privaten Bereich? Wissen Sie, ob Herr Leininger mit jemandem zusammen war. Hatte er eine Freundin?"

„Soweit ich weiß, aktuell nicht. Aber wissen Sie, das war bei Mirko sowieso nie von Dauer."

„Er hatte also häufig wechselnde Bekanntschaften, wie man das so nennt?" Heinen nickte.

„Hat er sich dann von den Frauen getrennt oder wurde er verlassen?"

„In der Regel hat er sich getrennt, meist dann, wenn die Damen Ansprüche an ihn stellten."

„Wie meinen Sie das?"

„Der Beruf des Kochs, insbesondere der eines Kochs auf diesem Niveau, ist kein normaler Beruf. Sie arbeiten zu den unmöglichsten Zeiten. Wenn andere feiern, stehen Sie in der Küche. Wenn andere abends ausgehen, stehen Sie in der Küche. Wenn andere Ferien oder Feiertage haben, stehen Sie in der Küche. Sie müssen diesen Beruf wirklich lieben, um ihn auszuüben. Und Sie müssen mit ihm verwachsen sein, wenn Sie darin solchen Erfolg wie Mirko erreichen wollen. Nach einigen Wochen war fast jeder seiner Bekannten klar, dass sie immer nur an zweiter Stelle stehen würde. Jede versuchte dann

121

auf die eine oder andere Weise ...", Heinen überlegte einen Augenblick, „... sich in Szene zu setzen. Daraufhin war meist Schluss."

„Er war also nicht unglücklich und hatte sich auch nicht richtig verliebt?"

„Nein, Mirko liebte nur die VILLA METZLER", sagte Heinen mit Bestimmtheit und lächelte versonnen.

„Er kam Ihnen auch nicht sonst irgendwie verändert vor?"

Dieses Mal schüttelte Burkhard Heinen nur den Kopf.

„Sagt Ihnen der Name Kazikis, Alexis Kazikis etwas?" Burkhard Heinen sprach den Namen mehrfach vor sich hin. „Ich glaube, den habe ich schon mal gehört, weiß aber nicht genau, in welchem Zusammenhang."

„Herr Kazikis hat am Samstag hier angerufen, gegen elf Uhr dreißig. Wissen Sie etwas über dieses Telefonat?"

„Hier rufen sehr viele Leute an. Ich verstehe immer noch nicht den Grund Ihrer Frage?"

„Wissen Sie, ob Herr Leininger mit Herrn Kazikis telefoniert hat?"

„Das kann ich Ihnen nicht beantworten."

„Wo kommen die Anrufe hier im Hause an?"

„In der Regel unten. Wenn dort nicht abgenommen wird, dann hier oben bei mir."

„Sie haben nicht mit Herrn Kazikis gesprochen?"

„Nein, auf keinen Fall. Aber worauf wollen Sie hinaus?" Heinen setzte sich auf.

„Sagt Ihnen der Name Tautuffo etwas?"

„Nein." Diesmal antwortete Heinen sehr entschieden und unterstrich seine Antwort dadurch, dass er sich in seinem Stuhl gerade aufrichtete. „Was soll das sein? Tautuffo. Hört sich eher wie ein Schauspiel an."

„Eher wie was?", hakte hier Sven Beck ein.

„Wie bitte? Ich meine ein Theaterstück. Es gibt doch von Molière den Tartuffe. Deshalb sagte ich Schauspiel." Plötzlich wirkte Heinen wieder nervös und zittrig, fast so, als würde gleich wieder sein Kopf auf der Tischplatte aufschlagen.

„Wissen Sie", begann Schwaner, „auch Herr Kazikis ist tot. Wir haben ihn fast zur gleichen Zeit wie Herrn Leininger gefunden, allerdings in seinem Kühlhaus in der Kleinmarkthalle."

„Ach ja!", fiel ihm Heinen ins Wort. „Daher kenne ich ihn. Wir haben gelegentlich bei ihm eingekauft. VALENTINO, richtig? Und er ist auch tot? Aber das ist ... Aber das ist ja furchtbar."

„Furchtbar und merkwürdig", fuhr Schwaner fort, „denn wir mussten feststellen, dass beide Opfer etwas mehr verbindet als ihr gleichzeitiges Ableben."

„Ich verstehe Sie nicht?"

„Beide, Herr Kazikis und Herr Leininger, haben zusammen eine Firma mit dem Namen Tautuffo gegründet. Wussten Sie davon?"

„Nein." Wieder ein sehr entschiedenes Nein.

„Aber Sie ham doch alles andere für Herrn Leininger organisiert, wie Sie sagt'n?" Beck stützte sich bei dieser Frage auf den Schreibtisch und schaute Heinen frech grinsend direkt in die Augen.

„Aber ich war doch nicht sein Sekretär", entfuhr es Heinen ungewollt heftig. „Mirko hatte zahlreiche andere Unternehmungen und Ideen im Kopf. Darum habe ich mich nicht gekümmert."

„Und er hat diese auch nicht mit Ihnen abgesprochen?"

„Ich sagte doch schon, nein, nein und nochmals nein." Dieses Mal war seine Gestik fast etwas mädchenhaft. „Was wollen Sie eigentlich von mir?"

123

„Wie schon gesagt, Herr Heinen, versuchen wir herauszufinden, was passiert ist und wie Herr Leininger – und auch Herr Kazikis – zu Tode kamen."

17. Kapitel

Schwaner erhob sich und wollte gerade gehen, als er auf die Ausgabe der NEUEN PRESSE deutete. „Sie haben den Artikel gelesen?"

„Natürlich habe ich ihn gelesen."

„Hatten Sie im Vorfeld mit Frau Geulich-Vogt gesprochen?"

„Ich? Mit dieser Giftspritze? Nie im Leben. Sie hat bei uns seit Längerem Hausverbot."

„Und dennoch schreibt sie einen Nachruf auf Mirko Leininger?"

„Das ist doch kein Nachruf!" Heinen riss die Zeitung fast auseinander und deutete auf den Artikel. „Das ist doch ein ganz übles Machwerk. Sie spuckt förmlich auf sein Grab."

„Wieso? Das konnte ich jetzt nicht erkennen." Schwaner war um den Tisch herumgekommen und schaute neben Heinen stehend auf die Zeitung hinunter. Burkhard Heinen kam in Rage.

„Die Geulich, die müsste eigentlich Greulich heißen. Diesen Namen hätte sie verdient. Sie hat überhaupt keine Ahnung von Gastronomie und von Spitzengastronomie schon gar nicht. Schreibt, als sei sie der weibliche Dollase, kann aber einen Weißwein nicht von einem Rotwein unterscheiden. Sie wollte immer nur schnorren. Am Anfang kam sie nur zu zweit, mit einer Freundin – wenn Sie mich fragen, ist die sowieso lesbisch – auch egal, kann ja jeder leben, wie er will. Der Mirko hat sie schon immer hofiert, ich weiß nicht, warum und was er sich davon erhoffte? Dann kam sie mit drei Leuten, später mit vieren. Es war fast so, als wären wir hier

125

das Empfangszimmer von Frau Geulich-Vogt. Mirko hat sie immer weiter eingeladen, hat den ganzen Tisch ausgehalten, immer vom Feinsten. Bis es zum Eklat kam, ich weiß es noch wie heute. Mirko hatte etwas Besonderes ausprobiert, irgendetwas Neues, jedenfalls war er ganz begeistert von seiner Kreation. Er lässt servieren und steht förmlich an der Tür, nein, er steht genau an der Tür, um zu sehen, wie das Essen ankommt. Die Geulich hatte dies nicht bemerkt, jedenfalls sagt sie: ‚Puh, da hat der Mirko aber mal wieder danebengehauen‘, oder so etwas in der Art. Und dann noch: ‚Meiner Meinung nach hat er in letzter Zeit stark nachgelassen.‘ Und Mirko hört das alles, er stand ja förmlich hinter dieser blöden Kuh, die sich Woche um Woche aushalten ließ. Er springt nach vorne, schlägt ihr die Gabel aus der Hand und schreit: ‚Raus, sofort raus. Ich will dich hier nicht mehr sehen. Raus, verschwinde!‘ Er ist völlig aus dem Häuschen, es ist furchtbar, ein unglaublicher Krach vor allen Gästen – das können Sie sich ja vorstellen. Die Freunde von der Geulich mischen sich ein, die wirft Mirko auch alle raus. Dann sagt er, sie sollten erst alle zahlen und das von den letzten Wochen gleich mit. Die Geulich sagt: ‚Ich denke gar nicht daran, so etwas Abscheuliches zu bezahlen!‘ Darauf der Mirko: ‚So, abscheulich? Aber gefressen habt ihr es alle – und zwar alles!‘
Naja, Sie können es sich ausmalen. So geht es hin und her. Ich kann ihn gerade noch zurückhalten, sonst wäre er auf die Geulich mit einem Stuhl losgegangen. Er war völlig außer sich. Dann schreit er ihr noch nach: ‚Ich werde dafür sorgen, dass du deinen Job verlierst, du Küchenluder, du Dessertnutte‘, oder so

etwas in der Art. Die Geulich zurück: ‚Und ich werde dafür sorgen, dass du deine Sterne verlierst, du Tütensuppen-Koch.' Mirko hat dann tatsächlich den Redaktionen FAZ, SZ, FEINSCHMECKER, JOURNAL und so weiter geschrieben. Was daraus geworden ist, weiß ich nicht, es ist ja bald ein halbes Jahr her."

„Aber wieso ist der Artikel ein Affront für Sie. Mir scheint er eher ein Zeugnis nachträglichen Friedens und Vergebung zu sein?"

„Heuchelei ist das, nichts als Heuchelei. Wissen Sie, Mirko hat immer darunter gelitten, dass er kein klassisch ausgebildeter Koch war. Und das mit der Jugendherberge und seiner Mutter hat er nur ganz wenigen erzählt. Da mussten Sie schon zu einem sehr intimen Kreis gehören. Dass die Geulich dies nun vor aller Welt ausbreitet, das ist boshaft, einfach nur boshaft. Und sie weiß es!" Heinen schlug mit der Hand auf den Tisch.

„Stimmt es denn, dass Herr Leininger nicht mehr so kreativ war? Offenbar konnte er, wie Sie es beschreiben, mit Kritik nicht so gut umgehen?"

„Mirko war in der Küche ein Genie, es war ihm angeboren, das können Sie gar nicht lernen. In ihm war etwas, ein siebter Sinn oder ein besonderes Geschmackszentrum, darin entstanden die unglaublichsten Kreationen, förmlich Meisterwerke. Oft hatte ich bei ihm das Gefühl, dass das Ergebnis in der Küche noch nicht genau dem entsprach, was er innerlich empfunden hatte. Es schien ihm nicht perfekt. Mit der Molekularküche hoffte er, diesem Ideal näher zu kommen. Es war schon so, dass er sich richtig verrannt hatte, das stimmt. Aber da war er ja nicht der Einzige. Erst spät hat er sich wieder davon gelöst. Aber immer, wenn er eine Krise hatte – dass war ja nicht die Erste –, kam er umso kreativer wieder daraus hervor. Ich kannte das schon. Es dauerte eine Weile, dann ist er förmlich neu erblüht. Wie ein Phönix aus der Asche ist er zu einem neuen kulinarischen Leben erwacht."

„Aber vielleicht hatte er das Gefühl, dieses Mal die Krise nicht überwinden zu können?", bohrte Schwaner nach.

„Sie wollen auf diesen vermeintlichen Selbstmord hinaus. Das ist alles völliger Unsinn. Mirko hätte sich nie umgebracht, und schon gar nicht im Wasser. Er hasste Seen, Flüsse, Schwimmbäder und alles, was mit Wasser zu tun hatte."

„Sind Sie sicher?"

„Ganz sicher. Schauen Sie sich das Bild da hinten an. Da waren wir zusammen auf Ibiza. Das war vor mehr als fünfzehn Jahren. Wir hatten kaum Geld und haben mehr oder minder am Strand geschlafen. Mirko ist in diesen drei Wochen nicht einmal ins Meer gegangen."

„Hätten Sie denn einen Verdacht, wenn es kein Selbstmord war?"

Heinen dachte einen Moment nach, schüttelte dann den Kopf. „Selbst der Geulich traue ich das nicht zu." Dabei tippt er auf den Zeitungsartikel.

Sven Beck war aufgestanden und betrachtete das Bild in der Ecke genauer.

„War'n Sie einmal ein Paar, Sie und Leininger? Ich meine, mehr als nur Freunde?"

„Ja, damals schon. Da hatten wir versucht, unsere Beziehung auch auf das Private auszudehnen. Es hielt jedoch nicht lange."

„Und Mirko Leininger hat sich dann wieder dem weiblich'n Geschlecht zugewandt oder wie?" Beck drehte sich wieder um.

„Das hatte ich Ihnen ja bereits erzählt."

„Und Sie, wohin hab'n Sie sich gewandt?", fragte Beck spitz.

„Ich glaube nicht, dass ich Ihnen hier Auskunft über mein Sexualleben geben muss, oder? Sie wollten doch gerade gehen, ich habe sehr viel zu tun. Sie finden sicherlich alleine hinaus. Auf Wiedersehen."

Burkhard Heinen geleitete die beiden Kripobeamten zur Tür und schloss diese hinter ihnen. Das Messingschild mit der Aufschrift „Direktor" glänzte im Dunkel des Flurs. Schwaner und Beck gingen die Treppen hinunter. Unten trafen sie auf den Herrn mit dem strengen Blick.

„Entschuldigen Sie bitte, dürfen wir Ihnen einige Fragen stellen?"

Im Großen und Ganzen wurden alle Aussagen Heinens bestätigt. Leininger war vergangenen Samstag von morgens bis zum Küchenschluss im Haus gewesen. Vom Ableben seien alle völlig überrascht worden. Es hätte keine Anzeichen für eine Krise oder Selbstmord gegeben. Der Anruf von Alexis Kazikis ließ sich dagegen nicht ermitteln.

Beck und Schwaner verließen die VILLA METZLER, standen allerdings noch einige Zeit bei ihrem Wagen und unterhielten sich.

„Mir gefällt dieser Heinen nicht", begann Schwaner, „irgendetwas gefällt mir an ihm nicht. Er zeigt völlig seltsame Reaktionen. Mal wirkt er völlig gelassen, oder möchte so wirken, dann wieder ist er total angespannt und hypernervös."

129

„Vielleicht leidet er noch unter'm Schock von gestern. Das war schon krass, wie er da ausgeflippt ist." Beck deutete einen Kopfschlag auf das Autodach an.

„Ich fand ihn gestern schon merkwürdig, auch ohne das Finale", sagte Schwaner und öffnete die Wagentür.

„Meinst du, für ihn", Beck nickte in Richtung der Villa, „war'n sie immer noch ein Paar?"

„Keine Ahnung." Schwaner hob die Schultern. „Aber eifersüchtig ist er, der Heinen. Er lässt ja keine Frau gelt'n, pardon, er lässt keine Damen gelt'n. Die möcht'n sich immer so in Szene setz'n." Beim letzten Satz imitierte Beck eine weibliche Stimme und wackelte mit der Hüfte.

„Umso gespannter bin ich, diese Journalistin einmal kennenzulernen. Wie spät ist es, halb eins?! Lass uns nochmals in die Kleinmarkthalle fahren. Ich möchte dort noch jemanden treffen."

18. Kapitel

Beck stellte sich wahllos auf einen der reservierten Parkplätze. „Wir bleib'n ja nich' lang", antwortete er auf Schwaners fragenden Blick. Die ganze Fahrt von Sachsenhausen herüber hatte er Martin in den Ohren gelegen, welchen Hunger er habe und dass sie unbedingt etwas in der Kleinmarkthalle essen müssten.

„Ne Wurst bei Frau Schreiber! Oder ne Frikadelle mit Kartoffelsalat bei'n Landfrau'n. Alles selbstgemacht. Oder die leck'rn Feta-Frikadell'n bei der Else. Ein Focaccia bei Teo's wär' auch nich' schlecht. Für's „daheim" ham wa zu wenig Zeit ..."

„Du kennst dich ja aus!", staunte Schwaner. „Ich wusste gar nicht ..."

„Ich hab' eb'n auch meine Geheimnisse." Beck lachte zu Martin hinüber. „Wir könnt'n auch zu Alasti geh'n. Da gibt's Nud'ln ...", setzte er seine Aufzählung fort.

„Erst die Arbeit, dann das Vergnügen", entschied Martin.

Beck schien sich nicht nur im Angebot der verschiedenen Händler bestens auszukennen. Im Handumdrehen standen sie auf der Galerie vor dem Stand Gerlingers. Links, in einer Art Aquarium, saßen mehrere Hummer mit zusammengebundenen Zangen aufeinander. In der Vitrine standen verschiedene Schüsseln mit Krustentieren und Muscheln. Daneben die silbrig glänzenden Leiber verschiedener Fischarten, manche davon auch filetiert.

Aus dem Stand blickte ihnen ein Herr in weißem Kittel mürrisch entgegen. Er hatte sich lange Strähnen von links nach rechts über die bereits lichte Oberseite seines Kopfes gekämmt. Schwaner schätzte ihn auf Mitte bis Ende vierzig. Unter der markanten Nase trug er einen kurz gehaltenen Schnauzbart, was ihn noch unsympathischer machte. Überhaupt wirkte der Mann wie der typische Deutsche in einem Film über das Dritte Reich.

Beck stellte Schwaner und sich vor, wandte sich jedoch sofort den Hummern zu, die er durch Klopfen an die Glasscheibe zu irgendwelchen Reaktionen bewegen wollte.

„Wie kann ich Ihnen helfen?", fragte Gerlinger knapp und beäugte Becks Treiben argwöhnisch.

Schwaner erläuterte kurz, warum sie hier wären, und verwies auf den Artikel in der Zeitung, in dem er, Gerlinger, von mafiösen Strukturen in der Kleinmarkthalle gesprochen hatte. Gerlinger druckste zunächst etwas herum und gab uneindeutige Worthülsen von sich. Schließlich verschwand er im Kühlhaus. Die beiden Beamten warteten.

„Wir sin' immer noch da!", grüßte Beck, als Gerlinger nach fast zwei Minuten aus der Tür lugte.

„Ich habe zu arbeiten!", blaffte der zurück.

„Wir auch", antwortete Beck. Schwaner ergänzte gelassen: „Wir haben Zeit."

Gerlinger verschloss das Kühlhaus und stapfte zur Theke zurück. „Sie möchten also wissen, wie ich das gemeint habe, mit den mafiösen Strukturen?" Er drängte sich zwischen Martin und Sven hindurch und stellte sich auf den Gang der Galerie. „Schauen Sie sich doch mal um. Fällt Ihnen etwas auf? Richtig! Niemand da! Jetzt gehen Sie mal hier vorne zum Geländer ...", Gerlinger tat zwei Schritte, „... und

sehen Sie nach unten. Menschen über Menschen."
Beck und Schwaner stellten sich links und rechts
von ihm. „Und so ist das schon seit Jahrzehnten.
Die da unten, wir hier oben. Da unten wird das Geld
verdient, wir können sehen, wo wir bleiben."
„Aber was hat das mit mafiösen Strukturen zu tun?",
fragte Schwaner nach.
„Ganz einfach!", Gerlinger geriet in Rage und wurde
lauter. „Wann immer dort unten eine Fläche frei
wird, wird sie an irgendeinen neuen Dahergelau-
fenen vermietet – am liebsten an einen Ausländer.
Die können dann mit ihren Oliven, Falafeln, Foca-
dingsda und all dem anderen Dreck, richtig Geld
verdienen, während wir hier oben nur Pfennige
zählen. Was glauben Sie, wie oft ich mich schon um
eine Fläche dort unten beworben habe?! Zigmal!
Bei mir heißt es immer, das geht nicht. Meine Ware
stinkt. Händler, die Kühlhäuser brauchen, müssen
auf dieser Seite der Halle bleiben. Aber sehen Sie
mal ...", Gerlinger wies mit dem Arm hierhin und
dorthin, „... wie viele der Mustafas da unten Kühl-
theken an ihren Ständen haben. Die dürfen das ..."
„Gerlinger! Halt's Maul!", rief jemand von unten,
ohne dass zu bestimmen war, von wem oder woher
es kam.
Gerlinger stieg die Zornesröte ins Gesicht. Er brüllte
zurück: „Ich lass mir von euch nicht den Mund
verbieten, ihr Pack ..." Plötzlich schien er sich zu
besinnen, wer neben ihm stand. „Muss ich mir so
etwas gefallen lassen, sagen Sie selbst? Muss ich? Sie
haben es selbst gehört, was die sich rausnehmen ..."
Gerlinger schwieg eine Zeit lang und schaute dabei
wie abwesend durch die Halle. „Wissen Sie", begann

133

er diesmal leise und wie zu sich selbst, „als die Kleinmarkthalle vor siebzig Jahren eröffnet wurde, da gab es da unten nur gleich große Parzellen. Für jeden die gleiche Fläche. Sie können das da vorne auf den Bildern sehen." Gerlinger zeigte auf eine Reihe von Tafeln, die an der Brüstung angebracht waren und die Geschichte der Kleinmarkthalle dokumentierten. „Und jetzt sehen Sie sich das mal da unten an ...", Gerlinger blickte Schwaner direkt in die Augen, „... und sagen Sie: Ist das nicht mafiös? Und wenn Sie dann noch wissen, wer mit wem dort unten verwandt ist, wer der Cousin, Schwager, Bruder von wem, dann ist das ein einziger Clan." Gerlinger ging hinter seine Theke zurück. „Und das Allerbeste ist", Gerlingers Gesichtsfarbe näherte sich wieder dem Rot seiner Hummer an, „dass jetzt dieser Umbau kommt und ich mein Geschäft für Jahre in einen Container verlegen soll. Da spielen Kühlhäuser plötzlich keine Rolle mehr. Dort hinten, neben dem Abfall soll ich meinen Fisch verkaufen. Aber die Alibabas dort unten, die dürfen alle bleiben, wo sie sind." Eine Kundin näherte sich. „Jetzt lassen Sie mich in Ruhe", sagte er zu Beck und Schwaner.

Unten überredete Sven Martin, sich bei Frau Schreiber anzustellen. Die Schlange sei doch nur zehn Meter lang. Schwaner gab schließlich nach und sie reihten sich ein. „Ich nehm ne Fleischwurst", jubelte Beck voller Vorfreude. Während sie warteten, zeigte er auf einen Blumenstand weiter hinten. „Frau'n lieb'n Blum'n", raunte er vieldeutig Martin zu und stieß ihm in die Seite. Schwaner gab sich völlig unbeteiligt.

134

Nach einer knappen Viertelstunde waren Sven und Martin endlich an der Reihe. Die rüstige Dame in der dampfenden Wurstbude begrüßte Beck sogleich mit: „Ach, der Herr Wachtmeister. Habbe se de Däter scho?"

„Noch' nich', Frau Schreiber, noch nich' Aber wir arbeit'n dran. Das ist übrig'ns mein Chef", stellte Beck Martin vor. „Zwei Mal Fleischwurst mit Brot, bitte."

„Der große Kerl brach awwer a extra groß Stück", antwortete Frau Schreiber mit Blick auf Schwaner.

„Mach'n Sie nur, mach'n Sie nur. Er kann's vertrag'n."

„Mit oder ohne Haut fer den lange Lulatsch?"

„Ohne", antwortete Schwaner, der bislang unbeteiligt der Unterhaltung lauschen durfte und jetzt zusah, wie Frau Schreiber geschickt mit dem Fingernagel ihres Daumens die Pelle der Wurst anriss und abzog.

„Kannten Sie Herrn Kazikis?", fragte Martin wie nebenbei.

„Ja selbstverständlich. Ich kenn hier jeden. Ein netter Kerl, wirklich, ein netter Kerl. Un aach scho lang hier drin. Ned so wie isch, isch bin jo scho seit Anfang an dabei. Bis vor zwo Johr gab es aach noch die Fraa Keller, dort hinne, mit ihrer Blume, unn die Fraa Bienheim, vorne, Gerdas Mode, hawwe se vielleischt gekannt?" Schwaner verneinte. „Sinn all fort. Kaum ware se daham, sinn se ach scho gestorwe. Destewesche geh ich jede Dach hierher. Da bleib ich gesund." Frau Schreiber schob den ersten Pappteller, darauf ein fast halber Ring Fleischwurst, zwei Scheiben Brot und großer Klecks Senf, auf die Theke.

135

„Wie war denn der Herr Kazikis so?", fragte Schwaner nochmals.

„Wie gesacht, nett, freundlich, hat immer gegrüßt. Awwer ma kann de Leut ja ned hinners Gesicht gugge. Unn viel lewwe heut nach dem Motto, immer de Kopp hoch, ach wenn de Hals dreckisch iss."

„Was heißt das?"

„Er hat wohl de Dalles gehabt, hat mer mo jemand gesächt."

„De Dalles?" Schwaner verstand nicht.

„Er war pleite, sächt ma uff gut Deutsch. Der mer das selchemol erzählt hat, war awwer ach so e Dallesbruder. Sie wisse jo: ,Wer krumm geht, der will ach annere biesche.'"

Martin bedankte sich für so viel Lebensweisheit. Als er bezahlen wollte, wehrte Frau Schreiber ab.

„Des geht uffs Haus. Sie müsse sich nur beeile. Die Leut sinn schon ganz wuschig. Es wird üwwer nix anneres mehr geschwätzt als üwwer des Unglick do. Jetzt isser scho uffer Bananeschal ausgerutscht. Glawe Sie des?"

136

19. Kapitel

Zurück im Präsidium verbrachte Schwaner die Zeit bis zur Teambesprechung mit einem sehr vollen Bauch vor seinem PC. Er trug weitere Bausteine in sein Schema ein, aber es ergab sich noch kein Bild: „Hier der tote Kleinmarkthändler, womöglich Raubmord wegen Trüffeln? Dort der Sternekoch, ertrunken im Main, nein, nicht ertrunken, aber im Main gefunden. Womöglich Selbstmord? Der Anruf von Kazikis bei Leininger könnte eine Spur ergeben. Aber Leininger war an diesem Samstag auf keinen Fall in der Kleinmarkthalle. Vielleicht war der Anruf auch völlig nebensächlich. Ein Anruf aus Langeweile, ein versuchter Gruß unter Geschäftsfreunden oder vielleicht die Nachricht zu einer Bestellung. Eine Reservierung schied aus. Es war keine auf den Namen Kazikis vermerkt. War Kazikis überhaupt jemals Gast in der sündhaft teuren VILLA METZLER gewesen?

Die gemeinsame Firma. Tautuffo. Wieder Trüffel. Sind die Trüffel die Verbindung? Wer hatte etwas gegen die Trüffel aus dem Taunus? Oder Neid unter den Kollegen? Aber welchen Sinn hat es, den Konkurrenten – oder die Konkurrenten zu töten, wenn man dadurch nicht das Geschäft übernehmen kann? Gibt es jemanden, der davon profitiert, wenn beide tot sind? Sami, wo passt dieser Sami hin? Zeuge? Vielleicht auch mehr? Frau Kazikis ist hübsch. Immer zu Hause. Sie erbt wahrscheinlich alles. Hat sie doch eine Affäre? Häuser in Griechenland, vielleicht noch Versicherungen? Freie Bahn nach dem Ableben ihres Mannes. Sie inszeniert selbst das Auffinden der Leiche, spielt die besorgte Ehefrau?! Einhundertfünfzigtausend Euro für den Stand, in bar, also schwarz unter der Hand. Damit ab nach Griechenland. Aber wo ist das Motiv bei Leininger. Sternekoch, nicht unbedingt beliebt, aber erfolgreich, bekannt, fast berühmt. Überdosis K.-o.-Tropfen. War er es selbst oder hat er sie von jemand anderem verabreicht bekommen? Wo war er Samstagnacht, nachdem die VILLA METZLER geschlossen hatte? Heinen, dieser Heinen. Das ist ein merkwürdiger Kerl. Einzig nähere Kontaktperson zu Leininger. Erbt er auch? War Leininger vermögend? Jetzt ist Leininger tot, wie geht es weiter? Motiv, wo ist das Motiv? Bleiben nur die Trüffel, die beide verbindet. Bin ich gespannt ..."

Förmlich im Selbstgespräch ging Schwaner sein Baukastenprinzip durch. Ließen sich Kästchen miteinander verbinden, ergab sich daraus meist eine weitere Frage oder gar schon eine Antwort. Schlimmstenfalls eine Sackgasse, die aber auch ihr Gutes hatte; damit schied eine Spur aus. Es konnten sich auch mehrere Kästchen zu richtigen Haufen zusammenrotten. Daraus ergaben sich oft die vielversprechendsten Spuren, aber auch Irrwege und Täuschungen. Mit dem entsprechenden Wissen aus der Kriminalstatistik und etwas Erfahrung konnten Teilbereiche zunächst ausgeklammert werden.
Schwaner half sein System vorwiegend dabei, das Wesentliche zu entdecken und sich darauf zu konzentrieren. Nebenbei schrieb er Fragen auf, die er später im Team verteilen würde. Er war das Leittier, dem die Herde folgte. Er musste die Richtung der Ermittlungen vorgeben.

Die nachmittägliche Besprechung brachte wenig Neues. Anne Wiegand hatte die im Hause Kazikis sichergestellten Unterlagen durchforstet. „Also, ich bin da auf einen richtigen Businessplan gestoßen. Darin wurden der Firma Tautuffo drei bis vier Jahre Anlaufzeit eingeräumt. In diesem Zeitraum wird vorrangig in Bodenkultivierung, so steht es im Plan, investiert. Investitionssumme dreißig- bis vierzigtausend Euro, pro Jahr!“ „Sagte nicht die Freiser über den Sami, dass dieser viel im Wald war?“, fiel ihr Schwaner ins Wort, was Anne nur nickend bestätigte und fortfuhr: „Es wird eine erste Ernte von vierzig bis fünfzig Kilo erwartet, die einen Umsatz von etwa einhunderttausend Euro erbringen soll. Damit wären alle Vorlaufkosten annähernd gedeckt. Im nächsten Jahr soll die Ernte schon einhundert Kilo betragen und mehr als zweihunderttausend Euro bringen. Im sechsten Jahr sind dann zweihundertfünfzig Kilo vermerkt und ein richtiger Werbeplan. Leininger sollte die Werbung übernehmen, er hatte ja auch den entsprechenden Bekanntheitsgrad. Kazikis würde den Rest erledigen ...“ „Das kommt mir sehr bekannt vor“, fiel Beck ein und äffte Heinen nach: „Ganz einfach. Der Mirko in der Küche, ich den Rest.“ Alle anderen schauten ihn irritiert an. „War ein Zitat von Heinen, dem Geschäftspartner Leiningers in der VILLA METZLER. Da war'n wir heute.“ Die Gesichter reihum entspannten sich. Anne Wiegand schloss ihren Vortrag: „Jedenfalls geht dieser Businessplan von mehr als fünf Millionen Euro Umsatz nach den ersten acht

Jahren aus, wobei kaum noch Kosten dagegen-
stehen."
„Welche Kosten denn auch?" Diesmal war es Messner,
der unterbrach. „Wenn die Trüffel einmal wachsen,
dann wachsen sie. Das ist wie mit Pilzen. Wenn du
einmal eine gute Stelle weißt, kannst du jedes Jahr
wieder hingehen. Du musst nur noch ernten und
abkassieren und ..."
„Ganz so einfach wird es am Ende wohl nicht sein,
aber es scheint ein großes Geschäft werden zu können. Noch wissen wir ja nichts Genaues darüber,
und wenn ich es richtig überblicke, haben die beiden bislang nur Geld hineingesteckt!? Ich habe
hier einige Fragen und möchte die gerne sobald als
möglich beantwortet haben."
Schwaner ging seine Liste durch und verteilte
die Aufgaben im Team, wobei er sich selbst nicht
ausnahm.
„Also, ich werde Kontakt zu dieser Journalistin
aufnehmen und herauszufinden versuchen, woher
sie ihre Informationen hat. Darüber hinaus ist sie
womöglich eine Beziehungsperson Leiningers. Dann
versuche ich morgen früh diesen Sami zu treffen,
anschließend fahre ich in den Taunus. Ihr wisst alle,
was ihr zu tun habt. Wir sehen uns dann morgen
Nachmittag gegen fünfzehn Uhr hier wieder."

Damit war die Besprechung beendet. Anne sollte
neben dem wirtschaftlichen Hintergrund der Familie Kazikis auch die VILLA METZLER unter die
Lupe nehmen. Sie stöhnte und verwies nochmals
auf die Papierberge in ihrem Büro, die sich durch
die Unterlagen aus Leiningers Wohnung noch

vergrößert hatten. Sven Beck war zugefallen, den Verbleib Leiningers zwischen dem Verlassen der VILLA METZLER und seinem Tod zu rekonstruieren. Messner sollte sich weiterhin um die Tatwaffe im Fall Kazikis kümmern. „Die kann doch nicht verschwunden sein. So eine Rolle trägt auch niemand ganz unbemerkt nach Hause", so Schwaner. Auch sollte er nochmals die Wohnung Leiningers auf Spuren von Gamma-Butyrolacton oder anderen Stoffen untersuchen. „Hatte Leininger irgendwelche Drogen zu Hause, und wenn es nur ein bisschen Shit ist, so will ich das wissen." Der Motor des K11 nahm Fahrt auf.

Auf seinem Schreibtisch lag auf der Tastatur eine Notiz mit der Überschrift: „IG Kleinmarkthalle". Darunter fünf Namen. Mit dem Zettel in der Hand ging Schwaner in Annes Büro.
„IG Kleinmarkthalle, was ist das?"
„Du hattest mich doch gebeten herauszufinden, von wem die Händler in der Kleinmarkthalle vertreten werden, bitte schön!"
„Wofür steht das IG?"
„Für Interessengemeinschaft", übersetzte Anne.
Schwaner ging die Namen durch. Frau Roland und Herrn Özdal kannte er bereits. Beim letzten Namen pfiff er durch die Zähne.
„Kazikis gehörte auch dazu?!"
„Wenn es da steht." Anne hob einen Stapel Ordner von ihrem Schreibtisch auf einen Rollwagen und beachtete Martin nicht weiter. Der drehte, den Zettel immer noch vor der Nase, um und ging zu seinem Schreibtisch. „Kazikis gehörte zu dieser

Interessenvertretung", murmelte er vor sich hin. Frau Freiser gehörte, wie schon vermutet, nicht dazu.

In seinem Postfach fand Martin noch eine E-Mail von Anne mit verschiedenen Links zur Geschichte der Kleinmarkthalle. Eine Seite zeigte die Vorgängerhalle, eine imposante Konstruktion aus Glas und Stahl, in der es keine wirklichen Verkaufsstände gab. Die Bauern, Schlachter und Händler standen oder hockten, wie von Frau Freiser beschrieben, neben ihren Karren, wie auch einige alte Fotografien belegten.
Ein Bild der neu eröffneten Kleinmarkthalle Mitte der Fünfzigerjahre zeigte die Aufteilung der Stände, die Gerlinger erwähnt hatte. Von Bau und Größe völlig identische, weiß gekachelte Parzellen.
Schwaner überflog einen Artikel über die erste Krise der Markthalle Ende der Sechzigerjahre. Das regionale Angebot an Obst, Fleisch und Gemüse, das es inzwischen auf jedem Markt in den Stadtteilen gab, lockte kaum noch Kunden an. Gleichzeitig hatten sich in Frankfurt zigtausend angeworbene Arbeitskräfte aus aller Herren Länder angesiedelt. Ein findiger Kopf brachte eins und eins zusammen. Mit viel öffentlichem Trubel wurde die Neuausrichtung der Kleinmarkthalle, mit Delikatessen aus aller Welt, gefeiert. Die Händler aus der Türkei, Griechenland, Italien, Spanien und Marokko mit ihrem, dem Bundesdeutschen, bis dahin kaum bekannten Angebot, wurden wie Exoten präsentiert. Um diese neue Vielfalt auch optisch zu zeigen, wurde die ursprüngliche gleichmäßige Aufteilung

142

aufgegeben. Jeder Stand sollte bewusst das Flair des jeweiligen Landes abbilden. Mit dieser Neukonzeption brachen die goldenen Jahre der Kleinmarkthalle an und wurde der Ruf der Halle begründet, dass es darin wirklich alles zu finden und zu kaufen gab. Anfang der Jahrtausendwende zeigten sich mehr und mehr bauliche Mängel. Die sehr einfache Hallenkonstruktion war kaum zu klimatisieren, die Keller waren undicht, die gesamte Infrastruktur nicht mehr zeitgemäß. Ein kompletter Neubau wurde ins Gespräch gebracht. Dabei kamen Gerüchte auf, die Kleinmarkthalle, im Herzen der Stadt gelegen, solle einer lukrativeren Nutzung des Geländes weichen und aus dem Stadtzentrum verbannt werden. Die aus diesen Plänen resultierende Protestwelle der Händler und Kunden spülte nicht nur den damaligen Baudezernenten aus seinem Amt. Die Kleinmarkthalle wurde unter Denkmalschutz gestellt und damit endgültig zu einem stadtpolitisch heißen Eisen, an dem sich niemand mehr die Finger verbrennen wollte. „Jetzt versteh ich, warum alle auf stille und leise Ermittlungen pochen", dachte Schwaner bei sich.

20. Kapitel

Schwaner hatte sich von Anne die Anschrift und die Telefonnummer der Journalistin Geulich-Vogt geben lassen. Er überlegte kurz, ob er sich zuvor mir Dr. W. abstimmen sollte, erahnte aber schon dessen Antwort. „Um Himmels willen, Sie können doch keine Journalistin nach ihren Quellen befragen. Bedenken Sie doch, wie das aussieht, das wird uns sofort als Einflussnahme oder gar Angriff auf die Pressefreiheit ausgelegt." Da er sich dieser Reaktion sicher war, unterließ Martin die Rücksprache mit der Presseabteilung. „Wer viel fragt, bekommt nicht immer die richtige Antwort", war in solchen Fällen sein Motto. Zunächst versuchte er, die Journalistin telefonisch zu erreichen. Es meldete sich der Anrufbeantworter. „Hier ist der automatische Anrufbeantworter des Redaktionsbüros von Barbara Geulich-Vogt, ich bin ..."
„Eine angenehme Stimme", dachte Schwaner und legte, ohne eine Nachricht zu hinterlassen, wieder auf. Er versuchte es noch ein weiteres Mal, wieder ohne Erfolg. Er prüfte die Adresse und stellte fest, dass es kein großer Umweg für ihn wäre, nach Dienstschluss vorbeizufahren.

Die Wielandstraße ist mit ihren Gründerzeitbauten typisch für das Frankfurter Nordend. Die angegebene Büroanschrift stellte sich als eine umgestaltete Wohnung im Erdgeschoss eines Eckhauses heraus. Schwaner schloss sein Fahrrad an und klingelte. Hinter der halb heruntergelassenen Jalousie konnte er eine Bewegung erkennen. Kurz darauf summte der Türöffner. Schwaner betrat ein großzügiges Treppenhaus, die Tür links war geöffnet, im Türrahmen stand eine Frau, etwa Mitte vierzig, in einem unmodischen Hosenanzug und dunkler Bluse, darüber trug sie einen grellen Schal. Die Haare waren zu einer Frisur hochgesteckt, wie sie Schwaner von seiner Mutter kannte. Das üppige Make-up war auch auf die Entfernung von drei Metern deutlich zu erkennen. Die Augenbrauen bis zur Unkenntlichkeit gerupft und durch einen dicken Lidstrich ersetzt. Eine Brille mit breiter, violetter Fassung steckte über der Stirn, in den wirr zusammengerollten Haaren.

„Sie wünschen?" Diese Stimme hatte nichts mit der auf dem Anrufbeantworter gemeinsam.

„Sie sind Frau Geulich-Vogt?" Ein knappes Nicken.

„Mein Name ist Schwaner, Kriminalpolizei Frankfurt. Ich ermittle im Fall Mirko Leininger."

Frau Geulich-Vogt griff unwillkürlich nach der Tür und zog sie hinter sich heran. Sie musterte Schwaner von oben bis unten. Ihre zusammengekniffenen Lippen und ihre Augen signalisierten überdeutlich ihre Einschätzung.

„Kann ich mal Ihren Ausweis sehen?" Die Stimme wurde noch unfreundlicher.

„Selbstverständlich", Schwaner zog aus der Innentasche sein Etui und hielt es ihr entgegen.

„Das Bild hat aber nicht sehr viel Ähnlichkeit mit Ihnen."

„Es ist schon älter."

„Das kann jeder sagen. Was möchten Sie?" Frau Geulich-Vogt verschränkte die Arme vor der Brust. „Ich habe gerade wenig Zeit."

„Ich wollte mich gerne mit Ihnen über Mirko Leininger unterhalten."

„Warum ausgerechnet mit mir?"

„Nun, Sie haben doch diesen Nachruf in der NEUEN PRESSE geschrieben. Da dachte ich, Sie haben ihn gut gekannt. Sie schreiben ja auch von Selbstmord. Gab es denn Anzeichen dafür?"

„Wissen Sie, wenn Sie beständig mit einer Lüge leben müssen, werden Sie irgendwann mürbe." Ein undefinierbares Lächeln huschte über ihr Gesicht.

„Wen meinen Sie, Leininger?"

„Ja selbstverständlich, wen sonst? Seinetwegen sind Sie doch hier."

„Welche Lüge soll das sein?" Schwaner blickte ihr direkt in die Augen.

„Na, dass er überhaupt Koch ist, beziehungsweise war. Das ist die größte Lüge seines Lebens. Das wusste er auch selbst."

„Muss man denn Koch sein, um ein Restaurant zu führen?"

„Natürlich können Sie heute an jeder Ecke eine Dönerbude eröffnen, dazu müssen Sie nur den sogenannten Frikadellenschein machen. Aber wenn Sie ein Sternekoch sein möchten, sollten Sie Ihr Handwerk schon erlernt haben." Wieder dieses Zucken um ihre Mundwinkel.

„Und das hatte Mirko Leininger nicht?", gab sich Schwaner naiv. „Dennoch hatte er zwei Sterne – und diese nicht erst seit gestern."

„Das hat er doch in erster Linie seinem ewigen Schatten Burki zu verdanken."

„Sie meinen Burkhard Heinen?"

146

„Genau den. Der ist lange genug im Geschäft und weiß, wie das geht mit den Sternen." Der Tonfall von Frau Geulich-Vogt war an Geringschätzung kaum zu überbieten.

„Aber in Ihrem Artikel loben Sie Leininger doch für seine kulinarischen Ideen. Wie passt das zusammen?"

„Kennen Sie den Film Ratatouille, wo es eine Ratte zum Sternekoch bringt? Den sollten Sie sich einmal ansehen. Darin finden Sie alles, was es zu Herrn Leininger zu sagen gibt."

„Sie vergleichen Leininger mit einer Ratte?"

„Das passt in mehr als einer Beziehung zu ihm!"

„Wissen Sie, Frau Geulich ..."

„Geulich-Vogt bitte, so viel Zeit muss sein."

„... Frau Geulich-Vogt, Sie sagen also, Sie haben den Artikel aus Nächstenliebe für Ihre Mitmenschen geschrieben, um diesen endlich den wahren Mirko Leininger vor Augen zu führen?"

„Quatsch. Ich habe ihn für Geld geschrieben. Das ist mein Beruf." Dieses Mal wurde das Lächeln zu einem Grinsen, offen und provozierend.

„Sie hatten also einen Auftrag von der NEUEN PRESSE oder wie muss ich das verstehen?" Schwaner blieb bei seiner Rolle des Trottels.

„Ja, genau!"

„Dann haben Ihnen also die Kollegen von der NEUEN PRESSE gesagt, dass der Tote im Main Mirko Leininger ist?"

Die Journalistin, die bis dahin wie aus der Pistole geschossen geantwortet hatte, stockte einen Augenblick. „Ja, so war's."

„Könnten Sie mir bitte genauer sagen, wer Ihnen die Nachricht mitgeteilt hat?"

„Das weiß ich nicht mehr."

„Frau Geulich-Vogt, das ist erst zwei Tage her, da werden Sie sich sicherlich erinnern?", blieb Schwaner hartnäckig.

„Was soll das werden, ein Verhör? Ich kann Ihnen nicht sagen, wer es war – und selbst wenn, würde ich es Ihnen nicht sagen."

„Warum nicht?"

„Wenn Sie so scharf darauf sind, möchten Sie dem Kollegen sicherlich etwas anhängen, oder liege ich da falsch? – Na also! Von mir erfahren Sie nichts." Frau Geulich-Vogt hatte schon die Tür in der Hand.

„Noch eine andere Frage." Schwaner zögerte einen Moment, ihm war die Situation hier im Treppenhaus nicht unbedingt angenehm.

„Ich habe gehört, Sie hatten vor einigen Wochen einen Streit mit Leininger, sogar vor Publikum?"

„Ah, ich sehe, Sie haben sich schon mit Burki unterhalten." Frau Geulich-Vogt musterte Schwaner nochmals von oben bis unten.

„Der Streit soll recht heftig gewesen sein. Mirko Leininger hat Sie hinausgeworfen und Ihnen Hausverbot erteilt. Stimmt das?" Selbst Columbo hätte diese Frage nicht besser stellen können.

„Da hat Ihnen der gute Herr Heinen wohl seine Version des Abends erzählt?" Sie trat nochmals einen Schritt in den Flur auf Martin zu.

„Gibt es denn noch eine andere?"

„Natürlich, es gibt immer zwei Seiten." Frau Geulich-Vogt änderte komplett ihre Haltung und ihren Ton. „Schauen Sie, Burkhard Heinen kreist um Mirko Leininger wie eine Mutter um ihr Kind. Er lässt keine Frau an ihn heran und betreibt im Hintergrund etliche Intrigen gegen jeden, der seinem Schatz zu nahe kommt. Er ist so peinlich, wie seine selbstgeschriebenen Wikipedia-Einträge."

„Und das war bei Ihnen auch so?"

„Nicht nur bei mir, bei allen vor, während und nach mir. Nur hat es bei mir etwas länger gedauert, da ich mit Mirko keine Liebesbeziehung hatte. Wir waren eher geschäftlich befreundet. Da haben die üblichen Attacken von Burki ihr Ziel verfehlt."

„Aber dennoch kam es zum Streit zwischen Ihnen und Leininger? Wie ich hörte, weil Sie sich über seine Kochkünste lustig gemacht haben?"

Die Journalistin lachte wie über einen schlechten Witz. „Ja, das ist richtig. Ich hatte aber auch jeden Anlass dazu. Mir ist erst später eingefallen, dass es wahrscheinlich Burkhard Heinen war, der die ganze Szene provoziert hat."

„Das müssen Sie mir erklären."

„Wir wurden, wenn wir in der VILLA METZLER zu Gast waren, immer von Burkhard Heinen bedient. Ich glaube mittlerweile, dass er unsere Gerichte absichtlich versalzen oder sonstwie verdorben hat. Es war wirklich zum Teil nicht genießbar. Ich habe Mirko vor meinen Gästen sogar noch verteidigt, es waren immerhin oft Kollegen aus anderen Städten. Aber an jenem Abend war das gesamte Menü so schlecht, dass ich mich in einer Art Galgenhumor den anderen angeschlossen habe. Das führte dann zum Eklat."

„Sie behaupten also, Burkhard Heinen hat Ihren Rauswurf provoziert?"

149

„Ich behaupte es nicht nur, ich weiß es! Es war von langer Hand geplant. Auch dass Mirko, entgegen all seiner Gewohnheit, mit hinaufkam ..."

„Woher wissen Sie das?" Schwaner versuchte sich den Abend aus der eben geschilderten Perspektive vorzustellen.

„Ich habe meine Quellen."

Schwaner war einen Moment sprachlos. Würde Heinen den guten Ruf des Restaurants aufs Spiel setzen, um eine vermeintliche Nebenbuhlerin loszuwerden? „Eifersucht", schallte es in Martins Gedanken. „Eifersucht ist ein Motiv, eines der häufigsten sogar!" Schwaner wandte sich zum Gehen. „Danke, Frau Geulich-Vogt, Sie haben mir sehr geholfen."

„Dafür müssen Sie sich nicht bedanken. Wann ist eigentlich die Beerdigung?" Wieder dieses merkwürdige Lächeln um ihre Lippen.

„Das kann ich Ihnen noch nicht sagen. Die Leiche ist noch nicht freigegeben."

„Aber es war doch Selbstmord?", fragte die Journalistin suggestiv.

„Auch das kann ich Ihnen noch nicht beantworten. Wären Sie heute bei der Pressekonferenz gewesen, wüssten Sie mehr."

Diesen letzten Stich wollte Schwaner noch setzen, dann drehte er sich um und ging. Als er sein Fahrrad aufschloss, sah er den Schatten von Frau Geulich-Vogt im hinteren Teil des Zimmers. Sicherlich beobachtete sie ihn. Nachdenklich machte sich Schwaner auf den Weg nach Hause.

150

21. Kapitel

Für den nächsten Morgen hatte sich Schwaner den Wecker auf halb sechs gestellt. Da er am Abend zuvor brav zu Hause geblieben war, fiel ihm das frühe Aufstehen nicht schwer. Draußen war es herbstlich frisch. Die kühle Luft auf dem Weg zur Kleinmarkthalle belebte ihn. Dieses Mal schloss er sein Fahrrad auf der Seite Hasengasse an. Unmittelbar hinter der schmalen Zufahrt zu den Händlerparkplätzen stand der große Abfallcontainer. Dies war laut Michaela Freiser die Stelle, an der Sami auf Arbeit wartete.

Schwaner ging möglichst langsam auf den silbernen Klotz zu. Der Container war, mit der vorgelagerten Presse, groß wie ein Lastwagen. Es war stockdunkel. Die paar trüben Lampen reichten kaum aus, die Parkflächen halbwegs zu erleuchten. Ein Wagen fuhr auf. In seinem Scheinwerferlicht erkannte Schwaner einen Mann, der neben dem Eingang zur Halle stand. Martin trat auf ihn zu, aber noch ehe der Kommissar ein Wort sagen konnte, rannte der Unbekannte los. Martin Schwaner spurtete hinterher und verfolgte den Schatten vor ihm, bei dem es sich offensichtlich um Sami handelte. Dies war nicht die Art von Begegnung, die er sich gewünscht hatte. Sami war schnell, aber Schwaner holte deutlich auf. Vielleicht noch drei, vier Meter, dann hatte er ihn. Zudem war vor ihnen der Weg zum Liebfrauenberg versperrt. Plötzlich tauchte hinter einem Lieferwagen ein Gitterwagen mit gestapelten Gemüsestiegen auf. Um anzuhalten, war es zu spät. Geistesgegenwärtig sprang Schwaner ab, drehte sich in der Luft noch etwas zur Seite und prallte wie ein Footballspieler gegen das Hindernis. Er riss den Wagen um, rollte über die Schulter ab und landete mit Rotkohl, Äpfeln und Orangen auf dem Boden. Der Händler stand mit erhobenen Händen da und glotzte erschrocken auf den Kommissar. Schwaner fluchte sofort los: „Können Sie nicht aufpassen, so ein Mist, so eine Scheiße ...“ Sami hatte geistesgegenwärtig umgedreht und war in die andere Richtung uneinholbar davon.

Wahrscheinlich hätte der Kommissar noch eine ganze Reihe weiterer Ausdrücke angefügt, wenn er nicht plötzlich seinen Namen gehört hätte.

„Martin! Martin? Ich hab' ihn!“

Schwaner stand auf. Die Stimme kam ihm bekannt vor. Am Ende des Parkplatzes stand Sven Beck. Vor sich hielt er, in leicht gebeugter Haltung, den rechten Arm auf den Rücken gedreht, den Flüchtigen fest.

„Sven?“, fragte Martin ungläubig. „Sven?! Was machst du denn hier?“

„Ich dachte, ein bissch'n Hilfe könntest du gut gebrauch'n. Und wie ich seh', hab ich recht gehabt.“

Schwaner ging auf die beiden zu. Aufgrund des Lärms waren mehrere Händler aus der Kleinmarkthalle auf den Parkplatz gekommen. Darunter auch Martina Freiser.

„Frau Freiser, bitte kommen Sie her“, rief ihr Schwaner zu und winkte. „Ist das Sami?“, wollte er von ihr wissen. Sie nickte. Der Kommissar wandte sich an Beck.

„Sven, du kannst ihn jetzt loslassen. Sami, wir tun Ihnen nichts. Ich möchte mich nur mit Ihnen unterhalten. Wir sind nicht hier, um Sie mitzunehmen oder etwas in dieser Art.“

152

Der Angesprochene verdrehte seinen Kopf und schaute ihn ängstlich von unten heraus an. Schwaner gab Beck nochmals ein Zeichen, seinen Griff zu lösen, was dieser auch zögerlich tat. Sami richtete sich auf, vermied aber, einen der beiden Polizisten anzusehen. Stattdessen blickte er zu Martina Freiser hinüber. Schwaner winkte die Marktfrau noch etwas näher heran.

„Bitte sprechen Sie mit ihm. Wir möchten ihm wirklich nichts tun. Ich glaube, ich weiß, was er erlebt hat. Ich möchte ihm nur ein paar Fragen stellen, dann kann er wieder gehen."

Martina Freiser packte Sami an den Schultern, so, als wollte sie ihn durchschütteln. Wie zu einem Kind sprach sie auf ihn ein: „Sami! Die beiden Männer sind von der Polizei. Von der guten Polizei. Sie möchten den Mörder von Alex finden. Das möchtest du doch auch. Das hast du mir selbst gesagt. Du musst keine Angst haben. Hast du mich verstanden?"

Sami nickte kurz, schaute einmal auf Beck, der immer noch sprungbereit etwa einen Meter hinter ihm stand, und auf Schwaner, der ihm freundlich die Hand entgegenstreckte.

„Sami, darf ich Sami zu Ihnen sagen?", begann Schwaner.

Wieder ein kurzes Nicken. Schwaner deutete auf eine Stelle des Parkplatzes, die von einer Laterne etwas heller erleuchtet war. Auf dem Weg dorthin verabschiedete er Frau Freiser, die sich der Gruppe neugierig angeschlossen hatte. Beck ging wie ein Panther hinter Sami her, den die beiden Polizisten im Lichtkegel in ihre Mitte nahmen. Endlich konnte Schwaner das Gesicht vor ihm deutlich sehen. Die

153

Augen darin huschten noch immer scheu hin und her.

„Waren Sie letzten Samstag hier in der Kleinmarkthalle am Stand von Herrn Kazikis?"

Ein stummes Nicken war die Antwort.

„Von wann bis wann haben Sie gearbeitet?"

„Sieben bis Schluss", ließ sich erstmals die näselnde Stimme von Sami hören.

„Ist Ihnen etwas Besonderes aufgefallen an diesem Tag? War etwas ungewöhnlich?"

Sami schüttelte den Kopf. „Alex gut gelaunt. Er war glücklich, war ein besonderer Tag."

„Was war denn so besonders an diesem Tag?"

Sami hob die Schultern. „Er hatte kleine Kiste dabei, auf die er sehr stolz war. Hat er in den Keller gebracht."

„Was war in der Kiste?"

„Ich durfte nicht hineinsehen. Alex hat gesagt, später." Sami wischte sich mit dem Ärmel übers Gesicht.

„Haben Sie gesehen, wer zuletzt bei Ihnen am Stand war? Oder ob jemand mit Herrn Kazikis in den Keller gegangen ist?"

„Nein, habe ich nicht gesehen. Alex hat mich weggeschickt. Er hat gesagt, gut für heute, ich soll gehen. Hat mir noch eine Tüte mit Essen gegeben, wie oft."

„Wie spät war es da?"

„Halle schon Schluss, aber noch nicht fertig. So viertel nach Schluss."

„Und Herr Kazikis ist noch geblieben?"

Wieder nickte Sami, doch schienen ihm gleich Tränen in die Augen zu steigen. „Ich kann nicht helfen. Alex ist tot. War ein guter Freund von Sami."

„Sami, es tut mir leid. Aber wir werden alles tun, um den Täter zu finden. Bitte laufen Sie nächstens nicht mehr weg. Vielleicht habe ich nochmals ein paar Fragen an Sie." Schwaner trat zur Seite. Martina Freiser, die die Unterhaltung von Weitem verfolgt hatte, kam herüber, nahm Sami am Arm und ging mit ihm in die Halle. Sven Beck und sein Chef blieben zurück.

„Hat auch nicht viel gebracht", sagte der Hauptkommissar mehr zu sich selbst. „Ich hoffte, wir hätten einen Zeugen. Wir tappen noch immer völlig im Dunkeln."

„Nich' ganz, immerhin könn'n wir wohl en paar Varianten ausschließ'n."

„Ja? Welche denn?" Schwaner klopfte sich Jacke und Hose ab.

„Nun, die Frau war's nicht, der Sami war's nicht, der Leininger war's nicht", zählte Beck an drei Fingern ab.

„Bis auf den Leininger bin ich mir da gar nicht so sicher. Frau Kazikis traue ich zwar keinen Mord zu, aber wir wissen nicht, ob nicht ein anderer, mit oder ohne ihr Wissen, die Tat begangen hat? Bei Sami müssen wir noch prüfen, ob es tatsächlich stimmt, dass er die Halle bereits vor der Tat verlassen hat. Bei ihm fehlt allerdings jegliches Motiv. War es eine Affekttat, könnte sie auch von Sami aus nichtigem Grund verübt worden sein."

Beck musste Martins Einschätzung zustimmen. „Ich glaube, wir müss'n uns mehr auf das Verbindende zwisch'n den beid'n Fäll'n konzentrier'n. Ich glaube mehr an Raubmord oder Mord aus geschäftlich'n Gründ'n."

155

„Ja und nein. Wusstest du, dass Kazikis auch in der Interessengemeinschaft aktiv war? Nicht dass das jetzt schon ein Grund wäre, ihn umzubringen, aber mir scheint, dass sich die Händler da drinnen ...", Schwaner deutete auf die hell erleuchtete Fensterfront, „alles andere als grün und einig sind. Es gibt sehr viel Unfrieden, denk nur mal an den Gerlinger."

„Du meinst Neid, Habgier ...?", fragte Beck unschlüssig.

„Neid, Habgier, vielleicht sogar Hass, was weiß ich. Irgendwo geht ein tiefer Graben durch die Händlerschaft. Und wenn für manche die Konsequenzen aus dem anstehenden Umbau tatsächlich so massiv sind, für andere dagegen nicht ..."

„Beim Gerlinger sin' die Ausländer an allem schuld."

„Der Gerlinger ist ein irregeleiteter Idiot." Martin überlegte einen Augenblick. „Ich glaube nicht, dass es Ausländerhass ist, wonach wir suchen müssen. Jeder Zweite da drin kommt aus irgendeinem anderen Land. Ein Teil von ihnen wurde in den Siebzigerjahren bewusst hierhergeholt und sie haben die Kleinmarkthalle gerettet. Andere sind hier geboren ..."

„Woher weißt'n das?" Beck war tatsächlich überrascht.

„Wer lesen kann ..." Schwaner ging in Richtung seines Fahrrades, Beck nebenher.

„Ich werde gleich in den Taunus fahren und mir das mal ansehen. Ich bin noch nicht so sicher, ob das unsere Spur ist – und wenn, haben wir auch dort keinen konkreten Ansatz bisher. Bitte kümmer dich noch mal um den Heinen. Die Geulich-Vogt behauptet, er hätte damals den Eklat im Restaurant geplant und bewusst herbeigeführt. Vielleicht kannst du dich mal beim Personal umhören?"

Das Handy von Martin Schwaner klingelte. Es meldete sich Nike Kazikis.

„Herr Kommissar, der Mann hat sich wieder gemeldet. Er hat angerufen, sich entschuldigt, er will mich treffen, mir erklären, will ..."

„Langsam, langsam Frau Kazikis. Haben Sie sich den Namen des Mannes notiert?" Schwaner blieb stehen und hielt das Telefon zwischen sich und Beck.

„Nein, den habe ich vergessen, entschuldigen Sie bitte."

„Schon in Ordnung. Wann will er Sie treffen?"

„Heute Nachmittag, gegen sechzehn Uhr, will er hier vorbeikommen."

„Bei Ihnen zu Hause?" Schwaner blickte zu Beck.

„Ja, hier bei uns zu Hause. Ich weiß nicht, ob ..."

„Sind Ihre Kinder da?"

„Ja, die da, seit vorgestern."

„Gut, Frau Kazikis, hören Sie. Ich werde heute Nachmittag mit meinem Kollegen zu Ihnen kommen. Es wäre sicherlich besser, wenn Ihre Kinder nicht im Haus sind."

„Meinen Sie, er will uns auch etwas antun?" Die Stimme von Frau Kazikis zitterte.

„Nein, nein, Frau Kazikis, das glaube ich nicht. Dann würde er nicht vorher anrufen. Aber es ist sicherlich besser, wenn Ihre Kinder nicht da sind. Für alle Fälle, verstehen Sie?"

„Ja, gut. Ich frage eine Freundin. Wann kommen Sie?"

„Wir sind rechtzeitig bei Ihnen. Warten Sie bitte auf uns und lassen Sie vorher niemanden herein." „Gut, ich warte. Bis später." Sie legte auf. Schwaner musste Beck nichts weiter sagen. Beide machten sich auf den Weg ins Präsidium. Dort angekommen, besprach sich Schwaner zunächst mit Anne Wiegand über den Stand ihrer Ermittlungen.

„Anne, bevor ich es vergesse, kannst du bitte unsere Besprechung heute Nachmittag auf vierzehn Uhr verlegen und alle informieren? Danke. Was gibt es sonst Neues?"

„Ich bin die bei Leininger gefundenen Ordner durchgegangen. Viel war es nicht und leider auch nicht in solch einer vorbildlichen Ordnung wie bei Kazikis. Ehrlich gesagt, ist es ein ziemliches Chaos."

„Hast du etwas gefunden?"

„Nein, nichts Konkretes. Innerhalb der Unterlagen gibt es große Lücken. Er muss noch irgendwo ein Büro oder so etwas haben. Herausgefunden habe ich, dass das Restaurant zu neunzig Prozent Leininger gehört und nur zu zehn Prozent seinem Partner Heinen. Dafür hat Heinen sehr stark von Leiningers Werbeverträgen profitiert."

„Wie das?" Schwaner dachte an den Lieferwagen und den Aufdruck darauf.

„Es gibt eine Heinen Promotion GmbH, deren Inhaber zu neunzig Prozent Heinen ist und Leininger nur zu zehn Prozent. Über diese Firma wurden offenbar alle Fernsehverträge, Werbeeinnahmen, Sponsorengelder und dergleichen abgewickelt."

„Das ist ja interessant. Wo Heinen uns doch erzählte, er hätte mit den anderen Geschäften von Leininger nichts zu tun."

„Das war definitiv gelogen." Anne blickte auf die Ordner auf ihrem Schreibtisch.

„Bitte schau dir beide Firmen genau an. Ich möchte so viel wie möglich darüber wissen. Sicherlich gibt es einen Grund, warum Heinen gelogen hat." Schwaner war schon halb im Gehen. „Etwas Neues bei Kazikis?"

„Nein, noch keine Nachricht aus Griechenland, falls da überhaupt etwas kommt. In den Unterlagen waren zwei Adressen aufgeführt, wo Kazikis wohl Häuser besaß. Da waren einige Auflistungen von Baumaterial und Ähnlichem. Nach diesen zu urteilen, können es keine allzu großen Häuser sein."

„Bleib weiter dran, ja? Heute kommt jemand zu ihr nach Hause, der unbedingt den Stand in der Kleinmarkthalle kaufen möchte."

„Meinst du, das hat etwas mit dem Mord zu tun?" Anne zog einen Ordner aus der Reihe und klappte ihn auf.

„Ich weiß nicht. Vieles ist noch völlig undurchsichtig." Schwaner verschwand nochmals in seinem Büro und blätterte eilig den Pressespiegel durch. Wie zu erwarten, waren die Berichte über den Tod des Sternekochs in den anderen Zeitungen eher kurz, dafür giftig. Die Vorwürfe reichten von „Informationslücken" bis „Unfähigkeit". Wie es Schwaner erwartet hatte, kein Wort mehr über den Mordfall in der Kleinmarkthalle.

„Anne, ich bin dann mal unterwegs. Ruf mich an, wenn sich etwas ergibt." Schwaner hatte allerdings nicht die leiseste Vorstellung, was dies sein könnte.

159

22. Kapitel

Die Fahrt in den Taunus hätte schöner nicht sein können. Das Wetter war prächtig und es versprach ein durchweg sonniger Tag mit angenehmen Temperaturen zu werden. Die Bäume strahlten herbstlich bunt und es lag dieser besondere Geruch in der Luft, eine Mischung aus letzter sommerlicher Fruchtbarkeit und beginnendem herbstlichen Vergehen. Schwaner hätte beinahe die Abfahrt verpasst. Die Navigation hatte ihn über die Autobahn zur Abfahrt Friedberg geleitet. An der nächsten Kreuzung sollte er rechts fahren und dann gleich wieder rechts. Die Anweisungen kamen so schnell hintereinander, dass er an der zweiten Einmündung erst einmal vorbeifuhr. Nur das stoische „bitte wenden, bitte wenden" der sonoren, tiefen weiblichen Stimme machte ihn auf seinen Fehler aufmerksam. Wer von den Kollegen hatte bloß diese Stimme eingestellt? Er würde lieber ohne Ton fahren.

Schwaner bog in einen asphaltierten Waldweg ein. Dieser stieg zunächst leicht, dann immer stärker an und war so schmal, dass kaum zwei Fahrzeuge aneinander vorbei gepasst hätten. Zu seiner Rechten begann ein hoch abgezäuntes Gelände, die engen Maschen waren mindestens drei Meter hoch, darüber knickten die Pfosten in einem Fünfundvierziggradwinkel ab. Stacheldraht lief in Wellen auf dem First entlang. Hinter dem Zaun waren zwei Spurrillen zu erkennen. „Militärisches Gelände, Betreten verboten" stand alle fünfzig Meter auf im Zaun befestigten Schildern.

160

„Hier muss es sein", dachte Schwaner.

Der Weg flachte zum höchsten Punkt hin ab. Die Piste mündete in ein Kreuz, auf dessen rechter Seite sich eine breite Zufahrt öffnete. Nach etwa zehn Metern versperrte ein massives Tor den Weg, auf der rechten Seite daneben ein Pförtnerhaus, von Bäumen halb verdeckt, die Scheiben verspiegelt. Ein Soldat in gefleckter Uniform und mit grünem Barett trat heraus, kam auf die Fahrerseite und salutierte kurz. Schwaner ließ das Seitenfenster herunter und hob ebenfalls zwei Finger zur Stirn.

„Schwaner, Kriminalpolizei Frankfurt. Ich habe einen Termin mit Major Wolf."

„Sie können Ihr Fahrzeug gleich hinter dem Tor rechts auf den bezeichneten Flächen abstellen. Ich sage dem Major Bescheid." Damit gab er ein Zeichen in Richtung Spiegel. Das schwere Tor setzte sich in Bewegung, wobei eine rote Signalleuchte auf dem vorderen Pfosten blinkte.

Der Hauptkommissar parkte auf einem der beschriebenen Plätze, stieg aus und wartete zunächst am Wagen. Ihm gegenüber waren mehrere Wellblechhallen und ein flacher, zweigeschossiger Betonbau zu sehen, vor dem mehrere Geländewagen in Tarnfarben parkten. Eine der Hallen stand halb offen, darin waren die Schnauzen zweier Lkw zu sehen. Aus der hinteren Halle trat ein Mann, ebenfalls in gefleckter Uniform, und kam über den Platz auf Schwaner zu. Es dauerte einige Zeit, bis Schwaner die Dienstabzeichen erkennen konnte, dann ging er ihm entgegen.

„Herr Kommissar?"

„Major Wolf?"

161

Beide begrüßten sich mit kräftigem Händedruck.

„Was verschafft mir die Ehre?"

Schwaner musterte den etwas untersetzten, drahtig wirkenden Mann. Kurzes graues Haar schaute unter seinem lässig sitzenden Barett hervor. Das Gesicht war tief braun gebrannt, die Augen darin leuchtend blau. Major Wolf strahlte eine sportliche Vitalität aus, die Schwaner sofort sympathisch war.

„Ich komme wegen Alexis Kazikis, meine Kollegin sollte Sie informiert haben?"

„Ja, natürlich, unsere Untermieter sozusagen. Tautuffo! Armer Kerl."

„Kannten Sie ihn?"

„Nein, nicht wirklich. Ich bin ihm einmal vor längerer Zeit auf dem Gelände begegnet. Das ist aber bestimmt bald zwei Jahre her. Damals hat er eine große Fläche umpflügen lassen und mit irgendwelchen Substanzen gedüngt. Ich kam zufällig vorbei und fragte, was er da tue. Er erzählte mir dann etwas von pH-Werten und Mineralien. Auch etwas von einer ganz neuen Technik in der Zucht, dass er den bestehenden Baumbestand impfen möchte und dergleichen mehr. Ich muss gestehen, dass ich die ganze Geschichte schon immer ziemlich verrückt fand."

„Dann wussten Sie, dass er hier Trüffel züchten wollte?"

„Natürlich! Er hatte ja eine Zutrittserlaubnis erhalten und im Antrag zuvor beschrieben, was er auf dem Areal betreiben wollte. Zunächst sollte die Idee auf einer kleinen Fläche getestet werden, dann im gesamten Depot. Im Gegenzug war er für die Pflege des Geländes zuständig. Umgekehrt mussten wir dafür sorgen, dass die Wildschweine vom Gelände verschwinden. Sozusagen eine Vereinbarung mit gegenseitigem Nutzen."

„Kann ich das Gelände einmal sehen?"

„Kein Problem." Der Major wies in Richtung der Geländewagen, in den ersten stiegen sie ein. Der Motor heulte auf und der Major raste los. Die Fahrt über die befestigten Feldwege dauerte einige Minuten. Links und rechts ragten Betonhauben und Lüftungspilze aus dem Waldboden. Seitenwege führten zu überwachsenen Bunkern. Schwaner wurde hin- und hergeschüttelt. Seine Knie stießen vorne an das Armaturenbrett, sein Kopf fast ans Wagendach.

„Sie lagern hier Munition, habe ich gelesen", brüllte Martin gegen den Lärm an.

„Mehr als vierzigtausend Tonnen. Wir sind mit das größte Depot der Bundeswehr."

„Und welche Munition lagern Sie hier?"

„Von der kleinsten Patrone bis zur Boden-Luft-Rakete so ziemlich alles, auch Minen. Aktuell sind dreihundertsiebzig Bunker belegt."

„Dreihundertsiebzig! Das ist ja unglaublich." Schwaner hielt sich am Türgriff fest.

„Ja, der größte Teil befindet sich unter der Erde. Hier, der vordere Bereich des Lagers, ist sozusagen komplett unterkellert." Trotz der halsbrecherischen Fahrt zeigte der Major mit einer Hand nach rechts.

„Wofür wird die Munition gebraucht?"

„Das meiste wird auf Übungsplätzen oder bei Manövern verschossen. Wir versorgen auch die Trup-

163

penteile im Ausland. Im Bedarfsfall sogar über Nacht. In den letzten Monaten haben wir viel an die Ukraine abgegeben."

„Sie haben doch sicherlich ein hohes Sicherheitsrisiko? Ich meine, wegen Einbruch, Sabotage oder dergleichen?"

„Eher weniger. Wenn Sie nicht wissen, wo die entsprechende Munition liegt, werden Sie sie auch nicht finden. Das ist die berühmte Nadel im Heuhaufen. Größe kann auch ein gutes Versteck sein." Der Major grinste Schwaner mit einem Seitenblick an.

„Wir sind da!" Wolf bremste schlagartig und hielt vor einem unscheinbaren Waldstück, das sich lediglich durch sein nicht vorhandenes Unterholz von der Umgebung unterschied. Hier und da waren Baumsetzlinge zu erkennen.

Beide stiegen aus, Schwaner ging einige Meter bis zur zweiten Baumreihe und schaute sich um. Mit dem Fuß kratzte er Laub zur Seite, aber so waren natürlich keine Trüffel zu finden oder zu sehen.

„Ich sagte es ja, eine absolute Schnapsidee!", rief der Major vom Wagen herüber.

Schwaner ging zurück. „Wann war Herr Kazikis zuletzt hier?"

„Ach ja, das wollte ich nachschauen lassen. Einen Moment bitte." Wolf zog ein Funkgerät aus der Seitentasche seiner Hose.

„Hier Wolf, bitte kommen", sprach er mit der Selbstverständlichkeit des Kommandierenden in den Apparat.

Fast augenblicklich kam die Antwort. „Herr Major, hier Sommer. Ich höre!"

164

„Sommer, schauen Sie doch mal im Besucherbuch nach, wann zuletzt der Herr", hier schaute er den Kommissar fragend an. „Kazikis", rief dieser ihm zu. „Kazikis. Wann der Herr Kazikis zuletzt hier war. Das ist der Herr mit dem Waldstück." Den letzten Satz hatte Wolf mit einem Tonfall ausgesprochen, der gleichbedeutend war mit: „Der Herr mit dem Sparren."

Es herrschte einige Sekunden Stille.

„Herr Major? Der letzte Eintrag ist vom vergangenen Freitag. Zwei Personen, Herr Kazikis und ein Herr Schurba, Schiurba, Sciurba oder so ähnlich – und ein Hund."

Schwaner schaute Wolf erstaunt an, der zog ebenfalls die Augenbrauen nach oben.

„Ich wiederhole. Zwei Männer und ein Hund. Wer hatte Dienst?"

„Feldwebel Zimmer, Herr Major."

„Ist er da?"

„Nein, Herr Major, er ist gerade auf Patrouille."

„Funken Sie ihn an und beordern Sie ihn zum Waldstück. Ende." Wolf ließ das Funkgerät in die Beintasche gleiten.

„Befinden sich unter diesem Gelände auch Bunker?", wollte Schwaner wissen.

„Sicher, allerdings ist von hier oben nicht zu erkennen, wo einer aufhört und ein anderer beginnt."

„Sind die Bunker beheizt?"

„Beheizt ist übertrieben. Wir halten eine konstante Temperatur von etwa 16 °C bei geringer Luftfeuchtigkeit."

„In welcher Tiefe befinden sich die Bunker?"

„So zwischen drei bis fünf Meter, warum fragen Sie das alles?"

165

„Nur wegen des Bodenfrostes. Trüffel vertragen keinen Frost." Der Major hob nochmals überrascht eine Augenbraue. „Zumindest habe ich das irgendwo gelesen", beeilte sich Schwaner anzufügen. „So?" Wolf musterte sein Gegenüber von Kopf bis Fuß und stempelte Schwaner wohl als versnobten Feinschmecker ab. „Dann sind ihre Trüffel hier bei uns goldrichtig aufgehoben. Wir haben sozusagen ständig die Bodenheizung an." Martin wollte noch etwas entgegnen, ließ es aber bleiben, da der Major die Baumwipfel betrachtete.

Wenig später war ein schnell näher kommendes Motorengeräusch zu hören. Ein weiterer Geländewagen hielt unmittelbar vor ihnen und ein Soldat, etwa Mitte dreißig, sprang förmlich aus dem Wagen. Er salutierte und baute sich mit breiter Brust vor ihnen auf.

„Herr Major?"

Erst jetzt sah Schwaner, dass der Feldwebel bewaffnet war und unter seiner Uniform offensichtlich eine Schutzweste trug.

„Stehen Sie bequem. Feldwebel Zimmer, das ist Hauptkommissar Schwaner von der Kriminalpolizei Frankfurt ..." Der Angesprochene schaute kurz zu Schwaner herüber und grüßte. „Er ist hier, um sich über das Treiben dieses Herrn Kazikis einen Überblick zu verschaffen. Sie hatten letzten Freitag Wachdienst am Tor?"

„Jawohl, Herr Major!"

„Mit Herrn Kazikis kam eine weitere Person auf das Gelände?"

„Jawohl, Herr Major! Ein Mann mit einem etwas unaussprechlichen Namen. Und ein Hund."

166

„Ist Ihnen etwas Besonderes aufgefallen? Was haben die beiden Männer hier auf dem Grundstück gemacht?"

„Ich glaube, Herr Major, sie haben etwas gesucht. Ich bin bei meiner Runde hier vorbeigekommen und habe gesehen, wie der Alex ..."

„Sie kannten also Herrn Kazikis?", fiel ihm Schwaner ins Wort.

„Ja, er war ja relativ oft hier. Insbesondere in der letzten Zeit. Er hatte auch oft seinen Gehilfen dabei, den Sami."

„Den kennen Sie auch?", fragte Schwaner erneut nach.

„Selbstverständlich. Sami war noch öfter als Alex, Pardon, Herr Kazikis, hier. Oft alleine. Er hat dann meist am Tor darauf gewartet, abgeholt zu werden. So kommt man ins Gespräch." Der Feldwebel warf einen scheuen Blick zum Major.

„Entschuldigen Sie bitte, ich habe Sie eben unterbrochen. Sie sagten, Herr Kazikis und sein Begleiter hätten etwas gesucht?"

„Ja, also der Fremde mit dem Hund lief hier kreuz und quer über das Gelände. Er hat dabei immer Anweisungen gegeben und der Hund schnüffelte die ganze Zeit am Boden. Er war völlig aufgeregt."

„Wer war aufgeregt?", fragte diesmal der Major.

„Der Hund, nein, eigentlich alle. Der Alex, also der Herr Kazikis, der hatte eine Schaufel in der Hand und ist dem Fremden mit dem Hund immer hinterher. Das sah schon recht komisch aus."

„Ja, ja, ja! Und dann?", fuhr ihn der Major an. Der Feldwebel legte reflexartig die Hände an die Hosennaht.

„Herr Kazikis hat mit einer Schaufel hie und da gegraben, Herr Major."

„Haben Sie gesehen, ob sie etwas gefunden haben?"

„Nein, Herr Major. Als sie mich sahen, sind sie stehen geblieben. Der Alex, also der Herr Kazikis, winkte mir zu, tat aber so, als wäre nichts. Ich hatte die beiden offensichtlich gestört. Ich bin dann weitergefahren."

„In Ordnung, Feldwebel, Sie können Ihre Runde fortsetzen."

Major Wolf salutierte lässig und Zimmer fuhr davon. „Nun, was meinen Sie?", fragte Wolf den Kommissar.

„Hat Ihnen das weitergeholfen?"

„Ich glaube schon. Wenn ich es mir richtig überlege, haben sie Trüffel gesucht, ich meine, der Hund war sicherlich ein abgerichteter Spürhund. Kann ich mir den Namen des Besitzers notieren?"

„Selbstverständlich, fahren wir zurück." Beide stiegen in den Geländewagen ein. Major Wolf schüttelte wiederholt den Kopf. „Ich halte das alles hier nichtsdestotrotz für blanken Unsinn. Das hatte ich auch so meinen Vorgesetzten berichtet. Aber dort hielt man schützend die Hand über die Sache. Man wollte das später sogar ausdehnen, nicht nur bei uns, auch an anderen Standorten." Der Major trat heftig die Kupplung, haute wie ein Faustschlag den Gang rein und gab Vollgas. Schwaner wurde nach hinten in den Sitz geschleudert. Über eine Abkürzung, wie der Major sagte, ging es fast querfeldein zurück.

„Wie ist ... Kazikis eigentlich zu dem ... Gelände gekommen? Ich meine, als Privatmann inmitten einer ... militärischen Anlage. Ist das nicht ... ungewöhnlich?", stotterte Martin, der auf seinem Sitz hopste wie ein Flummi.

„Wir haben schon öfter Zivilisten auf dem Gelände, Handwerker, Techniker, Reinigungskräfte, neuerdings sogar Baumdoktoren." Die Stimme des Majors verriet überdeutlich, was er von der letzten Berufsgruppe hielt. „Wir dürfen unseren Baumbestand nämlich nicht mehr selbst beurteilen, sondern müssen dies jetzt sogenannten Fachleuten überlassen." Der Major schaltete einen Gang runter und quälte Motor und Getriebe. Dabei starrte er nach vorne und sein Mund bewegte sich, als würde er etwas Zähes zerbeißen. „Bei Tautuffo kam die Anweisung von ganz oben, wie ich gehört habe, sogar direkt aus Berlin." Wolf schien den bitteren Brocken von eben geschluckt zu haben. „Da war Flintenuschi, ich meine Frau von der Leyen, noch unsere Ministerin und oberste Dienstherrin. Sie ist der Landwirtschaft ja sehr verbunden. Sie war sogar einmal hier, am Anfang, ganz privat und unangekündigt." Der Major raste durch eine Kurve und eine Böschung hinunter.

„Wissen Sie noch, wann das genau war?", presste Schwaner, an der Beifahrertür klebend, hervor.

„Das lässt sich herausfinden. Wir sind gleich da." Der Wagen schoss über den Platz vor den Hallen. Wolf bremste erst im letzten Augenblick direkt vorm Tor. Schwaner riss es zuerst nach vorne, dann schlug es ihn in den Sitz zurück. Einer der Wachhabenden öffnete die Fahrertür.

„Sommer, schauen Sie bitte einmal nach, wann der Kazikis mit der damaligen Verteidigungsministerin von der Leyen hier war", befahl der Major noch im Aussteigen.

169

„Das war am 14. März 2018", kam sofort die Antwort. „Ich weiß es, denn ich habe mich mit ihr fotografieren lassen." Sommer verschwand kurz im Torhaus und kehrte mit einer gerahmten Fotografie wieder zurück, die er Wolf übergab. Schwaner schaute über dessen Schulter. Auf dem Bild waren drei Männer und eine Frau zu sehen: Wachsoldat Sommer, die damalige Verteidigungsministerin von der Leyen, Alexis Kazikis und Mirko Leininger. Frau von der Leyen wirkte wie ein kleines Mädchen neben dem Wachsoldaten.

„Könnten Sie mir das bitte fotokopieren oder einscannen?", fragte Schwaner.

„Selbstverständlich – Sommer!" Der Major übergab den Rahmen Sommer und erteilte ihm mit einem Nicken den entsprechenden Befehl.

„Und wenn Sie mir bitte noch den Namen des Besuchers von letztem Freitag notieren könnten? Danke!" Major Wolf und der Hauptkommissar standen wartend am Wagen. Schwaner drehte sich nochmals um und musterte das Gelände.

„Eigentlich", begann er zögerlich, „ist es alles andere als Unsinn, sondern sehr geschickt eingefädelt."

„Wie meinen Sie das?" Wolf zog wieder die Augenbrauen nach oben.

„Schauen Sie, wenn Sie etwas anbauen möchten, das – wenn es gelingt – mehrere Tausend Euro pro Kilo einbringt, wo könnten Sie das besser tun als inmitten eines ständig bewachten Areals? Dazu noch die besonderen Bedingungen, kein Frost, keine Wildschweine. Perfekt!"

„Und Sie glauben, dass dieser Kazikis wegen dieser Trüffel ermordet wurde?" Der Major wippte auf seinen Knobelbechern, die dabei leise quietschten.

„Das weiß ich noch nicht, aber es deutet einiges darauf hin. Jedenfalls spielt diese Zucht hier irgendeine Rolle."

„Und wer ist eigentlich der andere auf dem Bild?", wollte Wolf wissen.

„Das war der Geschäftspartner von Kazikis, Mirko Leininger, ein Sternekoch aus Frankfurt. Er ist ebenfalls am Wochenende verstorben."

Der Major pfiff durch die Zähne. „Dann nehme ich das mit dem Unsinn zurück. Da scheint mir doch einiges dran zu sein." Er klopfte Schwaner aufmunternd auf die Schulter. „Ich muss ins Büro. Wenn Sie noch weitere Fragen haben, wir stehen Ihnen jederzeit zur Verfügung." Wolf verabschiedete sich mit Handschlag und einem aufmunternden Lächeln.

Der Soldat Sommer brachte ein Kuvert und sagte, dass er zu Hause noch die Daten des Bildes hätte. Diese könne er von dort dem Kommissar mailen. Schwaner überreichte ihm eine Visitenkarte, ging zu seinem Auto und fuhr in Richtung Wehrheim davon.

23. Kapitel

Auf der Fahrt nach Frankfurt dachte Schwaner über das eben Erfahrene nach: „Die Trüffelidee war alles andere als Unsinn, das steht fest. Sicher hatte Leininger den Kontakt zur Politik hergestellt. Einem Hans Müller, Meier, Schmidt wäre niemals so etwas gewährt worden. Einer der Vorteile, wenn man prominent ist. Aber jemand musste schon vorher die Idee zur Trüffelzucht, den Plan zur Plantage auf abgesperrtem Gebiet, gehabt haben? Das war sicherlich Kazikis. Kazikis war der Kopf hinter allem. Kazikis erzählt es Leininger, weil er ihn als Kunden kennt. Vielleicht hat Leininger bei ihm Trüffel für das Restaurant gekauft? Vielleicht erzählt Kazikis zunächst im Spaß darüber. ‚Du, was hältst du davon, wenn es Trüffel hier aus dem Taunus gäbe?‘ Vielleicht so? Er denkt wahrscheinlich eher an eine Art Test am Kunden. Leininger fragt, wie er darauf kommt. Kazikis sagt, er habe davon gehört, dass jetzt in Bayern oder auch in Österreich Trüffel gezüchtet werden. ‚Was dort geht, müsste doch auch hier funktionieren.‘ Sie plaudern darüber. Vielleicht gehen sie dann auch erst einmal wieder auseinander, es war ja nur eine Frage, ein Scherz. Leininger denkt weiter darüber nach, Kazikis auch. Sie treffen sich nochmals und nochmals. Dann kommt die Frage, wo denn die Zucht sein soll. Dies geht ja nicht mitten im Wald, wo jeder Spaziergänger oder jede Wildsau über die Plantage herfallen kann. Sie brauchen einen sicheren Platz, einen abgesperrten Wald für die Zucht. Sie schauen auf die Karte, finden das

Munitionsdepot. Irgendjemand aus der CDU ist Gast bei Leininger. Leininger spricht ihn oder sie an, ob man ihm da helfen könnte, er hätte da eine Idee, etwas ganz Besonderes, wenn es gelinge, wäre dies eine Sensation für Hessen und so weiter und so weiter.

Leininger wird durchgestellt bis ganz oben. Frau von der Leyen kommt selbst aus der Landwirtschaft und ist von der Idee begeistert. Sie ermöglicht die Zucht auf dem Gelände des Munitionsdepots, als Pilotprojekt zunächst und zu beiderseitigem Nutzen. Damit ist für Kazikis und Leininger das Problem der Sicherheit gelöst. Die Schweine müssen weg, keiner kann mehr etwas klauen oder auffressen. Jahrelange Vorarbeit, jahrelange Investitionen. Dreißig-, vierzigtausend Euro pro Jahr schüttelt man mal nicht so eben aus der Hosentasche. Jetzt ist es so weit, die erste Ernte. Zahltag. Es kommt jemand mit einem Spürhund. Sie finden etwas. Sami erzählte von der Kiste. Frau Kazikis von besonderen Trüffeln. Wie viel haben sie gefunden? Genug für einen Mord? Oder war schon ausreichend, dass es überhaupt funktioniert hatte? Der Versuch ist geglückt. Das große Geschäft kann beginnen. Kazikis fährt damit nach Frankfurt und am letzten Samstag in die Kleinmarkthalle. Er ist sichtlich gut gelaunt. Er ruft Leininger an. Sagt, sie hätten etwas gefunden. Vielleicht macht er es auch spannender? Sagt, sie müssten sich treffen oder so etwas. Leininger hat keine Zeit. ‚Das Haus ist voll, ich kann nicht weg. Am Montag ist Ruhetag, lass uns Montag treffen.' Das ist der Anruf, ganz bestimmt.

173

Kazikis ärgert sich vielleicht. Er ist voller Euphorie, sein Partner hat keine Zeit, lässt ihn ins Leere laufen. Jemand anders bekommt es mit oder er erzählt es einem Kollegen in der Kleinmarkthalle. Es muss raus, die Freude muss raus. Aber warum soll ihn der Kollege dann umbringen – und abends Leininger gleich mit? Nein, nein, nein. Das sind alles nur Spekulationen. Nichts, was wir bisher irgendwie belegen können." Schwaner bog in Richtung Saalburg ab. „Vielleicht doch Frau Kazikis? Spielt den Unschuldsengel. Ihr Mann kommt nach Hause und zeigt ihr die ersten eigenen Trüffel. Er erzählt ihr vom großen Geschäft, das nun kommen wird, von Millionen und Abermillionen. Sie feiern. Sie hat insgeheim einen anderen, schon seit Jahren, einen für die Zukunft. Ihr Mann geht zur Arbeit, sie ruft ihren Liebhaber an, der ermordet zuerst Kazikis, später Leininger. Die Bahn ist frei. Leininger hat keine Erben, Frau Kazikis bekommt alles. Sie spielt die Fürsorgliche, sucht nach ihrem Gatten, geht mit dem Hallenmeister in den Keller und findet – oh, welch ein Zufall – die Leiche ihres Mannes, vor einem Zeugen. Anschließend führt sie ihren Liebhaber als Interessenten für das Geschäft ein. Der möchte ihr einhundertfünfzigtausend Euro in bar bezahlen. Sehr clever. Unterschätze niemals die Frauen. Werden wir ja nachher sehen."

Schwaner ging alle Facetten des Falles in Gedanken durch. Als er im Polizeirevier eintraf, waren seine Kollegen vom K11 schon im Besprechungsraum versammelt. Schwaner nahm seinen Platz ein, bat um Ruhe und informierte in knappen Worten über die Ereignisse des Morgens und seinen Besuch im Munitionsdepot. Er hielt die Kopie der Fotografie in die Höhe und schloss mit den Worten: „Ich gehe davon aus, dass die Zucht geglückt ist und Alexis Kazikis am vergangenen Freitag erste Trüffel gefunden hat. Diese hat er am Samstagmorgen mit in die Kleinmarkthalle genommen. Sami sprach von einer kleinen Kiste. Die Kiste samt Inhalt ist verschwunden."

Schwaner schaute in die Runde, legte dann seine Hände vorm Kinn zusammen. „Sven? Gibt es bei dir etwas Neues?"

„Ja und nein. Ich hab' mich beim Personal der VILLA METZLER umgehört. Einige konnt'n oder wollt'n nichts sagen, zwei Aussagen kling'n interessant. Die eine stammt von der jung'n Frau, die uns bei unserem erst'n Besuch nach ob'n gebracht hatte. Sie erzählte, dass Heinen und Leininger ein'n heftig'n Streit hatt'n, vor etwa zwei Wochen. Sie sagte, dass sie im Stockwerk darunter arbeitete, man hätte es aber bestimmt bis in die Küche hör'n könn'n."

„Worum ging es?"

„So genau wusste sie es nicht. Sie glaubt verstand'n zu haben, dass Leininger aus dem Restaurant aussteig'n wollte, kann es aber nicht hundertprozentig beschwör'n."

„Und der andere Zeuge?"

„Das ist ein Hilfskoch aus der Küche. Er sagt, dass Leininger letzt'n Samstag so geg'n dreiundzwanzig Uhr die Küche durch den Hinterausgang verlass'n habe. Er hätte erzählt, dass er noch zu einer Verabredung ginge."

„Wohin, hat er nicht zufälligerweise gesagt?"

„Leider nein. Aber ich denke, da Leininger kein'n Führerschein besaß, dass es nicht allzu weit weg war. Jedenfalls werde ich die umliegend'n Lokale und Bars befrag'n."

„Gut! Burkhard Heinen scheint ja mit einigen Dingen hinterm Berg zu halten?! Seine Agenturtätigkeit, der Streit, die …"

„Die Unterschlagungen!", fiel Anne Martin ins Wort.

„Unterschlagungen?"

„Ja, zumindest sehe ich das so. Es wird allerdings nicht leicht zu beweisen sein."

„Kannst du dich bitte etwas deutlicher ausdrücken?"

„Ich habe mir auf dein Geheiß hin die Konten und sofern möglich auch die Geschäftsunterlagen der VILLA METZLER angeschaut. Das Restaurant schreibt monatlich, und dies schon seit knapp zwei Jahren, rote Zahlen."

„Sie sind also pleite oder was willst du damit sagen?"

„Ja und nein."

Schwaner war jetzt doch etwas genervt: „Anne, bitte!"

„Ja, wenn man sich die nackten Zahlen ansieht. Nein, wenn man etwas tiefer einsteigt."

Schwaner forderte sie durch seine kreisende Hand auf, schneller und flüssiger zu berichten.

„Heinen stellt über seine Agentur monatlich hohe Rechnungen an das Restaurant beziehungsweise die VILLA METZLER GmbH. Er zahlt diese Rechnungen nicht aus, er lebt ja von seinem Geschäftsführergehalt, das er parallel bezieht. Die Rechnungen belaufen sich mittlerweile auf fast dreihunderttausend Euro. Bei dem Stammkapital von achtzigtausend Euro und der aktuellen Finanzlage des Restaurants gehört die VILLA METZLER faktisch Heinen, obwohl er nur zehn Prozent der Geschäftsanteile besitzt. Er hat die Firma sozusagen durch die Hintertür übernommen, wahrscheinlich mit mehr oder minder fingierten Rechnungen, er konnte ja als Geschäftsführer im Restaurant alles akzeptieren."

„Aber gibt es keine Paragraphen im Gesellschaftsrecht, die so etwas untersagen?"

„Nein, dafür nicht. Hätte er das Geld als Kredit an die Gesellschaft verliehen, hätte er einen Vertrag mit der GmbH schließen müssen. Dies wäre nur über die Gesellschafterversammlung, in der Leininger aber die Mehrheit hatte, gegangen. Ich bin davon überzeugt, dass er Leininger die Höhe seiner Forderungen gegenüber dem Restaurant verschleiert und verschwiegen hat. Er musste sie ja auch nicht offenlegen."

„Im Falle eines Falles hätte er das Restaurant und damit auch Leininger in der Hand gehabt?", fasste Schwaner zusammen.

„Richtig! Der Betrieb des Restaurants war somit davon abhängig, ob er seine Forderungen geltend machte oder nicht ..."

„Oder Leininger hätte ihm dreihunderttausend Euro auf den Tisch legen müssen?"

„Genau. Was aber nach Leiningers Kontenlage alles andere als wahrscheinlich war. Privat hatte er zwar keine Schulden, aber auch nichts auf der hohen Kante. Und aus dem Betrieb der VILLA METZLER konnte er nichts entnehmen, da diese ja schwer im Minus steht."

„Also hatte Heinen Leininger mehr oder minder in der Hand?"

„So würde ich es sehen. Der Fortbestand des Restaurants war einzig und allein von Heinens Gunsten abhängig. Er hätte jederzeit den Konkurs und damit die Schließung beantragen können." „Das lässt doch Herrn Heinen in einem ganz neuen Licht erscheinen", resümierte Schwaner. „Und wenn das, was die Journalistin über ihn sagte, ebenfalls zutrifft, haben wir ein sehr starkes Motiv."

„Mir war der von Anfang an unsympathisch!", warf Sven Beck ein.

„Nur beweisen können wir nichts", dämpfte Anne die aufkeimende Euphorie. „Das sind bislang alles nur halbgare Indizien."

„Ja, aber der Streit. Vielleicht hat der Leininger alles spitzgekriegt und wollte aussteig'n", setzte Beck nach. „Oder Heinen rausschmeiß'n, jetzt, wo Millionen fließ'n?"

„Möglich, aber würde Heinen ihn dann umbringen? Das wäre doch völlig idiotisch. Das Restaurant gehört ihm ja sozusagen schon und mit Leininger bleibt ihm die Melkkuh erhalten. Anne hat recht. So können wir nicht zu Körner gehen."

„Aber Martin, wenn der Leininger dem Hein'n sagt, ich hab' was Neues, ich steig aus, du kannst mich mal. Ich verdien' bald Million'n und hab' den ganz'n Stress nich' mehr." Sven Beck geriet förmlich in Rage.

„Aber Leininger wusste doch noch gar nichts vom Trüffelfund. Der Kazikis hat sie doch erst letzten Freitag ausgegraben. Der Streit liegt aber schon etwa zwei Wochen zurück – falls es in diesem Streit tatsächlich um so etwas ging?" Schwaner versuchte, das Team durch seine Gegenargumentation zu neuen Schlussfolgerungen zu reizen und auf dem Boden

178

belegbarer Tatsachen zu bleiben. Das bedeutete nicht, dass er sich nicht selbst dem eben Gesagten anschloss.

„Das stimmt. Aber vielleicht hat er gepokert, der Leininger? Hatte wirklich kein'n Bock mehr auf den Heinen. Es war ihm egal."

„Ja, und dann? Was passiert dann? Der Heinen war zur Tatzeit des Mordes an Kazikis im Restaurant."

„Sagt wer?" Anne durchblätterte die Unterlagen.

„Das wurde, glaube ich, von dem Restaurantleiter bezeugt", antwortete Martin.

„Vielleicht hat er jemand'n beauftragt?" Beck gab nicht auf.

„Das war kein Auftragsmord. Das war viel zu dilettantisch", mischte sich nun Messner in die Diskussion ein.

„Vielleicht sollte es auch nur dilettantisch ausseh'n. Sein'n Zweck hat es immerhin erfüllt."

„Nein, nein, nein", widersprach Messner. „Ein Auftragstäter hätte sich sicherlich nicht die Kleinmarkthalle als Tatort ausgesucht. Der hätte dem Kazikis irgendwo außerhalb aufgelauert. Und sicherlich nicht am Samstagnachmittag. Ich glaube eher an eine Tat im Affekt. Der Täter wurde durch Kazikis oder etwas anderes so gereizt, dass er den erstbesten Gegenstand griff und damit zuschlug. Kazikis fällt gegen das Regal und bleibt liegen, bewusstlos, scheinbar tot. Der Täter überlegt: Er hat mich gesehen, er kennt mich, er würde mich anzeigen. Also schnappt er sich den Kopf und wickelt die Folie darum. Jetzt merkt er vielleicht, dass Kazikis noch lebt. Er umwickelt, um ganz sicherzugehen, Arme und Beine, dreht die Kühlanlage auf Hochtouren und verschwindet mit der Folienrolle unterm Arm ..."

„Und einer Kiste Trüffeln!", warf hier Schwaner ein. „Die Trüffel, beziehungsweise die Kiste, ist ja auch verschwunden."

„Also müss'n wir unbedingt die Folienrolle und die Trüffel find'n. Wo diese beid'n Dinge sind, ist auch der Täter."

„Das bedeutet, die berühmte Nadel im Heuhaufen zu suchen. In der Kleinmarkthalle war nichts. Wir haben aktuell keinen Ansatzpunkt, wo wir weitersuchen sollten." Messner schüttelte vehement den Kopf.

Nachdem sich kein weiterer Ansatz in der unterschiedlichen Bewertung der Fakten ergab – in der Wohnung von Leininger konnten keinerlei Spuren von Drogen oder GBL gefunden werden –, schloss Schwaner die Besprechung und setzte eine weitere für den kommenden Morgen an. Er und Beck machten sich auf den Weg zum Haus der Familie Kazikis.

24. Kapitel

„Hör zu", begann Schwaner im Auto, „wenn dieser Typ tatsächlich auftaucht, dann nehmen wir ihn erst einmal fest, mit allem Drum und Dran."

„Aber wir hab'n doch gar nichts geg'n ihn in der Hand?!"

„Macht nichts. Ich möchte sehen, wie Frau Kazikis reagiert. Ob sie sich besorgt zeigt oder uns gar stoppen will."

„Ach so, versteh'. Du willst test'n, ob die beid'n sich kenn'n oder nich'."

„Genau. Wenn uns Frau Kazikis bislang reingelegt hat, dann ist jetzt die beste Gelegenheit, das herauszufinden."

„Und wie geh'n wir vor?"

„Ich warte in der Wohnung, du vorm Haus, etwas die Straße runter. Den Eingang kannst du gut einsehen. Wenn sich jemand dem Haus nähert, gebe ich dir ein kurzes Signal über Funk. Du mimst einen Spaziergänger. Wir warten drinnen, bis du angekommen bist. Dann öffne ich die Tür, du stehst hinter ihm. Und dann gleich mit Gebrüll."

„Auch mit gezog'ner Waffe?"

„Nein, das nicht. Aber er soll sie schon sehen. Hand am Halfter. Dann soll er sich hinlegen, wir nehmen ihn in Gewahrsam, Handschellen und verhören ihn im Haus. Auch da bin ich auf die Reaktion von Frau Kazikis gespannt."

„Ist sonst noch jemand da?"

„Nein, ich hoffe nicht. Ich hatte sie gebeten, die Kinder wegzuschicken."

Schwaner parkte in einiger Entfernung des Hauses der Familie Kazikis. Er gab Beck nochmals genaue Anweisung, wann er aussteigen und sich unauffällig dem Haus nähern sollte. Er selbst ging zu Frau Kazikis, die ihn völlig aufgeregt empfing.

„Großes Glück. Ich habe schon geglaubt, dass Sie nicht würden kommen. Ich hatte Angst, der Mann kommt vor Ihnen."

„Keine Sorge, Frau Kazikis, Ihnen wird nichts passieren. Hat sich der Herr nochmals gemeldet?"

„Nein, nicht mehr."

„Und Ihre Kinder?"

„Sind bei einer Freundin von mir, in Sicherheit."

„Gut. Frau Kazikis, wir machen das so. Wenn es klingelt, warten Sie zunächst, bis ich Ihnen ein Zeichen gebe. Dann fragen Sie aus der Küche heraus, wer da ist. Anschließend gehen Sie zurück ins Wohnzimmer, ich werde die Tür öffnen, haben Sie verstanden?"

Frau Kazikis nickte. Schwaner fiel jetzt erst auf, dass sie sich für den Besuch in Schale geworfen hatte. Sie sah den Blick des Hauptkommissars.

„Ich wusste nicht, was ich anziehen soll. Ist es okay?"

„Ja, ja. Völlig in Ordnung." Frau Kazikis sah wirklich hinreißend aus.

Schwaner schaute auf die Uhr, es war kurz vor vier. Vom Küchenfenster aus konnte er die Straße, die unterhalb von ihm lag, sehr gut einsehen. Ein Wagen kam langsam den Damaschkeanger entlanggefahren. Der Fahrer schien etwas zu suchen, hielt kurz vor dem Haus und fuhr wieder an. Schwaner wusste, dass Beck das Nummernschild bereits notiert hatte. Das Auto parkte etwas weiter oben. Ein Herr im schwarzen Anzug stieg aus. Im Seitenfenster richtete er seine Krawatte und nahm von der Rückbank einen Blumenstrauß, den er aus dem Papier wickelte. Den Strauß vor der Brust haltend kam er auf den Eingang zu.

Schwaner brauchte kein Signal zu geben. Er sah, dass Beck ebenfalls aus dem Wagen gestiegen war und hinter der geöffneten Kofferraumklappe bereits wartete. Der Fremde hatte inzwischen den Zugang zum Haus erreicht, während der Hauptkommissar sich in den hinteren Teil der Küche zurückzog.

Kurz darauf klingelte es. Schwaner legte seinen Zeigefinger auf die Lippen, wartete einige Sekunden, gab dann Frau Kazikis ein Zeichen.

„Hallo, wer ist da?", rief sie durch das leicht geöffnete Küchenfenster nach draußen.

„Bochtis. Georgios Bochtis. Ich hatte angerufen."

Schwaner schob Frau Kazikis in den Flur und zeigte Richtung Wohnzimmer. Er wartete noch zwei Sekunden, riss die Tür auf und brüllte aus vollem Halse: „Polizei! Keine Bewegung! Lassen Sie die Hände oben!" Im gleichen Moment kam von hinten Sven Beck herangesprungen, die rechte Hand am Halfter: „Hinleg'n! Sofort hinleg'n! Auf den Bauch!", schrie dieser.

Der so von zwei Seiten Angeschriene wusste nicht, was er tun sollte. Er schaute einmal kurz nach hinten, dann wieder auf Schwaner, der ihm mit ausgestrecktem Arm seinen Ausweis entgegenhielt. Wie befohlen ließ der Mann in Schwarz den Blumenstrauß fallen und legte sich über die Eingangsstufen auf den Boden. Sven Beck stand sofort mit gespreizten Beinen über ihm und hatte schon die Handschellen parat. Schwaner gab ihm ein Zeichen, etwas zu warten. Er rief nach Frau Kazikis. Als diese sich der Tür näherte, gab er mit einem kurzen Nicken Beck zu verstehen, den am Boden Liegenden zu fesseln.

Frau Kazikis stand mit weit aufgerissenen Augen und einer Hand vor dem Mund neben Schwaner in der Tür. Sie beobachtete Beck dabei, wie er die Handschellen klicken ließ. Schwaner beobachtete Nike Kazikis.

„Frau Kazikis, kennen Sie diesen Mann?", fragte Schwaner.

„Steh'n Sie auf", sagte Beck zu dem noch immer völlig eingeschüchterten Herrn. „Und keine Mätzch'n!"

Frau Kazikis sah sich Georgios Bochtis genau an. Dann schüttelte sie den Kopf. „Nein. Ich habe ihn noch nie gesehen."

„Sind Sie sicher?"

„Ja, ganz sicher."

Aus den Nachbarhäusern kamen Neugierige, die das Geschrei gehört und die Festnahme verfolgt hatten.

„Wir gehen besser rein", befahl Schwaner. Er ging voraus, hinter ihm Frau Kazikis, dann Beck mit dem noch immer stummen Bochtis. Schwaner drehte sich um und beobachtete nun sehr genau den Gefangenen, ob dieser erkennen ließ, dass ihm die Umgebung vertraut war. Georgios Bochtis schaute nur auf seine Füße. Einige Sekunden herrschte Stille. Schwaner musterte Bochtis, schätzte ihn auf etwa Mitte vierzig, er hatte kurzes, schwarzes Haar, und durch das offene Jackett trat deutlich der Bauch hervor.

„Sie heißen?", bellte ihn der Hauptkommissar an.

„Bochtis. Georgios Bochtis", kam es zaghaft zurück.

„Wo wohnen Sie?"

„In Höchst. Mein Ausweis steckt in meiner Brieftasche." Bochtis deutete mit dem Kinn auf seine Brust. Beck griff von hinten um ihn herum und zog aus der linken Seite ein flaches Lederetui. Darin war, neben einigen Kreditkarten, der Ausweis, den Beck musterte und mit einem Nicken bestätigte.

„Was machen Sie hier? Woher kennen Sie diese Anschrift? Woher kennen Sie Frau Kazikis?"

„Frau Kazikis kenne ich nicht." Zum ersten Mal schaute er sie direkt an. „Ich kenne – kannte – Alex." Er schaute dabei Nike Kazikis direkt in die Augen. Schwaner beobachtete jeden Wimpernschlag der beiden.

„So, Sie kenn'n also Alexis Kazikis. Woher, wenn ich frag'n darf?" Beck knallte die Brieftasche auf den Wohnzimmertisch.

„Aus dem OMONIA. Das ist ein griechisches Café. Wir haben uns dort fast jeden Samstag getroffen."

„Was wollten Sie von Frau Kazikis?", fuhr ihn Schwaner wieder an, dabei seitlich zu Frau Kazikis blickend. Bei ihr war keine Reaktion zu erkennen. Wie in Stein gehauen stand sie im Raum.

„Ich hatte mit Frau Kazikis telefoniert. Wir waren verabredet."

„Das wiss'n wir, sonst wär'n wir ja nicht da. Aber woher wusst'n Sie vom Ableb'n ihres Mannes? Sie stand'n ja schnell auf der Matte."

„Dafür wollte ich mich entschuldigen, das war nicht sehr passend. Aber ein Freund hatte mich angerufen

185

und mir von Alex' Tod erzählt. Er war ein Freund von mir. Schreckliche Sache."

„Hat Ihr Freund auch einen Namen?"

„Den möchte ich nicht sagen."

„Aha, den möchten Sie uns nicht sagen. Aber dieser unbekannte Freund berichtet Ihnen vom Tod Ihres lieben Freundes Alex, und Sie haben gedacht, da rufe ich gleich mal an und biete einhundertfünfzigtausend Euro für das Geschäft. Aus Mitleid oder wie sollen wir das verstehen?"

„Nein, wie gesagt, das war nicht richtig. Aber in der Halle geht das immer ganz schnell, dann sind die Stände wieder weg. Und Alex hatte es mir doch versprochen."

„Was hatte Herr Kazikis Ihnen versprochen?"

„Dass ich seinen Stand übernehmen kann."

„Wann hat er Ihnen das versprochen?"

„Mehrmals, gerade in der letzten Woche, das heißt am Samstag vor dem schrecklichen Samstag wieder."

„Warum wollte er ausgerechnet Ihnen seinen Stand verkaufen?"

„Ich bin auch Händler. Ich habe ein Geschäft in Höchst und einen Stand auf dem Höchster Wochenmarkt. Ein kleines, aber schönes Geschäft. Aber Höchst ist nicht die Kleinmarkthalle. Es ist dort sehr schwierig geworden. Ich habe mich oft mit Alex darüber unterhalten, und er sagte mir, wenn er aus der Kleinmarkthalle herausgeht, kann ich seinen Platz übernehmen. Auch über die Ablöse hatten wir schon gesprochen."

„Und weil Ihn'n das zu lange dauerte, hab'n Sie mal kurzerhand ein wenig nachgeholf'n?"

186

„Wie bitte? Nein, auf keinen Fall, das ist ja verrückt. Der Alex war mein Freund. Wir kennen uns schon seit Jahren. Ich hätte ihm nie ... – wie kommen Sie darauf?"

Schwaner wandte sich an Frau Kazikis, die das Verhör bislang stumm und regungslos verfolgt hatte.

„Kennen Sie diesen Herrn?", wiederholte er nochmals.

Nike Kazikis schüttelte energisch den Kopf.

„Hat Ihr Mann einmal von ihm erzählt?"

Wieder Kopfschütteln. Dann zaghaft: „Aber er ist immer ins Café gegangen. Immer samstags, nach der Arbeit. Es war ihm wichtig, Freunde zu treffen, Freunde aus der Heimat."

„Sehen Sie, da hören Sie es doch. Sie können auch im OMONIA direkt nachfragen!" Bochtis wurde mutiger.

„Erst einmal frage ich Sie, wo Sie am letzten Samstag zwischen sechzehn und achtzehn Uhr waren?", wandte sich Schwaner wieder Bochtis zu.

„Natürlich in meinem Geschäft, wo sonst. Wir haben samstags geöffnet bis achtzehn Uhr. Dann müssen wir einräumen, Kasse machen und so weiter."

„Gibt es dafür Zeugen?"

„Meine Frau, sie arbeitet mit mir zusammen im Laden. Auch meine beiden Mitarbeiter, die den Marktstand betreuen. Mein Sohn, Nachbarn, die Kunden ..."

„Und woher hab'n Sie hundertfünfzigtaus'nd Piep'n, wenn die Geschäfte so schlecht lauf'n?"

„Das habe ich gespart, seit Jahren gespart. Und ich habe ein wenig geerbt vor zwei Jahren. Wie gesagt, ich hatte mich ja schon vor Längerem mit

Alex darüber verständigt, daher hatte ich, was ich konnte, zurückgelegt."

Georgios Bochtis' Blick wanderte von einem zum anderen. Eine peinliche Stille entstand. Nike Kazikis schaute den Hauptkommissar fragend an.

„Sven, du kannst ihm die Handschellen abnehmen", entschied Schwaner schließlich.

Beck hantierte hinter dem Rücken von Bochtis. Als dieser frei war, drehte er sich zur Haustür um, worauf sich Beck ihm gleich in den Weg stellte. Leise flüsterte Bochtis „die Blumen" und durfte passieren. Der Strauß war bei der Aktion neben den Treppenstufen am Eingang liegen geblieben. Nun kam Bochtis, diesen vor sich haltend, zurück ins Wohnzimmer und überreichte ihn Nike Kazikis. Sie wechselten einige Sätze auf Griechisch. Gaben sich die Hand und verbeugten sich leicht voreinander.

„Ich habe Frau Kazikis mein Beileid ausgesprochen und bedaure die Umstände, unter denen wir uns kennenlernen."

Frau Kazikis nickte bestätigend. Wieder trat eine Pause ein, alle standen unbeholfen im Wohnzimmer herum.

„Möchten Sie einen Tee oder Kaffee?", fragte die Hausherrin mehr in die Runde als jemand Bestimmten. Georgios Bochtis nickte sofort und dankte. Nike Kazikis verschwand in der Küche. Wieder Stille.

„Sie dachten also, ich hätte ...?", versuchte Bochtis ein Gespräch zu beginnen.

„Wir müssen jeder Spur nachgehen. Entschuldigen Sie bitte, wenn wir Sie eben etwas hart angefasst haben. Das diente auch zum Schutze von Frau Kazikis."

„Schon gut, schon gut. Ich verstehe Sie." Ein schnelles Lächeln huschte über Bochtis' Gesicht.

„Hatte Herr Kazikis Ihnen gegenüber vielleicht erwähnt, dass er bedroht wurde oder etwas in dieser Art?"

„Nein, das heißt, etwas hat er mir schon erzählt." Bochtis trat flüsternd an Schwaner heran.

„Was war das?"

„Im Café gibt es einen Tarik, einen Albaner. Ein Großmaul, ein Angeber. Prahlt immer mit seinem Geld. Woher er es hat, weiß keiner so genau. Dabei lässt er sich bei jeder Gelegenheit aushalten. Dieser Tarik hat Alex in den vergangenen Wochen sehr unter Druck gesetzt. So hat er es mir erzählt, und ich habe es auch einmal im OMONIA erlebt."

„Was haben Sie erlebt und worum ging es genau?"

„Alex sagte mir, dass Tarik irgendetwas von seiner neuen Geschäftsidee wusste. Er hatte ihm wohl mal etwas davon erzählt."

„Welche neue Geschäftsidee?"

„Das weiß ich nicht, mir hatte Alex nichts gesagt."

„Und weiter?"

„Nun, Tarik hatte wohl gleich seine Beteiligung angeboten. Das macht er immer. Er hat ja so viel Geld, wie er sagt. Alex hat das wohl nicht wirklich ernst genommen und so stehen lassen. Jedenfalls kam Tarik jetzt bei jeder Gelegenheit an und hat Alex darauf angesprochen. Einmal habe ich mitbekommen, wie er Alex förmlich gedroht hat."

„Was meinen Sie damit?"

„Er sagte etwas in der Art wie, wenn er ihn nicht beteiligt, macht er ihn fertig. Ja, er hat das nochmals wiederholt."

189

„Wie hat Herr Kazikis darauf reagiert?"

„Sehr gelassen, er hat nichts gesagt. Nur später zu mir, als Tarik gegangen war, sagte er, dass Tarik ein Idiot sei, was auch stimmt. Aber vielleicht ein gefährlicher Idiot. Es sah nicht so aus, als würde Tarik Scherze machen."

„Wissen Sie, wie dieser Tarik mit Nachnamen heißt und wo wir ihn finden können?"

„Nein, seinen Namen kenne ich nicht, aber Sie finden ihn ganz sicher im OMONIA. Er ist fast jeden Tag da. Er sitzt immer vorne an der Theke, als würde ihm das Lokal gehören, dabei ist er auch nur Gast."

„Wie lautet die Anschrift dieses Cafés?"

„Falkstraße, Ecke Juliusstraße in Bockenheim. Das können Sie gar nicht verfehlen. Ach ja, Tarik hat eine Glatze."

Die drei Männer traten auseinander. Schwaner wandte sich an Nike Kazikis, die soeben mit einem Tablett wieder ins Wohnzimmer zurückkam. „Frau Kazikis, wenn Sie einverstanden sind, dann gehen mein Kollege und ich jetzt?"

„Ich habe Kaffee gemacht, Mokka, probieren Sie."

Schwaner und Beck lehnten dankend ab, Bochtis dagegen nahm mit einem breiten Lächeln an und setzte sich an den Tisch, auf dem Frau Kazikis die große Kanne und die kleinen Tässchen abgestellt hatte. Sie brachte die beiden Polizisten zur Tür. Schwaner drehte sich nochmals zu ihr um.

„Es ist doch in Ordnung, dass wir gehen, oder?"

„Ja, alles gut. Er ist ein harmloser Mann, das sehe ich."

„Wenn es Ihnen unangenehm ist, bitten wir Herrn Bochtis zu gehen."

„Nein, lassen Sie. Ich glaube, er war ein Freund meines Mannes."

„Gut, wir melden uns dann wieder bei Ihnen, sobald wir Genaueres wissen. Sagt Ihnen der Name Tautuffo etwas?"

„Nein – oder doch – den habe ich ein paarmal auf Briefen an meinen Mann gelesen. Er sagte dann immer, das ist Werbung."

25. Kapitel

Beck und Schwaner fuhren direkt zum Café OMONIA, Bockenheim lag auf ihrem Weg. Die angegebene Adresse war leicht zu finden, das Lokal mit seiner großen Fensterfront ebenfalls. Ganz in der Nähe wohnte Sandra Thielacker, aber das Café war Schwaner bislang nie aufgefallen.

Das OMONIA war ein typisches griechisches Café mit spärlicher Einrichtung. Um die kleinen Tische standen billige Metallstühle. Hinter der kargen Theke waren mehrere große Kühlschränke aufgestellt, randvoll mit Bier, Wasser und Softdrinks in Flaschen. Links und rechts von der Theke standen Spielautomaten. Außer zwei Flachbildfernsehern, auf denen tonlos ausländische Werbesendungen flimmerten, waren die Wände kahl. In der Decke eingelassene Neonröhren verströmten kaltes, ungemütliches Licht. Trotz dieser eher abweisenden Atmosphäre war das Lokal schon um diese Zeit gut besucht. An zwei der vorderen Tische saßen mehrere ältere Herren, laut diskutierend, dabei gelegentlich an einer Tasse Kaffee nippend, stützten sie sich auf ihre vor ihnen stehenden Spazierstöcke. Gestenreich wurde jedes Wort untermalt, fast jeder hielt eine Kette mit Holzkugeln in den Fingern, Lachsalven honorierten die Beiträge.

Im hinteren Bereich war ein weiterer Raum abgetrennt, in dem ebenfalls ein Fernseher und weitere Spielautomaten zu sehen waren. Im Gegensatz zu den vorderen Gästen spielten hier an zwei Tischen Männer stumm Karten und gaben dabei dicke Rauchschwaden von sich.

Ein erster Blick im Vorbeilaufen hatte gezeigt, dass Tarik nicht da war. Auf einem kleinen Platz schräg gegenüber standen einige Bänke. Beck und Schwaner setzten sich und beobachteten den Eingang. Es dauerte nicht ganz eine Viertelstunde, bis ein Mann von etwa einssiebzig, gedrungener Körperbau, Glatze und mit einem Trainingsanzug bekleidet, das Lokal ansteuerte und darin verschwand. Beck ging nochmals langsam an der vorderen Fensterreihe vorbei und sah, wie der soeben Eingetretene die anderen Gäste lautstark begrüßte, was diese allerdings nur zögerlich erwiderten. Der Mann mit der Glatze schob sich einen Hocker an das vordere Ende der Theke und nahm breitbeinig darauf Platz. Beck war mittlerweile am OMONIA vorbei, drehte sich um und gab Schwaner mit einem erhobenen Daumen das Signal, dass dies sicherlich der Gesuchte sei. Schwaner stand auf, Beck war schon im Café verschwunden. Er ging direkt auf Tarik zu. Dieser blickte kurz den Kommissar an, begriff sofort die Situation, sprang zur Seite, wobei er Beck den Hocker vor die Füße schleuderte, und stürzte die Treppe zu den Toiletten hinunter. Schwaner konnte durch die Fenster die Flucht beobachten und sah, wie sein Assistent zunächst zurückwich und dann Tarik nacheilte.

Wenige Sekunden später öffnete sich die Eingangstür zu den über dem OMONIA gelegenen Wohnungen. Tarik sprang mit einem kurzen Blick nach links heraus und rannte in die andere Richtung davon. In den Augenwinkeln hatte er den zweiten Polizisten wahrgenommen. Schwaner bog gerade um die Ecke und spurtete sofort hinter dem Flüchtenden her. Entsprechend seiner Körperlänge waren seine Schritte weit und raumgreifend. Ein Betrachter hätte nicht den Eindruck gehabt, dass er sprintete. Sein Lauf sah eher wie schnelles Joggen aus, doch die Geschwindigkeit war enorm. Anders Tarik. Er hatte seinen Kopf zwischen die muskulösen Schultern gezogen und rannte in kurzen, schnellen Bewegungen. Dabei stachen die Ellbogen links und rechts vom Körper im Stakkato seiner Schritte heraus. Er war kein eleganter, dafür aber ungemein kraftvoller Läufer. Nach einem Augenblick war er schon in die nächste Seitenstraße abgebogen. Schwaner lag vielleicht dreißig Meter hinter ihm. Als auch er abbog, blickte er sich kurz nach Beck um. Dieser kam soeben aus dem Hauseingang, erkannte die Situation und startete los.

Schwaner war Ausdauersportler. Er hatte genug Erfahrung, um zu wissen, dass er den Flüchtenden über kurz oder lang einholen würde – dachte er zumindest. Tarik rannte auf einen abgegrenzten Spielplatz zu. Vor dem Zaun stand eine Bank, von deren Rückenlehne er auf einen Umspannkasten und von dort über die Hecken auf den weichen Kies sprang. Tarik kannte sich offensichtlich hier aus, vielleicht hatte er sich diesen Fluchtweg schon zuvor ausgesucht. Schwaner hatte nicht den Mut zu dieser Akrobatik. Er hielt an, schwang sich seitlich auf den Betonkasten, aus dem ein sonores Summen zu hören war. Der Sprung von dort auf den Spielplatz war kein Problem, doch sein Zögern hatte Tarik wieder ein paar Meter mehr Vorsprung verschafft. Dazu kam, dass Schwaner auf dem weichen Untergrund hängen blieb und nach vorne kippte, während der

Flüchtende in nahezu gleichem Tempo schon auf der anderen Seite über den Zaun sprang. Schwaner stieß sich hoch, Beck rannte vorbei. Er wählte den Weg um den Zaun herum, auf der Straße entlang. Fast gleichzeitig kamen sie am Ausgang des Spielplatzes an. Tarik war schon um die Ecke in Richtung Leipziger Straße davon.

Als die beiden Polizisten dort ankamen, war von dem Albaner nichts mehr zu sehen. War er in die Florastraße oder weiter bis zur Grempstraße geflüchtet? Beck und Schwaner trennten sich. Der Hauptkommissar nahm die Florastraße, dort ging es nach etwa fünfzig Metern in einen Innenhof. Intuitiv folgte er diesem Weg. Über einen kleinen Platz mit Klettergerüst kam auch er zur Grempstraße und traf wieder mit Beck zusammen. Gegenüber war ein Shisha-Händler, an dessen Einfahrt vorbei es wieder in einen Hof ging. Beide rannten nun nicht mehr, sie trabten ähnlich wie Fußballer beim Auslaufen. Durch ein Tor erreichten sie abermals einen kleinen Platz, der zwei Ausgänge hatte. Wieder trennten sie sich, kamen aber beide auf der Appelsgasse heraus. Tarik war verschwunden.

Es hatte keinen Sinn, ihn weiter zu Fuß zu verfolgen, dazu waren die Möglichkeiten, wie er seinen Weg fortgesetzt haben konnte, zu zahlreich. Schwer atmend gingen die beiden Beamten der Mordkommission zurück zum Café OMONIA. Hier befragten sie die Gäste und die Bedienung nach Tarik. Doch keiner schien den Mann zu kennen, der noch vor wenigen Minuten herzlich begrüßt worden war.

„Ein Gast, wie andere, manchmal hier gesehen", antwortete die Bedienung.

„Name? Tarik? Kenne ich nicht." Ein Gast am Spielautomat.

Es war sinnlos. Der Tisch mit den betagten Herren hatte sich bereits aufgelöst. Diese hatten wohl die Rückkehr der Polizei erahnt und waren der Befragung aus dem Weg gegangen. Schwaner und Beck verließen frustriert das Lokal. Auf dem Weg zu ihrem Auto überholten sie einen der Herren mit Gehstock. Auf gleicher Höhe sagte er plötzlich: „Ich kenne Tarik!"

Beck und Schwaner blieben abrupt stehen.

„Was sagt'n Sie?"

„Ich kenne Tarik. Er ist ein Hund. Er verkauft Drogen an Schulen, an Kinder."

„Wissen Sie, wie er mit Nachnamen heißt?"

„Selimi, glaube ich, bin mir aber nicht ganz sicher."

„Und wiss'n Sie, wo er wohnt?"

„Ja, in der Lötzener Straße, am Industriehof. Bei mir um die Ecke."

„Herzlichen Dank. Sie haben uns sehr geholfen."

„Wissen Sie, ich habe auch Enkel, zwei. Sie gehen noch auf die Grundschule dort." Der Herr wies mit seinem Stock über den kleinen Platz hinweg, auf dem Schwaner und Beck eben gewartet hatten. „Ich weiß, wenn sie älter sind, wird Tarik ihnen Drogen anbieten. Sie müssen ihn verhaften."

Zum Abschied gab er beiden die Hand, gerade so, als würde er den Polizisten damit das Versprechen abnehmen, nach seinem Wunsch zu handeln.

Zum Industriehof war es nicht weit, doch die Lötzener Straße erwies sich als völlig ungeeignet, um hier mit dem Wagen stehen zu bleiben. Es war wie auf dem Präsentierteller.

Rechts heruntergekommene Blockbauten, deren erste Reihe gerade renoviert wurde. Dahinter fleckige offene Hausfronten, die die Tristesse der Umgebung in sich aufgesaugt hatten und als schmutziges Grau wiedergaben. Zwischen den Häuserzeilen fleckige Wiesen, vereinzelt mit Wäscheleinen überspannt. Darunter verwitterte Sitzgarnituren, unter deren Tischen ausgetrunkene Bierflaschen lagen. Schwarze, erkaltete Feuerstellen auf dem Gras zeigten, dass die Bewohner nicht gerade pfleglich mit der Anlage umgingen. Wilde Sperrmüllberge an den Kopfseiten taten ihr Übriges. Links dagegen eine Baustelle mit großem Transparent davor, das „hochwertige City-Villen" anpries, die hier entstehen sollten. Als „im Herzen des beliebten Stadtteils Bockenheim" gelegen, wurde von „hoher Lebensqualität und vielseitigem Freizeitangebot" geschwärmt. Die Preise begannen für die „geräumigen und lichtdurchfluteten Wohnungen" bei „vierhundertneunundneunzigtausend Euro". Derjenige, der diese Werbung gegenüber der verkommenen Blocks aufgestellt hatte, musste entweder blind oder orientierungslos sein. Möglichen Käufern musste er auf alle Fälle die Augen verbinden, bis er sie ins Innere der Rohbauten geführt hatte. „Ist ja die richtige Gegend für so'n schwerreich'n Albaner", meinte Beck. Sie fuhren einmal um den Block und parkten vor einem Hotel in der Elbinger Straße.

„Wir warten erst einmal im Auto. Wenn wir draußen herumlaufen, wird er uns sofort erkennen", gab Schwaner vor.

Sie saßen etwa zwanzig Minuten mehr oder minder schweigend im Wagen, als unvermittelt an das

197

Seitenfenster geklopft wurde. Auf der Fahrerseite stand Alex Winter, ein Kollege aus dem Rauschgiftdezernat. Er gab ein Zeichen und Beck öffnete die Verriegelung, damit Winter auf der Rückbank Platz nehmen konnte.

„Tach, Kollegen. Das ist ja eine Überraschung. Ich dachte mir doch, den Wagen und das Kennzeichen kennst du. Was führt euch in diese hübsche Gegend? Oder wolltet ihr mich einfach mal besuchen kommen?"

„Servus, Winter. Du, wir hab'n gerade überlegt, ob wir nich' mal um die Ecke in den Saunaclub geh'n woll'n. Jetzt hab'n wir aber doch Gewissensbisse bekomm'n, von weg'n Ausnutzung der Frau und so. Was machst du hier? Guckst du dir ne Wohnung an?"

„Sehr witzig Beck, sehr witzig. Ich schlag dich für die nächste Karnevalssitzung vor."

„Jetzt weiß ich's. Deine Alte hat dich rausgeworf'n und du wohnst jetzt hier im Hotel."

„Ha, ha, ha. Selten so gelacht. Jetzt aber mal Spaß beiseite. Was macht ihr hier? Ihr sitzt doch nicht zum Vergnügen hier rum?"

„Doch ...", wollte Beck gerade beginnen, Schwaner legte ihm aber die Hand auf die Schulter.

„Wir suchen einen gewissen Tarik Selimi. Er soll hier um die Ecke wohnen. Was machst du hier?"

„Wie es der Zufall will, beobachten wir Tarik Selimi und das seit nunmehr fünf Wochen. Wir haben schon eine Menge Zeit und Aufwand in die Sache investiert, das wollt ihr uns doch jetzt nicht kaputtmachen, oder? Warum sucht ihr ihn. Hat er einer Oma die Handtasche geklaut?"

198

„Jetzt bist du aber witzig, Winter. Wir such'n ihn in Zusammenhang mit zwei Mordfäll'n." Beck versuchte sich zu dem hinter ihm sitzenden Kollegen umzudrehen. „Haste deine beid'n biodeutsch'n Kolleg'n auch dabei?"

Winter sah Beck scharf an, schluckte ein, zwei Mal und erwiderte: „Verdenken kannst denen ihre Ansichten nicht, bei dem, was die täglich sehen und erleben."

„Ach! Müss'n jetzt auch unsere Verbrecher reindeutsch sein? Aber ich vergass, en guter Deutscher macht ja so was nich'."

Schwaner, der nicht wusste um was es ging, fuhr nochmals dazwischen und fragte Winter nach Tarik und seiner Einschätzung.

„Mord, der Tarik? Das wäre ja ganz was Neues!"

„Kennst du ihn näher?", wollte Schwaner wissen.

„Was heißt näher. Er ist immer mal wieder Gast bei uns. Eine typische Dealerkarriere. Als Jugendlicher selbst klein angefangen, heute ein Mittelsmann, der weiterverteilt. Er ist eine Zwischenstation, aber für unsere Ermittlungen sehr wichtig. Über ihn wollen wir an die Hintermänner und vor allem an das Labor herankommen."

„Womit handelt er?", fragte Schwaner.

„In erster Linie mit Crack und Ecstasy. Manchmal auch anderes chemisches Zeug."

„Auch K.-o.-Tropfen?"

„Wenn du damit Liquid Ecstasy meinst, vielleicht. Haben wir aber noch nicht mitbekommen. Wen soll er denn ermordet haben?"

„Nen' Händler aus der Kleinmarkthalle und nen' Sternekoch."

199

„Ach so, den Leininger? Das würde mich wundern, wenn Tarik damit etwas zu tun hat." Winter lehnte sich zurück.

„Wieso?"

„Kein Dealer bringt seine Kunden um, es sei denn, er hat Schulden, die er nicht bezahlen kann", belehrte Winter seine Kollegen aus der Mordkommission.

„Der Leininger war Kunde bei Tarik?" Schwaner drehte sich zu Winter um.

„Das weiß ich nicht genau. Die Leute melden sich ja nicht mit Namen an. Auf alle Fälle ist der Leininger früher schon bei Observationen aufgefallen, als Konsument."

„Warum steht davon nichts im Computer?"

„Wir haben ihn nie hopsgenommen. Wie gesagt, er war nur Konsument."

„Und da gibt es einen Kontakt zu Tarik? Komm schon Winter, wir müssen das genauer wissen."

„Ich kann euch aber nichts Genaueres sagen. Der Leininger hat früher Kokain geschnupft, das war nie Tariks Geschäft. An die Kunden kommt er nicht ran."

„Wieso nicht?"

„Habt ihr ihn schon gesehen? Er ist ein typischer Kosovo-Albaner. Schneller mit den Fäusten als mit dem Kopf. Nicht blöd, aber für die edle Kokain-Klientel einfach ein Proll, ein Schläger. Gerade letzte Woche hat er einen seiner Dealer hier über die Wiese geprügelt, weil dieser ihn angeblich um fünfzig Euro beschissen hatte. Hat ihm die Nase gebrochen und zwei Schneidezähne rausgehauen. War dumm von ihm. Der Zusammengeschlagene sagt nämlich jetzt gegen Tarik aus."

200

„Also ist Tarik gewalttätig?"

„Ja, durchaus. Aber Mord? Und warum? Hatten eure beiden Toten die Geschäfte mit Tarik oder etwas in der Art?" Winter beugte sich wieder vor.

„Das wiss'n wir nich'. Die wollt'n ne Trüffelzucht aufzieh'n."

„Eine Trüffelzucht!", Winter fing an zu lachen. „Beck, du bist echt witzig. Seit wann gehören die denn zu den verbotenen Substanzen? Ihr macht Scherze, oder?"

„Nein, kein Witz. Der Leininger und sein Kumpan haben im Taunus eine Trüffelplantage aufgebaut. Tarik wollte unbedingt mitmachen und hat wohl einen, wenn nicht beide massiv bedroht."

Winter lachte nun weniger. Ihm schien etwas eingefallen zu sein.

„Was ist?", wollte Schwaner wissen.

„Nichts, oder vielleicht doch. Tarik hat einem Freund gegenüber etwas von einem neuen Geschäft erzählt. Das sei völlig legal und würde so viel bringen wie die Drogen. Man müsse nur beim Wachsen zusehen."

„Wann hat er das erzählt?"

„Schon eine Weile her. Erzählte er am Telefon."

„Ihr hört ihn also schon länger ab?"

„Ja, die TÜ läuft schon seit mehreren Monaten. Demnächst sollte der Kontakt mit seinen Hintermännern stattfinden."

„Oh, da hab'n wir schlechte Nachricht'n für dich. Wir wollt'n eb'n Tarik befrag'n, da ist er abgehau'n und wir hinter ihm her. Wir hab'n ihn jetzt wohl aufgescheucht."

„Ja prima, super, herzlichen Dank! Dann können wir ja gleich einpacken!" Winter sackte wieder in den Sitz zurück.

201

„Moment, Moment. Jetzt mal langsam. Du weißt, dass wir sowieso am Zug sind, wenn sich der Verdacht gegen Tarik verdichten sollte. Wir können aber noch ein paar Tage warten, wenn du uns eure Protokolle von letztem Samstag gibst und wir sehen, was Tarik da gemacht hat und wo er war."

Winter überlegte einen Moment, dann stieg er auf Schwaners Vorschlag ein.

„Abgemacht. Ihr bekommt, was wir haben. Viel ist es allerdings nicht. Wir hören seine Telefone ab, haben einen Peilsender an seinem Auto und einen Trojaner auf seinem PC installiert. Wir haben natürlich keine durchgängige Beobachtung, schon gar nicht am Wochenende."

„Ach, mach'n eure Täter am Wochenende Pause? Und deine Kolleg'n sind sicher anderweitig beschäftigt."

„Ich lach mich gleich tot, Beck. Am Wochenende geschehen auch keine Morde, oder was? Bist du sieben Tage die Woche, vierundzwanzig Stunden im Dienst?"

„Das kannste aber annehm'n, ich ..."

„Hört jetzt auf mit eurem Gezänk, das ist doch albern", stoppte Schwaner Beck. „Winter, du schickst uns die Unterlagen, am besten heute noch. Beck und ich verziehen uns. In Ordnung?"

„Okay!", sagte Winter und stieg aus. Zum Abschied klopfte er nochmals ans Seitenfenster.

„Fahr mich bitte zurück nach Bockenheim, ich mach Feierabend für heute", sagte Schwaner frustriert. An der Frauenfriedenskirche stieg er aus und rief Sandra Thielacker an. Sie war verwundert, dass er quasi schon vor ihrer Haustür stand. In ihrer Küche erzählte der Hauptkommissar in knappen Sätzen von den Misserfolgen des Tages und dass es mit den Ermittlungen nicht voranging.

„Ich glaube, ich muss dir erst einmal Bockenheim zeigen, damit du dich beim nächsten Mal nicht so einfach abhängen lässt", munterte Sandra ihn auf, schnappte sich ihre Jacke und schubste Martin vor sich her aus der Wohnung. Sie gingen ins DA GIOVANNI, ein nettes, italienisches Restaurant an der Ecke Basalt- und Falkstraße, nicht weit vom Café OMONIA entfernt, in dem die nachmittägliche Verfolgung begonnen hatte. Nach dem Essen schlenderten sie durch die Hinterhöfe zurück zur Appelsgasse, um sich dort ein Eis zu kaufen. „Meiner Meinung nach mit das beste Eis der Stadt", rechtfertigte die Pathologin ihre drei Kugeln.

Über weitere kleine Seitenstraßen, die Schwaner die Hoffnungslosigkeit ihrer Verfolgungsjagd bestätigten, gelangten sie zur WEINSTUBE S ... mit ihrer Laube vor dem Haus, wo sie sich ein letztes Glas genehmigten. „Früher hieß es mal SCHAMPUS, über viele Jahre", erklärte Sandra den seltsamen Namen. „Dann wurde die Eigentümerin von einem Anwalt aus München verklagt, der sich angeblich die Namensrechte an ‚Schampus‘ gesichert hatte. Sie sollte jährlich eine enorme Lizenzgebühr bezahlen oder den Namen ändern." Sandra nahm einen tiefen Schluck. „Mit so etwas verdienen diese Halsabschneider ihr Geld." Martin, der vor Gericht schon zahlreiche Erfahrungen mit Verteidigern gemacht hatte, nickte bestätigend und trank mit. Beschwingt und Arm in Arm kehrten sie später als geplant in Sandras Wohnung zurück, um ohne Umschweife ins Bett zu fallen.

26. Kapitel

Der Freitagmorgen brachte Ernüchterung, und das gleich in zweierlei Hinsicht. Zum einen war Schwaner vom Vorabend verkatert und übermüdet, zum anderen kam ihm wieder die Tatsache ins Bewusstsein, dass sie in den beiden Mordfällen bislang keine einzige wirkliche Spur besaßen. Er war zu Fuß ins Polizeirevier gegangen. Die frische Luft tat ihm zumindest körperlich gut. Im Büro versuchte er an seinem PC sein Schema mit neuen Bausteinen zu füllen, doch sowohl Sami als auch der Kaufinteressent Bochtis waren eine Sackgasse. Die morgendliche Teambesprechung brachte ebenfalls keine neuen Erkenntnisse. Lediglich Anne hatte in den Unterlagen der Tautuffo GbR festgestellt, dass die finanzielle Situation am Jahresanfang sehr schlecht war.

„Eigentlich waren sie zu diesem Zeitpunkt pleite. Was auch kein Wunder ist, bei all den Ausgaben über die letzten Jahre. Kürzlich wurden dann auf das Konto insgesamt zwanzigtausend Euro eingezahlt, in mehreren Raten, sodass es nicht meldepflichtig ist. Dieses Geld stammt aber weder von Leininger noch von Kazikis, zumindest sind auf deren Konten zum betreffenden Zeitpunkt keine entsprechenden Auszahlungen zu sehen. In der Vergangenheit haben beide notwendige Beträge immer überwiesen und nicht bar eingezahlt", trug Anne, wie vom Blatt lesend, vor. „Es scheint alles darauf hinzudeuten, dass sie sich dieses Geld von einem Dritten geliehen haben – und zwar inoffiziell. Ich habe keinen Schuldschein oder so etwas gefunden."

Beck und Schwaner schauten sich an. War dies die Verbindung zu Tarik? Hatte sich Kazikis schmutziges Geld aus den Drogengeschäften des Albaners geliehen? Konnte er es nicht zurückzahlen und wurde deshalb bedroht oder gar umgebracht? Anschließend musste auch Leininger verschwinden, denn er wusste zu viel? Was wäre, wenn herauskäme, dass der Aufbau von Tautuffo mit solchen Mitteln finanziert wurde? „Trüffelzucht mit Drogengeld!" Schwaner schoss die Schlagzeile durch den Kopf. Das hätte das Aus für Tautuffo bedeutet, noch ehe es wirklich ins Laufen gekommen war. Die Herkunft des Geldes musste mit allen Mitteln verschleiert werden. Vielleicht waren auch noch ganz andere in den Fall involviert, Hintermänner Tariks?

Schwaner, der die Kollegen über die Vorfälle des Vortages bereits informiert hatte, schöpfte wieder etwas Hoffnung. Tarik konnte sich zur entscheidenden Spur in den beiden Fällen entwickeln. Er kannte Kazikis und war offensichtlich auch über das Geschäft mit den Trüffeln informiert. Darüber hinaus hatte er Zugang zu Drogen und hätte somit auch Leininger ausschalten können. Ein Lichtschimmer am noch vor wenigen Stunden dunklen Horizont.

Passend zu den neuen Erkenntnissen fand Schwaner nach der Besprechung eine Nachricht von Alex Winter auf seiner Mailbox. Er möge doch bitte einmal herüberkommen, es gebe Neuigkeiten wegen Tarik Selimi. Bevor sich der Hauptkommissar auf den Weg machen konnte, fragte Anne Wiegand an, ob Stand und Kühlhaus in der Kleinmarkthalle wieder freigegeben werden könnten, Frau Kazikis hätte gestern diesbezüglich angerufen.

„Wenn Messner nichts dagegen hat, von mir aus! Warum fragte sie?"

„Das hat sie nicht gesagt, oder andersrum, ich habe sie auch nicht gefragt. Soll ich?"

„Nein, nicht notwendig. Frag bei der KTU nach, und wenn die einverstanden sind, gib die Räume frei", rief er Anne schon halb aus der Tür zu, einige Minuten später betrat er das Büro Winters. Der Kollege der Drogenfahndung zeigte in ein Vernehmungszimmer nebenan. Dort, an einem kleinen Tisch, auf dem lediglich ein Pappbecher stand, saß gebeugt Tarik Selimi. Die gefesselten Hände im Schoß. Er trug noch den gleichen Trainingsanzug, mit dem ihn Schwaner am Tag zuvor erstmals gesehen hatte. Am linken Auge war eine blutunterlaufene Schwellung zu erkennen.

„Ihr habt ihn festgenommen?", fragte Schwaner erstaunt.

„Ja, heute Nacht. Ihr habt ihn ganz schön aufgescheucht. Wir haben gestern abgehört, dass er sich absetzen möchte. Auf dem Weg zur tschechischen Grenze haben wir ihn dann geschnappt."

„Aber eure Ermittlungen. Es tut mir leid, dass ..."

„Schon gut, halb so schlimm. Tarik hat vor seiner Flucht noch seinen Kontaktmann angerufen. Wir haben jetzt die Spur zu ihm. Ebenfalls ein Albaner, den wir schon von früher kennen. Nun haben wir erste Beweise gegen ihn, es fehlt uns nur noch das Labor."

„Also haben wir euch nicht die Tour vermasselt?"

„Nein, im Gegenteil. Ihr habt sogar die notwendige Veränderung der Situation herbeigeführt. Wir hätten vielleicht noch weitere Wochen warten müssen, bis etwas Greifbares passiert. Jetzt ist es innerhalb von vierundzwanzig Stunden geschehen! Und weißt du, was das Beste ist?" Winter wartete keine Antwort ab. „Tarik hat seinen Leuten noch Bescheid gegeben, dass er für eine Weile abtaucht, das heißt, die werden ihn erstmal gar nicht vermissen. Wir sind also noch voll im Spiel!"

Ein breites Grinsen lag auf Winters Gesicht. Er klopfte Schwaner anerkennend auf die Schulter. „Du kannst ihn jetzt gerne befragen. Voilà, da sitzt er auf dem Silbertablett. Von uns für euch gefangen."

„Habt ihr ihm gesagt, dass wir ihn auch suchen?"

„Nein, wo denkst du hin. Wir haben ihn im Rahmen unserer Ermittlungen befragt und mit uns bekannten Fakten konfrontiert. Das hat ihn schon mal umgehauen. Weißt du, er will nicht mehr ins Gefängnis, hat panische Angst davor. Jetzt grübelt er, ob er auf unser Angebot eingehen soll."

„Welches Angebot?"

„Na, du weißt schon. Namen, Mengen, Orte. Wo geht das Geld hin und so weiter. Damit gilt für ihn die Kronzeugenregelung und er bekommt entsprechend mildernde Umstände."

„Der Deal würde für uns aber nicht gelten!"

„Schon klar. Deswegen habe ich dich ja gerufen. Ich möchte mit solchen Typen auch keine Deals machen. Ich glaube, wenn du ihn mit euren Vorwürfen angehst, bricht er endgültig zusammen. Natürlich nur, wenn ihr auch etwas auf der Pfanne habt?"

Schwaner wich dem erwartungsvollen Blick seines Kollegen aus. Beweise gegen Tarik hatten sie keine, sondern nur Hinweise. Andererseits passte der Albaner wie das fehlende Puzzleteilchen ins Bild.

207

„Ja, ja. Schon klar. Ich habe dich schon verstanden. Wir sollen ihn kleinkriegen, damit du ihn nicht wieder laufen lassen musst."

„Absolut korrekt. Wenn ich mit ihm diesen Deal durchziehe, ist er spätestens in einem halben Jahr wieder auf der Straße, und die ganze Scheiße beginnt von vorne. Nur dass er dann noch ein Stückchen abgebrühter ist und wir es noch schwerer haben werden. Also, tu dein Bestes!"

Schwaner hatte verstanden. Er rief Beck an, beorderte ihn dazu und besprach mit diesem kurz die Vernehmung. Zu zweit betraten sie das Vernehmungszimmer. Der Polizist an der Tür nickte ihnen zu, Tarik schaute müde auf und erkannte Beck sofort. Dennoch blieb er demonstrativ gelassen sitzen, ein leichtes Lächeln um die Mundwinkel. Die beiden Polizisten setzten sich Tarik gegenüber, warteten einige Sekunden, ohne ein Wort zu sagen, bis Schwaner übertrieben laut und in einem offiziellen Ton – in diesem Raum wurde jedes Wort aufgezeichnet – begann: „Vernehmung des Tarik Selimi in den Mordfällen Kazikis und Leininger. Anwesend sind Kommissar Sven Beck, Hauptkommissar Martin Schwaner und der Verdächtige Tarik Selimi. Die Identität wurde von den Kollegen der Drogenfahndung zweifelsfrei festgestellt, der Betreffende über seine Rechte informiert. Es ist jetzt elf Uhr siebzehn."

Tarik war aus seiner Gelassenheit aufgeschreckt. Mit seinen gefesselten Händen gestikulierte er auf der anderen Seite des Tisches, um Schwaner zu stoppen. „Was redest du da?", tönte eine raue und kratzige Stimme. „Was soll das? Mord? Bist du verrückt?"

„Herr Selimi, wo waren Sie vergangenen Samstag in der Zeit zwischen sechzehn bis achtzehn Uhr?"

„Wie, was? Bist du verrückt?"

„Haben Sie meine Frage verstanden, Herr Selimi?"

„He, welches Spiel treibt ihr da? Wollt ihr mich verarschen?"

„Bitte beantwort'n Sie die Frage. Wo war'n Sie letzt'n Samstag zwisch'n vier und sechs?"

„Leck mich!" Tarik schaute provozierend auf Becks Narbe an der Oberlippe und grinste. „Bist du behindert oder was?"

Beck grinste zurück. „Sie war'n also in Leckmich. Mir kann's ja egal sein. Leckmich liegt am Arsch oder wo?"

Tarik wollte aufspringen, worauf er vom Beamten an der Tür sofort zum „Hinsetzen!" aufgefordert wurde.

„Sie können dazu keine Angaben machen? Oder möchten Sie dazu keine Angaben machen? Sollen wir einen Dolmetscher hinzuziehen?"

„Fick dich! Dolmetscher! Ich verstehe sehr gut! Ihr wollt mich hier verarschen, was!"

„Wer hier bald im Arsch is', sin' Sie, wenn Se nich' unsere Frag'n beantwort'n!" Beck hatte sich nach vorne gebeugt und starrte Tarik direkt in die Augen. Der Albaner ließ sich zurück in den Stuhl fallen.

„Also, ich wiederhole nochmals meine Frage. Wo waren Sie letzten Samstag in der Zeit zwischen sechzehn und achtzehn Uhr?"

„Keine Ahnung, vielleicht zu Hause."

„Jetzt woll'n Sie uns verarsch'n, Herr Selimi!" Wieder beugte sich Beck über den Tisch, Schwaner zog ihn zurück auf seinen Stuhl. Eine kurze Pause entstand.

209

„Herr Selimi, kennen Sie Alexis Kazikis?"

„Wen soll ich kennen?"

„Alexis Kazikis?"

„Nie gehört. Alexis Kazikas? Grieche oder was?"

„Kazikis, Alexis Kazikis. Wir haben Zeugen, dass Sie ihn kennen und auch bedroht haben."

„Was? Ich soll den bedroht haben. Ich kenne ihn nicht!" Tarik schüttelte heftig den Kopf.

Beck sprang auf. Sein Stuhl knallte hinter ihm an die Wand. „Sie soll'n aufhör'n, uns zu verarsch'n! Sonst zieh'n wir hier andre Saiten auf!"

„Hast du ein Problem oder was?" Tarik hob seine breiten Schultern und steckte seinen Kopf dazwischen. Schwaner legte wieder die Hand auf Becks Arm, sprach leise und beruhigend auf ihn ein. Der Assistent setzte sich wieder, funkelte den Albaner zornig an. Schwaner setzte die Vernehmung fort.

„Herr Selimi, Sie kennen das Café OMONIA? Da sind wir uns doch schon begegnet?"

„Das OMONIA kenn ich."

„Warum hatt'n Sie's gestern so eilig?"

„Ich dachte, Sie sind von der Polizei, sind Sie ja auch." Tarik grinste breit ob seiner Schläue und Cleverness.

„Ja, wir sind Polizei, aber wir sind von der Mordkommission, verstehste? Mit dein'n Pill'n hab'n wir nichts zu tun, die interessier'n uns nich'."

„Ich hab diesem Kazikas aber nicht mit Mord oder sonst was gedroht. Ich kenn den nicht." Diesmal blieb Tarik ernst.

„Nochmals von vorne, Herr Selimi. Wir haben einen Zeugen, der bestätigt, dass Sie Herrn Kazikis im Café OMONIA bedroht haben. Es ging wohl um eine geschäftliche Sache. Wörtlich sollen Sie gesagt

210

haben, wenn er Sie nicht in sein Geschäft aufnimmt, machen Sie ihn fertig."

Plötzlich hellten sich Tariks Gesichtszüge auf. „Sie meinen Alek?"

„Alexis Kazikis, den meinen wir."

„Ich kenne ihn nur als Alek. Seinen richtigen Namen hab ich nicht gewusst." Tarik strahlte Beck und Schwaner förmlich an.

„Wiss'n Sie, dass er tot is'?"

„Nee, das habe ich nicht gewusst."

„Geben Sie zu, dass Sie ihn bedroht haben?"

„Ach was, bedroht. Das war anders. Vor ein paar Monaten kommt Alek zu mir und fragt, ob ich ihm Geld leihen kann. Zwanzigtausend. Ich hab ihn gefragt, wofür – ich brauche ja auch Sicherheiten. Alek erzählt mir von irgendetwas mit Pilze, teure Pilze. Er arbeitet schon lange daran. Jetzt, kurz vor dem Gewinn, hatte er kein Geld mehr für die letzte Investition." Tarik gab sich wie ein seriöser Geschäftsmann.

„Hat er Ihnen noch mehr über diese Pilze erzählt?"

„Er hat gesagt, die Sache ist absolut sicher. Ab diesem Jahr wird das Geld von alleine wachsen, hat er gesagt."

„Und weiter?"

„Ich habe nachgedacht und wollte ihm das Geld geben. Ein paar Tage später ich ihn gefragt, was ist? Darauf sagte er, er braucht mein Geld nicht mehr, er hat es anderswo bekommen. Ich war wütend, was glaubt er? Mir erzählt er von Geld, das von allein wächst, und dann ist es plötzlich egal. Ich habe ihm gesagt, ich will mitmachen, unbedingt! Darauf sagte er, er will mein Geld nicht, weil es schlechtes

211

Geld ist. Wenn er vorher gewusst hätte, hätte er nicht gefragt."

„Herr Kazikis wusste also nichts von Ihren Geschäften?"

„Weiß nicht. Jedenfalls hat er mich im Café nicht mehr angeschaut. Er ist mir aus dem Weg gegangen. Ich habe ihn wieder angesprochen, doch er hat wieder gesagt, er will das Geld nicht, ist schmutziges Geld."

„Und dann wollt'n Sie's ihm mal richtig zeig'n, wie?" Beck lehnte sich wieder über den Tisch.

„Ich habe ihm gesagt, so geht nicht. Er kann nicht kommen und fragen, und dann so tun, als sei nix gewesen." Tariks Augen funkelten.

„Und dann ham Sie ihm aufgelauert?" Diesmal grinste Beck sein Gegenüber an.

„Wer, ich? Nein! Ich ihm gesagt, so geht nicht, nicht mit mir."

„Also gut, ich stelle Ihnen jetzt nochmals die Frage: Wo waren Sie letzten Samstag zwischen sechzehn und achtzehn Uhr?"

„Hab ich doch schon gesagt, ich weiß es nicht. Zu Hause, glaube ich."

„Gibt es dafür Zeugen?"

„Nein, keine Zeugen, ich war allein."

Es klopfte. Winter stand in der Tür und machte Schwaner ein Zeichen, ihn sprechen zu wollen. Der Hauptkommissar ging zu ihm hinaus.

„Ich habe einmal in unseren Protokollen nachgeschaut. Es stimmt, was er sagt, er war zu der fraglichen Zeit tatsächlich zu Hause, hat von dort auch mehrfach telefoniert – und noch etwas. Die Geschichte mit dem verprügelten Dealer hat ebenfalls an diesem Samstag, so gegen siebzehn Uhr, stattgefunden. Habt ihr noch etwas anderes?"

„Scheiße!", sagte Schwaner lauter als beabsichtigt. Er ging auf dem Flur auf und ab. Ein anderer Gedanke schoss ihm durch den Kopf.

„Und später, was war später? Leininger ist erst nach dreiundzwanzig Uhr umgebracht worden?"

„Am besten, du kommst mit in mein Büro, dort können wir nachsehen." Winter ging voran.

Winter und Schwaner prüften mehrere Tabellen. Eine dokumentierte die Bewegungen von Tariks Wagen, eine andere die Funkverbindungen seiner Handys und wann sie sich in welchem Sendebereich befunden hatten. Ergebnis war, der Albaner war bis gegen zweiundzwanzig Uhr zu Hause, danach war er in einem Saunaclub in der Nähe von Friedrichsdorf. Sein Auto wurde erst wieder nach drei Uhr in der Früh bewegt und fuhr vom Saunaclub zur Adresse Tariks in die Lötzener Straße. Dort blieb es bis Montag stehen.

„Verdammter Mist", sagte Schwaner und starrte weiter auf die ernüchternde Tabelle.

„Mehr habt ihr nicht auf der Pfanne?", wollte Winter wissen. „Nur einen Hinweis, dass Tarik gedroht hätte? Jetzt bin ich aber enttäuscht, Kollege."

Schwaner dachte nach. Er wollte Tarik, der so perfekt ins Bild des Falles gepasst hätte, nicht so einfach als möglichen Täter, oder vielleicht Auftraggeber, fallen lassen. Er wollte die einzig vorhandene Spur nicht sofort wieder verlieren. Außerdem wollte er Winters Kritik an ihrer Arbeit nicht auf sich sitzen lassen.

„Was wäre, wenn Tarik eure Überwachung entdeckt hat, wenn er wusste, dass jeder Schritt von ihm verfolgt wird? Er hätte dies ausnutzen können. Wir sehen ja nur, wo sein Auto und seine Handys waren. War er dort auch wirklich? Verstehst du, was ich meine? Er kann zum Beispiel seinen Wagen auf dem Parkplatz abgestellt haben und mit einem anderen wieder in die Stadt gefahren sein, oder? Und dabei ließ er seine Telefone in seinem Fahrzeug liegen." Winter war ob dieser waghalsigen Theorie zunächst sprachlos, es dauerte einige Sekunden, bis er seine Gedanken dazu sortiert hatte.

„Martin, bitte. Tarik ist ein Drogendealer, ein Kleinkrimineller sagen wir mal, und kein Hannibal Lecter. Und wenn er Bescheid gewusst hätte, wäre er uns gestern doch nicht so blöde ins Netz gegangen."

„Oder gerade deshalb. Sein Alibi funktioniert doch erst, wenn ihr ihn aufgreift. Ihr liefert dann die Daten, die seine Unschuld belegen."

„Nein, Martin, nein. Du verrennst dich in etwas. Was war denn am Nachmittag, da war er auf alle Fälle dort, wo ihn die Überwachung auch gemeldet hatte."

„Vielleicht hat er dafür jemand anders beauftragt? Dieser Unbekannte ist dann in die Kleinmarkthalle gefahren und hat Kazikis erschlagen. Vielleicht sollte er ihm auch nur etwas Angst einjagen. Dann ist es schief gegangen, und ..." Schwaner kam ins Stocken. Seine Theorie war sehr weit hergeholt, würde sich kaum beweisen lassen und führte zu immer weiteren Fragen. Wer war der Dritte und was war das entscheidende Motiv? Was hatte Tarik von Kazikis' und Leiningers Tod? Wenn der Albaner Kazikis tatsächlich kein Geld gegeben hat, dann war auch diese Spur erledigt. Woher kam das Geld?

Wütend verließ der Hauptkommissar das Büro und ging zurück zum Vernehmungszimmer. Er setzte sich noch nicht einmal mehr hin, sondern beendete die Vernehmung unverzüglich.

„Eine letzte Frage, Herr Selimi." Dieses Mal war es Schwaner, der Tarik funkelnden Blickes in die Augen sah.

„Handeln Sie auch mit Gamma-Butyrolacton?"

„Mit was? Was für Zeug?"

„Mit K.-o.-Tropfen, wenn Ihnen das mehr sagt."

„Nein, ist doch Kinderkram. Steht doch überall im Schrank."

Grußlos verließen Beck und Schwaner den Raum. „Lass dich operieren!", rief Tarik Beck nach. Auf dem Weg zurück ins Büro informierte der Hauptkommissar seinen Assistenten über die Ergebnisse der Observierung und dass Tarik damit als möglicher Täter ausschied. Frust und Enttäuschung waren Martin Schwaner deutlich anzusehen. Beck wollte ihn wieder etwas aufbauen.

„Ich werd' mich gleich nochmals aufmach'n und seh'n, wo der Leininger später hingegang'n ist. Wart's ab, ich krieg das schon raus." Beck klopfte Martin auf die Schulter.

In der nachmittäglichen Teambesprechung gab es keine weiteren Ergebnisse. Schwaner forderte alle auf, nochmals sämtliche Spuren und Unterlagen genauestens zu prüfen, ob sich nicht ein neuer Anhaltspunkt findet. Besonders den Leiter der KTU, Günther Messner, nahm er ins Gebet.

„Günther, bitte, geh nochmals alles durch, jede Kleinigkeit. Du musst jedes Staubkorn umdrehen, verstehst du", appellierte Martin eindringlich.

Als Messner entgegnete, dass sie dies nun schon mehrfach getan hätten und einfach nicht mehr

Spuren am Tatort zu finden wären, schlug Schwaner heftig mit der Faust auf den Tisch.

„Aber da muss irgendwo noch etwas sein. Es kann doch niemand am Samstagnachmittag in die Kleinmarkthalle spazieren, jemanden erschlagen und dann so mir nichts, dir nichts verschwinden. Was ist mit den Fußspuren?"

„Martin, bitte, ich mach den Job nicht erst seit gestern. Wir können nicht ganz Frankfurt nach diesem Sohlenprofil absuchen. Für eine Bestimmung der Schuhmarke ist es zu wenig. Wir müssten schon die betreffenden ..."

„Habt ihr wirklich alle Mülltonnen in und um die Kleinmarkthalle untersucht? Ist dort nichts, kein Hinweis gefunden worden?"

Messner hob die Schultern. Schwaner schnappte sich seine Unterlagen und verließ grußlos den Raum.

Danach saß er an seinem Schreibtisch, schaute abwechselnd auf seinen Bildschirm und zum Fenster hinaus. Auf dem Monitor sah er den Baum seines Schemas, dessen ohnehin spärliche Zweige nun völlig verdorrt schienen. Vor seinem Fenster stand ein groß gewachsener Ahorn, dessen vielfache Verästelung um ein vielfaches komplizierter war als das Ergebnis der bisherigen Ermittlungen. Dieser Gedanke machte ihn zwar nicht unbedingt zuversichtlicher, spornte den Hauptkommissar aber doch an, allen Details nochmals nachzugehen. Irgendwo musste der Schlüssel zu diesem Fall verborgen sein.

Am späteren Nachmittag kam Messner in sein Büro, er hielt eine Zeitung in der Hand. „Hier, ich dachte, das interessiert dich vielleicht." Dabei warf er Schwaner die zusammengefaltete heutige Ausgabe der NEUEN PRESSE auf die Tatstatur. Zu sehen war ein halbseitiger Artikel. Die Überschrift lautete: „VILLA METZLER mit neuem Sternekoch!" Darunter war ein Bild zu sehen, auf dem Burkhard Heinen einem etwas gekünstelt in die Kamera lächelnden Herrn mit Kochjacke die Hand schüttelte. Die beiden standen im Eingangstor zum Restaurant, rechts war noch das Messingschild zu erkennen, im Hintergrund das imposante Gebäude. Unter der Fotografie stand: „Der Direktor der Villa Metzler Burkhard Heinen begrüßt den neuen Küchenchef Patrick Kimmig." Der Text war ein Interview, das sich zum größten Teil an Heinen richtete. Man sei natürlich noch immer voller Trauer über den tragischen Verlust von Mirko Leininger, aber man trage auch Verantwortung für die Mitarbeiter, die Gäste und nicht zuletzt auch die Stadt. Immerhin sei die VILLA METZLER die erste Adresse der Mainmetropole und dürfe nicht einfach geschlossen bleiben. Schon länger würden sich Heinen und Kimmig kennen, der bis dato in einem Sternerestaurant im Rheingau gekocht hat. Er sei sehr froh, dass der Wechsel von Kimmig in die Villa Metzler nun so kurzfristig möglich gewesen sei. Beide seien zuversichtlich, die außergewöhnlichen Ansprüche der Gäste auch in Zukunft in vollem Umfang erfüllen zu können und neue gemeinsame Ziele zu verwirklichen, zum Beispiel den dritten Stern für das Haus zu erkochen. Zum Start gebe es an diesem Samstag ein Begrüßungsmenü, unter anderem mit der besonderen Spezialität Kimmigs, Rinderfilet unter Trüffelrondell. „Schon wieder Trüffel", dachte Schwaner und reichte Messner die Zeitung zurück. „Die scheinen es ja wirklich eilig zu haben."

217

„Ja, die Gastronomie ist ein knallhartes Geschäft. Da kannst du nicht zwei, drei Wochen schließen, dann sind deine Gäste nämlich weg. Mir hat ein befreundeter Wirt einmal gesagt: ‚Der Gast ist ein scheues Reh.'" Der Hauptkommissar hatte ein schlechtes Gewissen wegen seines Auftritts während der Teambesprechung, er schlug einen versöhnlichen Ton an. „Günther, du bist ein wahrer Gastrosoph. Was hältst du davon, wenn wir uns das morgige Begrüßungsmenü auf Staatskosten gönnen? Im Rahmen der Ermittlungen selbstverständlich."

Ein breites Lächeln nahm die Antwort vorweg. „Martin, das ist eine großartige Idee! Das haben wir uns aber auch verdient, meinst du nicht?"

„Da wär ich mir nicht so sicher. Kümmerst du dich um einen Tisch?"

Der Leiter der KTU hüpfte fast aus dem Büro, Schwaner schaute ihm amüsiert hinterher. Es war bei den Proportionen Messners überraschend, wie beweglich er war.

Martin rief Sandra an und fragte, ob sie morgen gemeinsam in die Stadt gehen wollten. Insgeheim schwebte ihm vor, den heutigen Abend alleine zu verbringen. Schwaner sehnte sich nach seinem Ergometer.

„Hast du für morgen schon etwas Bestimmtes im Sinn?", wollte Sandra mit einer gewissen Vorahnung wissen.

„Nein, überhaupt nicht. Erst würde ich gerne rudern gehen, wollen wir uns gegen elf Uhr bei WACKER treffen, was meinst du?"

„Gerne, hört sich gut an. Und dann?"

„Wir schlendern ein bisschen durch die Stadt."

„Schlendern wir zufällig auch an der Kleinmarkthalle vorbei?", fragte Sandra, der dieses „Schlendern" sofort verdächtig vorkam.

„Ja, vielleicht. Später. Ich wollte mir mal das Treiben an einem Samstag anschauen. Hast du etwas dagegen?" Martin fühlte sich ertappt.

„Nein, überhaupt nicht. Vielleicht finden wir ja die entscheidenden Hinweise zur Lösung des Falles?"

„Übrigens gehe ich mit Messner morgen Abend in die VILLA METZLER, zur Begrüßung des neuen Kochs. Da gibt es ...“

„Der Fall scheint dich ja wirklich nicht loszulassen?"

„Ja, nein. Weißt du, ich trete hier auf der Stelle, nichts ergibt einen Sinn oder ein Motiv. Ich habe das Gefühl, blind zu sein."

„Martin, du musst auch mal abschalten." Martin war sich unsicher, ob des Tonfalls von Sandra.

„Das kann ich im Moment nicht. Ich habe das Gefühl, dass ich nicht nur eine Sache, sondern eine ganze Reihe von Dingen übersehen habe. Ich weiß nur nicht, wo?"

„Ich meine es ja doch nur gut mit dir. Manchmal hilft etwas Distanz."

„Bist du mir böse?"

„Nein, warum sollte ich dir böse sein?"

„Na ja, wegen morgen? Und heute würde ich gerne zu Hause bleiben. Und das Abendessen mit Messner in der VILLA METZLER?"

„Nein, ich bin dir nicht böse. Wie kommst du darauf? Ich hoffe aber, dass du die Nuss bald geknackt hast. Wäre auch schön für uns, oder?"

„Ja, bestimmt. Ich verspreche es dir. Wenn der Fall abgeschlossen ist, machen wir uns einen richtig schönen Abend."

Sie tauschten noch einige Nettigkeiten aus und verabschiedeten sich dann. Schwaner war auf eine eigentümliche Art beglückt und erleichtert. Sandra schien die erste Frau in seinem Leben zu sein, die ihn und seinen Beruf tatsächlich verstand. Kaum zu Hause angekommen, schaltete er sein Handy aus, zog sich um und setzte sich auf den Ruderergometer. In einem zunächst langsamen und gleichmäßigen Rhythmus glitt sein Körper vor und zurück, die Arme weit nach vorne gestreckt, dann dicht an die Brust herangezogen. Die Beine glichen Zylindern, die die über ihnen angebrachte Masse nach oben pumpten, bevor alles wieder unter einem metallischen Surren zurückschnellte. Die Bewegungen verselbstständigten sich, wurden mal schneller, mal langsamer, einem unsichtbaren Metronom gehorchend.

Da sich weder der allmählich schwitzende Körper noch das Gerät auch nur einen Millimeter vom Fleck bewegten, verstärkte sich der Eindruck, als sei Sisyphos auf einer Schiene festgebunden worden. Aber nur äußerlich. Im Kopf Martin Schwaners rasten die Gedanken durch Raum und Zeit, unaufhaltsam, mit Lichtgeschwindigkeit. Sprangen hierhin und dorthin, keiner kausalen Folge mehr unterworfen. Szenen, Bilder, Gesichter tauchten auf und verschwanden wieder. Gesprochene Sätze und Gedanken wurden eins. Die Realität wandelte sich nach seinem Belieben. Er war der Regisseur geworden, nach dessen Anweisungen Personen auftraten und wieder verschwanden, wenn sie nicht ins Bild passten. Vor seinem inneren Auge spulte er eine Filmrolle vor und zurück, doch keine Wiedergabe glich der vorherigen, immer wieder änderte er Details, Zeiten und Orte. Nur die Logik war ein letztes Band, das alles zusammenhielt.

27. Kapitel

Martin Schwaner hatte eine unruhige Nacht erlebt. Die Bilder und Gedanken des Vorabends, die er rudernd in seinen Geist gepresst hatte, waren ihm bis in den Schlaf gefolgt und in seinen Träumen zu neuen Phantasmen verschmolzen. Schwaner glaubte weder an Träume noch an deren Deutung – und schon gar nicht an dadurch übermittelte Botschaften, dazu war er zu sehr Rationalist. Für ihn war es die geistige Aufarbeitung des gestrigen Abends in einem anderen Bewusstseinszustand, in dem sich neue Kombinationen und Ansätze entwickeln konnten, da die Ratio des Alltags ausgeschaltet war. Eine Lösung des Falles war dem Hauptkommissar über Nacht allerdings nicht in den Sinn gekommen. Dennoch war er weniger frustriert und mutlos als tags zuvor. Die Anstrengungen des Vorabends hatte sein Körper mühelos verarbeitet. Nach etwa zwei Stunden auf dem Ergometer war er schweißgebadet aufgestanden und in der Wohnung umhergegangen. An verschiedenen Orten hatte er Dehnübungen vollführt, als durchlaufe er einen unsichtbaren Pfad mit unterschiedlichen Stationen. Die letzte Übung fand auf dem kleinen Balkon statt, an dessen Geländer er laut ein- und ausatmend eine Art schrägen Liegestütz vollzog, bis die Arme unter der dem Rudern entgegengesetzten Bewegung schmerzten. Danach stand er noch mehrere Minuten an der frischen Luft, hob die Arme beim Einatmen und ließ sie beim Ausatmen fallen. Schwaner blickte in die Nacht, sah in die beleuchteten Fenster der Nachbarhäuser, unterschied das blaue Flackern der

Fernseher vom gleichmäßigen Licht anderer Wohnungen. Seine Gedanken kamen zur Ruhe. Die heiße Dusche entspannte und lockerte seinen Körper. Er verspürte keinen Hunger, lediglich Durst. Wasser trank er aus der Flasche im Stehen, einen letzten Schluck Wein am Schreibtisch sitzend. Der Alkohol rief nach dem Sport eine spontane Müdigkeit hervor, die nach einem zwei- bis dreistündigen Tiefschlaf in unruhiges Dahindämmern überging. In Schwaners Kopf arbeitete es ununterbrochen weiter.

Hatte es den Hauptkommissar am Abend magisch in seine Wohnung gezogen, trieb es ihn am Morgen fast panisch hinaus. Er frühstückte ausgiebig im SCHIFFERCAFE und las nebenbei den Sportteil einer Zeitung vom Vortag. Gegen neun trug er sein Boot aus dem Vereinshaus der Germania hinunter zum Main. Der Morgen war trüb, leichter Nebel verschleierte die Straßen und der Fluss entschwand nach einigen Hundert Metern den Augen.

War das Arbeiten auf dem Ergometer ein geistiges Aufpeitschen gewesen, dessen stillstehende Dynamik dem Schürfen im Gedankenstaub gedient hatte, so war das Rudern auf dem Main der elegante Flug, das spielende Zerschneiden widerstrebender Muster. Der Vorabend und die Nacht hatten Schwaner an den Anfang des Falles zurückgeführt. Er wusste noch nicht genau, was er übersehen hatte, aber er hatte bereits mehr als eine Ahnung, dass genau dort der entscheidende Punkt zu finden wäre. Sein Zustand ähnelte demjenigen, der einen Namen sucht, von dem er sicher ist, ihn zu kennen, aber der ihm im Moment einfach nicht einfallen will.

223

Der Geistesblitz war nicht zu erzwingen, er müsste sich von alleine einstellen. Ein erster Funke traf den Hauptkommissar, als er vom Training auf dem Weg zum CAFE WACKER war. Schwaner hatte sein Telefon zwar eingesteckt, aber nicht wieder eingeschaltet, wie ihm gerade einfiel. Er blieb kurz vor dem Aufgang zum Eisernen Steg stehen, fummelte sein Handy heraus und tippte die PIN ein. Mehrere Anrufe von Beck, die ersten gestern spät, weitere seit heute Morgen sieben Uhr. Martin rief zurück.

„Mensch Martin, wo steckst du? Seit gestern Abend versuch ich, dich anzuruf'n!"

„Habe ich eben erst gesehen, was gibt es denn Aufregendes?"

„Ich hab's gefund'n. Ich weiß jetzt, wo Leininger war. Und du wirst es nich' glaub'n, was für'n Schwein wir hab'n."

Beck war völlig überdreht. Er erzählte Schwaner von seiner gestrigen Suche nach dem Ort, an dem Mirko Leininger sich letzte Samstagnacht aufgehalten hatte. Wie er über Stunden durch Sachsenhausen gelaufen war und mehr als zwanzig Bars, Cafés, Restaurants und Kneipen abgeklappert hatte.

„Du, und da komm' ich an der BAR OPPENHEIMER vorbei, die macht eig'ntlich erst später auf, aber durch Zufall war der Chef da. Ich also rein. Ich komm' gar nich' dazu, irgendwas zu sag'n, da fährt der mich schon an, dass noch geschloss'n sei. Sah auch aus, wie nach nem Bomb'neinschlag, der Laden. Er erzählt mir, dass er ein paar Tage weg war, und die Putzfrau, wohl ohne sein Wiss'n, auch." Beck lachte laut und übertrieben auf. „Je'nfalls sei der ganze Dreck noch vom letzt'n Woch'nende. Ich hab' ihm das Bild gezeigt und gefragt, ob er den kennt, da sagt er: ‚Ja klar, der Mirko, sicher, der war letzt'n Samstag hier.‘ Ich wollt' es erst gar nich' glaub'n!" Becks Redeschwall war nicht zu bremsen. Er wurde immer schneller und hektischer. „Dort hint'n hat er gesess'n, mit ner Frau, mit einer seltsam'n Frau, wie der Chef sich ausdrückte. Je'nfalls hätte sie nen ganz'n Abend einen Hut auf dem Kopf gehabt, so'n Ding mit Schleier über den Aug'n. Die sei'n auch zusamm'n, fast als letzte, gegang'n, wenn man das noch Geh'n nenn'n kann, wie er sagte. Der Leininger sei total durch gewes'n, die Frau hätt' ihn stütz'n müss'n."

„Die K.-o.-Tropfen!", bohrte sich Schwaner dazwischen.

„Das war'n die K.-o.-Tropfen, schon klar, schon klar! Aber pass auf! Die Putzfrau ist ja nich' da gewes'n, seit letzt'n Samstag nich'. Ich hab also gefragt, ob er schon was abgewischt hat oder so und ob er vielleicht die Gläser noch hätte, und was sag ich dir, Bingo!"

„Was heißt ‚Bingo'?"

„Bingo heißt, ihr Platz war noch mehr oder minder unberührt und die Gläser stand'n ungespült hinner der Theke." Beck machte eine Pause, um dieser Neuigkeit die Bedeutung zukommen zu lassen, die sie verdiente. „Weil se doch die letzt'n war'n!", schob er noch nach, als die von ihm erwartete Reaktion ausblieb. „Dem Fachkräftemang'l sei dank!"

„Du meinst, wir haben Zeugen, Fingerabdrücke, Spuren?", realisierte Schwaner und ein warmer Schauer durchlief ihn.

„Weiß ich noch nich', was wir ham, war ja schon spät am Abend gestern. Die Gläser hab ich gleich

225

eingepackt und die KTU informiert, dass noch jemand vorbeikommt. Der Wirt war vielleicht sauer, als ich ihm sagte, er soll nix mehr anfass'n un' die Tür zulass'n."

„Ja, und weiter?", forderte Schwaner.

„Wie, und weiter? Reicht dir das nich'?" Beck wirkte frustriert.

„Das meine ich nicht. Hast du schon etwas von der KTU gehört?"

„Nein, noch nich'. Ich bin zurück ins Präsidium und hab die Gläser abgeliefert. Was mit Fingerabdrück'n un' Spur'n vor Ort is', weiß ich nich'."

Schwaner war ungeduldig geworden, er atmete ein, zwei Mal tief durch und überlegte. „Sven, sehr gut. Sehr gute Arbeit, super. Ich rufe Günther an und frag ihn, ob er heute noch etwas tun kann – und zwar mit Vollgas."

„Glaubst du, der kommt heute extra ins Labor?" Beck wusste, wie wichtig Messner seine Wochenenden waren.

„Ich glaube schon, ich habe etwas gut bei ihm." Schwaner legte auf, rief Günther Messner an, der seiner Bitte nicht unbedingt freudig, aber mit der Aussicht auf das abendliche Menü getröstet, mürrisch nachkam.

Sandra Thielacker wartete bereits vor dem kleinen Stehcafé WACKER am Rossmarkt. Schwaner, der sich eigentlich vorgenommen hatte, nicht über den Fall und andere berufliche Dinge zu sprechen, platzte doch mit der neuen Entwicklung heraus.

„Das ist doch schön!", antwortete Sandra. „Siehst du, vieles ergibt sich oft von ganz alleine, ohne dass du dir den Kopf zerbrechen musst."

226

„Nicht ganz. Trotz allem habe ich nach wie vor das sichere Gefühl, etwas sehr Wichtiges übersehen zu haben. Aber lass uns doch erst mal einen Kaffee trinken."

Arm in Arm gingen sie später vom Rossmarkt über die Hauptwache zur Goethestraße. Sie amüsierten sich über die Damen und Herren in ihren Luxuslimousinen und teuren Sportwagen, die, nur um hier vor aller Augen parken zu können, mehrere Runden um den Block drehten. Sie beobachteten einen älteren Herrn, der nur mit größter Mühe aus seinem tiefliegenden Ferrari aussteigen konnte, als er endlich eine Lücke gefunden hatte. Mit beiden Händen musste er sich am Dach festhalten und sich so Stück für Stück aus dem Wagen ziehen.

Die Dekadenz in den Auslagen verschlug ihnen die Sprache, und so machten sie sich schnellen Schrittes über den Opernplatz in Richtung Anlagenring auf den Weg um die Innenstadt herum. Der Himmel hatte nicht aufgeklart, es würde ein grauer Herbsttag bleiben, einzig die gelb-goldenen Blätter an den Bäumen versendeten einige leuchtende Strahlen.

Sandra und Martin gingen auf den ehemaligen Wehranlagen bis zur Berger Straße, drehten dort eine kleine Runde im Bethmann-Park, um über die Friedberger Anlage, vorbei an den Justizgebäuden, zur Konstablerwache zu kommen. Auf dem dortigen Wochenmarkt stärkten sie sich mit einer Bratwurst und einem Schoppen Apfelwein. Trotz des mäßigen Wetters herrschte großes Gedränge und es war schwierig, einen halbwegs ruhigen Stehplatz zu finden.

„Willst du dir eigentlich nicht mal ein neues Sakko kaufen?", fragte Sandra zwischen zwei Bissen.

„Warum? Das ist doch noch völlig in Ordnung", antwortete Schwaner mit Überzeugung. Einkaufen gehörte mit Sicherheit nicht zu seinen Lieblingsbeschäftigungen.

„Naja, es sieht schon etwas abgetragen aus, vor allem an den Ellenbogen. Und die Innentaschen haben Löcher, wie du sagst."

„Aber es passt mir. Ein neues müsste ich erst wieder zum Schneider bringen."

„Du könntest dir auch gleich eines anpassen und nähen lassen. Das ist gar nicht so teuer."

„Gefall ich dir nicht mehr oder hat die Goethestraße dich infiziert?"

„Doch, du gefällst mir auch so, mein Sherlock Holmes." Sie küssten sich.

Mittlerweile war es schon fünfzehn Uhr geworden, und Schwaner wollte zur Kleinmarkthalle. Über die Töngesgasse gelangten sie zum Liebfrauenberg. Noch bevor sie die Halle überhaupt sahen, hörten sie ein Stimmengewirr, das wie ein riesiger, aufgescheuchter Bienenschwarm klang. Der Platz vor dem Eingang war voller Menschen, fast alle hielten ein Glas Wein in der Hand, waren bester Laune und es wurde viel gelacht. Ein Mann mit gelbem Leibchen war unentwegt damit beschäftigt, den Zugang zur Halle freizuhalten und die Menschentrauben nach links oder rechts zu dirigieren. Der Geräuschpegel am Boden wurde von dem auf der Terrasse über dem Eingang noch übertönt. Dort drängten sich dicht an dicht die Gäste um die wenigen Stehtische, brüllten und prosteten sich zu, Gläserklirren allenthalben. Die hochroten Gesichter zeigten, dass hier schon seit dem frühen Morgen gezecht wurde.

Aus der Menge kam plötzlich Beck auf sie zu. „Hallo Martin, gut'n Tag Frau Doktor", sagte er breit grinsend. Er hielt ein Glas Wein in der Hand, es schien nicht sein erstes zu sein. „Was machst du denn hier?", fragte Schwaner überrascht, der wie im Affekt Sandras Hand losgelassen hatte. „Ich? Ich bin fast je'n Samstag hier – wenn ich nich' Bereitschaft hab'. Wir hab'n so ne Art Stammtisch, ohne Tisch allerdings." Beck wies auf eine Gruppe Männer und Frauen, die sich unter der roten Markise des HESSEN SHOP, links neben dem Eingang versammelt hatte. „Wollt ihr nich' mit dazukomm'n?", Beck strahlte beide an. „Ich weiß nicht ...", stammelte Schwaner verlegen. „Doch! Sehr gern!", ergriff Sandra die Initiative und gleichzeitig Martins Arm. Beck stellte sie der Runde vor. „Leute, das ist mein Chef und seine Freundin." Er drehte sich zu Schwaner um. „Tja, Martin, obwohl du so'n Geheimnis draus gemacht hast, weiß es schon jeder im Präsidium." Beck lachte über das verdutzte Gesicht und klopfte ihm mehrfach auf die Schulter. „Ich geh' euch mal en Glas Wein hol'n." Schwaner wollte schon ablehnen, aber Sandra versetzte ihm einen kleinen Stoß in die Seite. Er sagte nichts. Sie stellten sich der Runde vor, prosteten einander zu und waren sofort aufgenommen. Die Zeit verflog im Nu. Ein freundlich grüßender Herr drehte die Markise hinein und trug das Stellschild fort, um das herum sich alle platziert hatten. Das Gitter am Eingang der Kleinmarkthalle wurde herabgelassen. Schwaner stellte sein Glas ab, sagte, er sei gleich

229

wieder zurück, und ging zu dem Seiteneingang, durch den er auch am Montag die Halle betreten hatte. Die Tür ließ sich von außen nicht öffnen, doch ständig kamen Menschen heraus, wodurch er problemlos hineinschlüpfen konnte. Obwohl die Halle offiziell geschlossen hatte, waren die Gänge noch voller Besucher. Er ging zum Stand Valentino. Zu seiner Überraschung sah er Frau Kazikis und Bochtis, dazu einen Jungen von etwa sechzehn Jahren. Vor der Theke stand Gerlinger, mit Lederschürze und blauer Arbeitshose, die in Gummistiefeln steckte. In der Hand hielt einen kurzen Holzknüppel. Im Näherkommen konnte Schwaner noch einige Wortfetzen auffangen.

„Ich habe hier Vorrechte. Bevor hier so ein dahergelaufener ...", Gerlinger folgte dem Blick von Frau Kazikis, drehte sich um und verstummte.

„Guten Tag Frau Kazikis", grüßte Martin überfreundlich.

„Herr Kommissar, guten Tag", kam es mit einem überdeutlichen Ausdruck der Erleichterung zurück. Auch Bochtis grüßte.

„Was machen Sie denn hier?", war die überflüssige Frage des Kommissars an Gerlinger. Der antwortete nicht und bekam ein rotes Gesicht. „Und Sie ...?", wandte sich Schwaner wieder Frau Kazikis zu.

„Ich arbeite, wie Sie sehen ..." Nike Kazikis lächelte.

Gerlinger fuhr dazwischen: „Ich habe Ihnen gesagt, wie ich das sehe, und ich rate Ihnen, gut darüber nachzudenken. Ich hoffe, wir haben uns verstanden?" Grußlos ging er, mit einem Seitenblick auf den Kommissar, davon.

230

„Was war denn das?", fragte Schwaner, Gerlinger hinterherblickend.

„Dieser Herr behauptet, ihm würde der Platz hier zustehen. Wir müssten umziehen, nach oben", antwortete Bochtis sichtlich verärgert.

„Wie kommt er darauf?"

„Ich weiß nicht, keine Ahnung. Ich muss in die Unterlagen schauen. Ich brauche die Ordner zurück, Herr Kommissar", flehte Frau Kazikis.

„Ich werde mich gleich am Montag darum kümmern. Sie sollten mit Frau Roland und Herrn Özdal darüber sprechen. Ich bin mir sicher, dass sie Ihnen helfen können. Aber noch mal, was machen Sie hier?" Die Augen des Kommissars blickten kurz zu Bochtis, der mit dem Jungen Kisten verlud.

„Ich habe mit Herrn Bochtis eine Vereinbarung getroffen. Wir machen VALENTINO gemeinsam, erst einmal. Das ist übrigens mein Sohn. Er möchte hierbleiben, möchte auch Markthändler werden, wie sein Vater." Nike Kazikis schüttelte den Kopf, doch ganz unrecht schien es ihr nicht zu sein, wie ein Lächeln verriet.

Schwaner musste nochmals an seinen Verdacht gegenüber Frau Kazikis denken. Wenn sie etwas mit dem Mord an ihrem Mann zu tun hatte, war sie eine verdammt gute Schauspielerin.

„Dann gratuliere ich und wünsche alles Gute!" Er ging zu Bochtis hinüber und zog ihn leicht zur Seite. „Herr Bochtis, eine Frage. Haben Sie Alex Kazikis Geld geliehen?"

Der Grieche schaute sich nach seiner neuen Geschäftspartnerin um, er flüsterte. „Ja, im Frühjahr."

231

Ich habe ihm zwanzigtausend Euro gegeben, als Anzahlung für den Stand hier. Ich habe Ihnen ja gesagt, dass ich schon gespart hatte und ..."

„Warum haben Sie das Geld nicht einfach überwiesen?"

„Nun, wie soll ich sagen." Er stockte, dachte nach. „Es ist kein schmutziges Geld, wenn Sie das meinen, es ist nur so, dass es nicht über die Kasse gelaufen ist, verstehen Sie?"

„Schwarzgeld also?", fragte Schwaner direkt.

Bochtis nickte, schaute zu Boden.

„Keine Sorge, ich bin nicht vom Finanzamt, Sie wissen aber selbst, dass es nicht legal ist. Sie können Ihre Gewerbeerlaubnis verlieren."

Wieder nickte Bochtis.

„Hat Ihnen Herr Kazikis gesagt, wozu er das Geld braucht?"

„Nein, er sagte nur, er braucht eine Anzahlung von mir. Deshalb habe ich auch seiner Frau noch nichts davon erzählt."

„Verstehe", stimmte Schwaner zu. Nach einer kurzen Pause ergänzte er, auf die Situation von eben anspielend: „Sie werden hier nicht nur Freunde haben."

„Keine Sorge. Alex hatte mich schon vorbereitet. Er sagte, es gibt zwei Lager in der Halle: die Händler und die Gastronomen. Und keiner ist zu irgendwelchen Kompromissen bereit. Die einen möchten längere Öffnungszeiten, die anderen nicht. Die einen möchten mehr Stände vor der Tür, die anderen nicht. Die einen möchten noch mehr Parkplätze, die anderen nicht. So würde alles blockiert, was der Halle insgesamt helfen könnte ..."

„Wie hat er das gemeint?", wollte Schwaner wissen.
„Das weiß ich nicht genau, aber die Umsätze sind wohl
schon seit Langem schlecht. Das liegt auch daran,
dass heute jeder Supermarkt exotische Lebensmittel
und Spezialitäten anbietet. Und die Gastronomie ist
hier drin auf das Tagesgeschäft begrenzt."
Schwaner nickte. Er hatte noch nie darüber nachgedacht, aber die Ausführungen von Bochtis, beziehungsweise des toten Kazikis, leuchteten ihm
ein.
„Alex hat sich immer für ein Miteinander eingesetzt,
so sagte er zumindest", fuhr Bochtis fort. „Er sagte,
dass sich die Kleinmarkthalle verändern müsse, es
ist nicht mehr wie vor zwanzig oder dreißig Jahren.
Und die Halle ist auch kein Museum." Vor der Theke
stauten sich noch die Kunden. Bochtis wollte hinüber,
wurde aber vom Kommissar zurückgehalten.
„Einen kurzen Moment noch. Sie und Frau Kazikis
sollten nächste Woche mal zu uns ins Polizeipräsidium kommen. Es gibt da ein paar Dinge zu klären."
„Welche Dinge?"
„Keine Sorge, nichts Schlimmes. Vielleicht wird es
Sie sogar freuen." Schwaner schüttelte Bochtis die
Hand und winkte Nike Kazikis nochmals zu.

Martin ging zwischen den Ständen umher. Das Publikum hatte sich deutlich verringert, dennoch
waren überall noch Kunden und Besucher mit
ihren Einkaufstaschen zu sehen. Abfälle wurden
aus den Ständen auf die Gänge gefegt, Kisten auf
Rollwagen bis in abenteuerliche Höhen gestapelt. Die
Mitarbeiter in den Ständen räumten und wischten
die Auslagen aus, sie kümmerten sich nur um ihre

233

Arbeit, blickten kaum auf. In diesem Durcheinander konnte jeder Täter unerkannt entkommen. Schwaner ging in den Keller zu den Kühlhäusern. Dort bot sich ihm ein ähnliches Bild. Türen standen offen, Menschen trugen und schoben Kisten umher, jeder schien nur möglichst schnell seine Arbeit erledigen zu wollen, um endlich herauszukommen. Der Hauptkommissar ging die dem Kühlhaus von Kazikis am nächsten liegende Treppe nach oben. Auf dem Hauptgang lief er Martina Freiser in die Arme. „Herr Kommissar, gut, dass ich Sie treff, ich wollt Se scho aarufe. Ich muss Ihne was zeische, komme Se mol mit." Viel hätte nicht gefehlt und die Marktfrau hätte ihn an der Hand genommen. Sie eilte zu ihrem Stand zurück und zog unter der Kasse ein Stück Zeitung hervor.

„Ebbe war der Sami do und hat mer des in die Hand gegebbe, fer Sie. Er hat gesecht, den Typen do, den hat er letzte Samstach vor der Hall gesehe! Der hätt sich mit dem Alex getroffe." Sie reichte Schwaner das Papier, dieser blickte auf das Bild und war sich im selben Moment sicher, das fehlende Mosaiksteinchen gefunden zu haben.

28. Kapitel

Schwaner und Beck verabschiedeten sich nach Martins Rückkehr aus der Runde und fuhren ins Präsidium. Dort wollten sie sich mit Günther Messner treffen und die nächsten Schritte abstimmen. Sandra Thielacker war über das unvorhergesehene Ende ihres Stadtbummels nicht begeistert, verabschiedete Martin aber mit einem „Viel Glück!" in den Abend. Sie wusste zwar nicht was, aber ihr war klar, dass etwas Außerordentliches geschehen sein musste.

Günther Messner hatte die sichergestellten Gläser untersucht und in einem Rückstände von Gamma-Butyrolacton feststellen können. Dieses Glas war zudem mit den Fingerabdrücken Leiningers übersät. Am anderen konnten bislang nicht identifizierbare Fingerabdrücke und deutliche Spuren von Lippenstift abgenommen werden. Messner war es zudem gelungen, in den Lippenabdrücken Hautpartikel zu selektieren. Die DNA-Analyse lief bereits, Ergebnisse waren aber nicht vor Montag zu erwarten. Sie saßen zu dritt in Schwaners Büro.

„Sven, bitte schau nochmals, ob du etwas über diese Frau in Erfahrung bringen kannst. Die Fingerabdrücke haben zu keinem Treffer geführt. Irgendwie muss diese Frau zur BAR OPPENHEIMER gekommen sein."

„Mach ich! Ich komm später nach. Vielleicht krieg ich ja auch noch was Leckeres zu ess'n?"

„Lass uns vorher telefonieren, okay?" Beck schwang sich aus dem Stuhl, stellte sich kerzengerade vor dem Schreibtisch auf, schlug die Hacken zusammen und salutierte mit zwei Fingern: „Bitte gehorsamst austret'n zu dürf'n!", und verschwand.

„Günther, ich würde sagen, wir machen uns schon mal auf den Weg."

„Was, jetzt? Wir sind doch noch viel zu früh und ich wollte mich auch noch umziehen und ..."

„Keine Sorge, du bist schön genug", beruhigte ihn Schwaner.

„Martin, das ist die VILLA METZLER und kein Imbiss. Ich weiß gar nicht, ob wir da ohne Krawatte reingelassen werden?"

„Das wird schon, mach dir keine Sorgen. Falls nicht, haben wir unsere eigene Krawatte mit." Dabei tippte Schwaner an seine Brusttasche, in der sich sein Dienstausweis befand.

Schon eine halbe Stunde vor ihrer Reservierung betraten Schwaner und Messner die VILLA METZLER. Der Empfang des Restaurants war nicht besetzt. Nur der Herr mit dem strengen Blick erkannte Schwaner sofort und eilte herbei. Für alle anderen Mitarbeiter schien Martin ein Gast wie jeder andere zu sein. Die beiden Kripobeamten warteten neben dem kleinen Schreibpult. Der strenge Herr kam auf sie zu und musterte dabei ihre Kleidung von oben bis unten.

„Wir sind etwas früh", entschuldigte sich Schwaner.

„Ich hoffe, dass macht keine Probleme?"

„Nein, gewiss nicht." Der Restaurantleiter trat hinter das Pult. „Haben Sie reserviert oder sind Sie ...? Wir sind nämlich restlos ausgebucht."

„Ja, ich habe reserviert, auf den Namen Messner, zwei Personen, neunzehn Uhr", drängte sich Günther vor.

„Ach ja, hier, wenn Sie mir bitte folgen möchten." Das Restaurant war kaum besetzt, nur an zwei Tischen saßen bereits Gäste, sich in gedämpftem Ton unterhaltend, offensichtlich beim Aperitif. „So, da wären wir." Der Restaurantleiter stand vor einem kleinen Tisch in der zweiten Reihe, gleich neben der Tür zur Küche. „Darf es etwas zu trinken sein oder sind Sie beruflich hier?", vollendete er seine Frage von eben.

„Fast ganz privat", scherzte Schwaner. „Ist denn Herr Heinen im Hause?"

„Bedaure, noch nicht. Er wird sicherlich bald kommen. Darf ich etwas ausrichten?"

Schwaner winkte ab. „So, so. Herr Heinen kann auch mal nicht im Haus sein", sprach er vor sich hin, nahm Platz und rückte seinen Stuhl zurecht. „Eine große Flasche stilles Wasser, bitte", sagte der Hauptkommissar bestimmt und übersah die aufgerissenen Augen Messners. Kaum waren sie allein, polterte der auch schon los.

„Martin, so habe ich mir unseren Abend aber nicht vorgestellt. Eigentlich habe ich Feierabend, was heißt Feierabend, ich habe heute frei. Ich habe Wochenende. Also kann ich auch etwas trinken. Mehr noch, ich kann trinken, so viel ich will. Du willst doch nicht etwa den Abend mit Wasser verbringen? Ich trinke nie Wasser, wenn ich ausgehe. Ich bin doch kein Fisch. Das kann ich zu Hause trinken. Ich möchte ..."

„Keine Sorge, Günther. Du darfst den Wein aussuchen. Aber nicht zu teuer, wenn ich bitten darf. Sonst gibt es wieder Ärger in der Buchhaltung. Du weißt, wir müssen sparen, sparen, sparen und unsere Fälle ohne unnötige Kosten lösen."

Mit dem Wasser waren auch Speise- und Weinkarte an den Tisch gekommen. Die beiden Beamten bestellten das Begrüßungsmenü, bestehend aus besagtem Rinderfilet, einem Carpaccio von Jakobsmuscheln auf Trüffel-Vinaigrette vorweg und einem Mousse de Caramel unter glasierten Früchten als Abschluss. Messner bestellte einen Spätburgunder „von Fürst", wie er mehrfach betonte, und rieb sich die Hände.

„Wenn die in der Buchhaltung damit Probleme haben, zahlen wir halt drauf, aber den musst du probieren, Martin, du wirst sehen, ein Genuss!" Günther Messner war voll in seinem Element. „Weißt du eigentlich, dass diese ganze Spitzengastronomie noch gar nicht so alt ist?"

Schwaner ließ ihn plaudern, während er den Eingang und die nach und nach eintreffenden Gäste beobachtete. Mittlerweile waren fast alle Tische besetzt und der Geräuschpegel entsprechend angestiegen. Kleinere Gruppen wurden nach oben geführt. Dabei dienerte der strenge Herr in einem fort vor ihnen her.

„Das hängt mit der Französischen Revolution zusammen und der Zerschlagung der Aristokratie. Die Adelsfamilien hatten alle Privatköche und wetteiferten untereinander, wer seinen Gästen die ausgefallensten Gerichte servieren konnte. Angesichts der bitteren Armut der Bevölkerung war es der blanke Hohn, dass sich die Oberen Speisen von unsagbarer Raffinesse gönnten, gespickt mit den exotischsten Zutaten und mit seltenen Gewürzen verfeinert, deren Beschaffung alleine schon ein Vermögen kostete. All diese Köche wurden im Verlauf der Revolution und dem Sturz des Adels arbeitslos.

Einige flüchteten in Nachbarländer, wo sie an den Höfen mit Kusshand aufgenommen wurden. Doch viele mussten oder wollten in Frankreich bleiben. In den herkömmlichen Gasthäusern und Garküchen waren sie nicht zu gebrauchen. Dort gab es nur die einfachen, günstigen Gerichte, meist aus dem, was die höfischen Köche nicht verwenden mochten. Vor allem gab es Suppen und Eintöpfe, die jede Hausmagd zubereiten konnte. Nach und nach fingen diese Köche an, ihre eigenen Restaurants zu eröffnen, in denen sie die ‚Haute cuisine‘, die gehobene Küche, anboten. Daraus hat sich in der Zeit der Bürgerlichkeit, die ‚Grande cuisine‘ entwickelt, in der …“

Schwaner stoppte ihn mit einer kurzen Handbewegung. Burkhard Heinen war soeben eingetroffen, hatte einen flüchtigen Blick ins Restaurant geworfen und war weitergegangen, die Treppe empor.

„Ich wollte ja nur noch abschließend bemerken, dass man daher Frankreich wirklich als Mutter der Kochkunst bezeichnen kann“, schloss Messner seine Ausführungen.

„Günther, noch mal, du bist ein wahrer Gastrosoph.“ Sie prosteten sich zu, der Wein war wirklich sensationell.

Mittlerweile hatten sie die Vorspeise – „ausgezeichnet, ausgezeichnet“ hatte Messner dabei gerufen – genossen, und das beeindruckende Hauptgericht stand vor ihnen. Ein Filet, etwa zehn Zentimeter im Durchmesser und fast ebenso dick. In der Mitte schimmerte es rosa bis leicht rot, oben und unten war es kross gebraten, mit schwarzen Röststellen in Form großer Rauten. Als Haube dienten dünn geschnittene Trüffelblättchen, die leicht überlappend zu einem Rondell ineinandergefügt waren.

„Ein Kunstwerk!", begeisterte sich Messner von Neuem. Schwaner war sprachlos. Noch nie in seinem Leben hatte er so etwas gesehen, geschweige denn bestellt oder gar gegessen. Die französischen Höfe und deren Dekadenz kamen ihm in den Sinn.

„Ich wünsch dir guten Appetit!", und schon hatte der Leiter der KTU ein nicht gerade kleines Stück Fleisch abgeschnitten, legte ein, zwei Trüffelscheiben darauf und schob es sich genüsslich in den Mund. Ein Bild der Glückseligkeit. Seine Backen hoben und senkten sich, seine Augen waren geschlossen.

„Himmlisch, wirklich himmlisch. Obwohl ich sagen muss, ich habe einmal Trüffel in Frankreich gegessen, die sind bisher unerreicht. Deren Aroma war so intensiv, dass du ..."

Wieder fiel ihm Schwaner ins Wort. Ein weiteres Bild hatte sich in seinem Kopf geformt, eine Ahnung, eine Vermutung, fast gar eine Gewissheit.

„Du meinst also, dass sich Trüffel unterscheiden lassen?"

„Aber selbstverständlich, das sind doch Pflanzen, ich meine Pilze, die über mehrere Monate reifen. Alles hat auf ihr Wachstum Einfluss, die Bodenbeschaffenheit, der Anteil von Regen- und Sonnentagen, die Temperaturen, Feuchtigkeit ..."

„Das heißt, du könntest einzelne Trüffel identifizieren, ob sie zusammengehören, ich meine, aus einem bestimmten Anbaugebiet stammen oder dergleichen?"

Messner wollte sich gerade ein weiteres Stück Fleisch, mit Trüffeln belegt, in den Mund schieben.

„Selbstverständlich. Gar kein Problem. Durch eine Analyse der mineralischen Zusammensetzung und vielleicht eine Spektroskopie könnte man das problemlos belegen. Es wäre wie beim Wein, der ..."
„Wie lange und wie viele Trüffel brauchst du dafür?"
Nun ahnte Messner, dass der Abend recht bald vorbei sein könnte. „Was meinst du mit, ‚Wie lange, wie viele'?"
Schwaner nahm Messer und Gabel, legte von seinem Gericht vier Trüffelscheiben zur Seite und fragte: „Reicht das?"
„Ja, natürlich, das reicht. Aber was soll das?"
„Bitte Günther, tu mir den Gefallen. Nimm die Trüffel, fahr damit ins Labor und vergleiche sie mit dem, den wir in Kazikis' Kühlhaus gefunden haben. Ich habe so eine Ahnung."
„So, du hast eine Ahnung?" Messner setzte sich sehr gerade hin. „Ich habe heute schon den halben Tag im Labor gestanden und ..."
„Günther, bitte. Ich mach es wieder gut", flehte Schwaner.
„Darf ich wenigstens aufessen?"

Nachdem Günther Messner, widerwillig stampfend, gegangen war, ließ sich der Hauptkommissar den Rest der wunderbaren Hauptspeise schmecken. Trotz aller vorherigen Gedanken an Dekadenz und Völlerei war der Genuss einmalig, und Schwaner war sich sicher, noch nie so gut gegessen zu haben.
Burkhard Heinen war mittlerweile im Restaurant erschienen und ging von Tisch zu Tisch. Den Hauptkommissar hatte er gleich beim Betreten, wohl vom Restaurantleiter vorinformiert, mit einem

kurzen Kopfnicken begrüßt. Der Direktor der VILLA METZLER schüttelte Hände, plauderte hier und da einige Sätze, war ganz Gastgeber und Hausherr in einem. Zuletzt kam er an Schwaners Tisch. „Herr Hauptkommissar, so alleine hier?", ein künstliches Lächeln, das Heinen sicherlich innerhalb eines Sekundenbruchteils aufsetzen konnte, unterstrich das Desinteresse an einer Antwort.

„Ja, mein Kollege ist zu einem dringenden Fall gerufen worden, er wird sicher bald wieder hier sein", konversierte Schwaner zurück.

Heinen hob Arme und Schultern, lächelte weiter und ging hinüber zum Herrn mit dem strengen Blick, dem er einige Worte ins Ohr flüsterte. Der Hauptkommissar blieb nach dem Nachtisch, der wieder außerordentlich köstlich war, ungerührt sitzen. Er schien einen nicht stillbaren Gefallen an dem Lokal, seinen Menschen und Abläufen gefunden zu haben. Schwaner selbst fühlte sich wie im Theater, unmittelbar vor der Bühne. Er beobachtete die Darsteller, die Rollen als Personal oder Gäste spielten. Eine tragende Figur war der Sommelier. Im Gespräch humorvoll, scherzend und Komplimente für die gute Wahl des Weines – die in der Regel auf seinen Rat zurückging – verteilend. Kam er mit der ausgesuchten Flasche an den Tisch, war er ernst, fingerfertig, sogar kunstvoll in seinen Bewegungen. Geräuschlos öffnete er den Wein, roch an Korken und Flasche, schenkte dem Herrn ein wenig zur Verkostung ein und erstarrte augenblicklich, das Etikett nach vorne zu den Gästen haltend, zur Salzsäule. Nickte der Herr, den Mund noch voller Flüssigkeit, die Nase im Glas, setzte sich der Sommelier wie eine aufgezogene

Spieluhr wieder in Bewegung, umkreiste den Tisch und verteilte würdevoll das kostbare Getränk.

An einem Tisch versuchte eine blondierte Dame inmitten einer Gesellschaft von sechs Personen die Hauptrolle des Abends an sich zu reißen – oder sie nicht aus der Hand zu geben. Ihre Stimme war schrill, ihr Lachen nach fast jedem Satz unecht und künstlich, ihre Gebärden übertrieben und ihre selbstsichere Schönheit oberflächlich. Dazwischen gab es allerhand Nebenrollen, Statisten und auch andere Helfer, die für die Aufführung offenbar notwendig waren. Der strenge Herr war der Bühnenmeister, der die Einsätze gab und in dessen Macht es lag, wann der Vorhang fiel. Schwaner empfand sich als einzigen Zuschauer, zu dessen Unterhaltung diese Komödie gegeben wurde.

Burkhard Heinen passte nicht in dieses Bild. Für ihn wäre ein Zirkus die passendere Kulisse gewesen, schon wegen seines Titels „Direktor". Es war schon nach dreiundzwanzig Uhr. Wie sich das Restaurant gefüllt hatte, so strömten die Gäste auch wieder hinaus, einer geheimnisvollen Reihenfolge gehorchend. Schwaner saß als letzter Gast in der Ecke. Er hatte nichts mehr bestellt, die Flasche Wein und die Flasche Wasser waren ausgetrunken. Von Messner war noch keine Nachricht gekommen. Ihn anzurufen hatte auch keinen Zweck, das wusste der Hauptkommissar, damit würde er ihn nur aufhalten. Er musste nun auf Risiko gehen. Seine Chancen standen vermutlich nicht schlecht. Heinen betrat nochmals das Restaurant und kam zu Schwaner an den Tisch.

„Hat Ihnen das Menü geschmeckt?", fragte Heinen ohne wirkliches Interesse.

„Danke, ganz ausgezeichnet. Ein Lob an die Küche und Ihren neuen Koch."

„Danke, Herr Kommissar, danke. Ich werde es ausrichten. Dürfen wir Ihnen noch etwas anbieten, auf Kosten des Hauses, wenn es erlaubt ist?"

„Nein, danke vielmals."

„Ihr Kollege scheint nicht mehr zu kommen, oder?"

„Er wird schon noch kommen, da bin ich mir sicher. Setzen Sie sich doch, Herr Heinen, und warten wir gemeinsam. Ich hätte da übrigens noch ein paar Fragen."

„Ich weiß nicht, ob das der richtige Augenblick ist. Ich muss ..." Heinen deutete mit einer Bewegung des Arms über die Tische hinweg, die noch voller Gläser und Flaschen standen.

„Setzen Sie sich!", fuhr ihn Schwaner an. Fast hätte er mit der Faust auf den Tisch geschlagen. Der Direktor nahm etwas erschrocken Platz.

„Herr Heinen, woher stammen die Trüffel, die heute Abend hier serviert wurden?"

„Die Trüffel, ich weiß nicht, aus Frankreich oder Italien, nehme ich an. Vielleicht auch aus Kroatien. Wieso fragen Sie?"

„Sehen Sie, Herr Heinen, mein Kollege leitet bei uns die Kriminaltechnik, das kennen Sie sicher aus dem Fernsehen. Das sind diejenigen, die immer alles herausbekommen, woran zuvor niemand gedacht hat, verstehen Sie?"

Der Direktor nickte unmerklich. Er sah zur Tür, zum Fenster, wieder zur Tür. Diese Szene, bei ihrem ersten Besuch in der VILLA METZLER, hatte Schwaner die ganze Zeit übersehen. Er hatte sie nicht übersehen, er hatte sie einfach verdrängt, hatte sie nicht mehr gefunden – bis heute Nachmittag, bis Martina Freiser ihm den Ausschnitt aus der NEUEN PRESSE und damit Samis Nachricht vorlegte. Zu sehen waren der Artikel über den neuen Koch in der VILLA METZLER und das Bild mit Heinen und Patrick Kimmig. Sami hatte den Kopf von Heinen mit Kugelschreiber mehrfach umrandet. Schwaner war der Moment ihres ersten Besuches im Büro wieder eingefallen. Er hatte das Bild wiedergefunden, den Namen, der ihm auf der Zunge lag.

„Herr Heinen, mein Kollege kann ganz genau herausfinden, woher die von Ihnen heute servierten Trüffel stammen. Vielleicht aus Frankreich oder Kroatien, wer weiß, wer weiß? Womöglich haben sie gar keine so weite Reise hinter sich und kommen aus dem Taunus, aus der Trüffelzucht von Mirko Leininger und Herrn Kazikis. Was meinen Sie?"

Heinen blickte starr vor sich auf die Tischplatte.

„Wir haben zudem einen Zeugen, der Sie vergangenen Samstag vor der Kleinmarkthalle gesehen hat. Was sagen Sie dazu? Sie waren gar nicht den ganzen Nachmittag hier im Restaurant. Sie haben uns angelogen."

Nichts an Heinen rührte sich, weder sein Gesicht noch sein Körper.

„Ich bin mir sicher, dass wir noch weitere Hinweise hier im Haus finden werden. Was meinen Sie, Herr Heinen? Weitere Trüffel, eine Kiste, eine Folienrolle vielleicht?"

Einen kurzen Moment schauten sich beide in die Augen. Heinen blickte wieder auf die Tischplatte.

Wie aus dem Nichts stand Sven Beck im Restaurant. Schwaner bedeutete ihm, sich dazuzusetzen.

„Herr Heinen, Sie können weiterhin schweigen, das ist Ihr gutes Recht. Sie können aber auch ein umfassendes Geständnis ablegen, wenn Sie möchten. Wir werden Sie auf alle Fälle wegen Mordes an Alexis Kazikis und Mirko Leininger festnehmen."

„Nein!", fuhr Heinen auf, „Mirko nicht, damit habe ich nichts zu tun. Das schwöre ich Ihnen. Mit dem Tod von Mirko ...? Wo denken Sie hin ...? Ich habe ihn geliebt, schon immer geliebt."

„Liebe ist eines der häufigsten Motive für einen Mord, Herr Heinen."

„Nein, glauben Sie mir. Nicht Mirko, den anderen ja, aber nicht Mirko."

„Wollen Sie uns denn nicht einfach mal erzählen, was passiert ist?"

Heinen starrte unbeweglich vor sich hin und begann mit belegter Stimme zu sprechen. „Es war vor etwa drei Wochen. Da war Mirko bei mir im Büro und sagte, dass er aufhören wolle, dass er keine Energie, keine Kraft, keine Lust mehr habe. Dass ihm dieser ganze Kochzirkus auf die Nerven ginge, dass es ihn krank mache, dass er nur noch kotzen könne. So sagte er wörtlich."

„Das war der Streit, den auch die Mitarbeiter hörten?"

„Ja, Mirko ist sehr laut geworden, das konnte er. Ich bin dann auch irgendwann laut geworden. Habe ihm gesagt, dass wir zwanzig Jahre hier hineingesteckt hätten, in denen ich alles für ihn getan habe, damit aus ihm ein Star wird." Kopfschüttelnd verfiel Heinen wieder in Schweigen.

„Was dann, was ist dann passiert?"

„Er hat mir Vorwürfe gemacht. Ich hätte mich an ihm bereichert, ich hätte ihn betrogen, ihn ausgenutzt. Von wegen Hilfe und Freund. Ich sei ein Blutsauger."

Wieder Stille.

„Und weiter?"

„Ich habe ihm gesagt, dass ich das nur gemacht hätte, um ihn zu halten. Er könne alles von mir haben, ich bräuchte das Geld nicht. Wenn er nur dableibt." Wieder entstand eine Pause, Heinen lächelte, dieses Mal echt. „Wir sind dann ruhiger geworden. Haben uns unterhalten, haben wirklich miteinander geredet. Er sagte mir, dass er nicht mehr könne. Dass er keine Ideen mehr hätte, keine Inspiration und vor allem keine Lust mehr auf diesen irrsinnigen Zirkus. Ich habe versucht, ihn zu motivieren, zu beruhigen. Er solle einfach mal ausspannen, in Urlaub fahren, etwas anderes sehen." Heinen schwieg erneut, schüttelte den Kopf.

„Er sagte, dass es keinen Sinn mehr hätte. Er habe sich entschieden aufzuhören. Endgültig." Tränen standen in Heinens Augen. „Ich fragte ihn, was er denn machen wolle. Er sagte, das wisse er noch nicht, aber vielleicht würde er einfach seinen Trüffeln beim Wachsen zusehen, das hat er wörtlich gesagt."

„Wusst'n Sie von der Trüffelzucht und dem Geschäft mit Herrn Kazikis?"

Heinen schüttelte den Kopf. „An dem Tag habe ich zum ersten Mal davon erfahren. Er erzählte das so nebenbei. Dass das Projekt schon seit einigen Jahren laufe und sie dieses Jahr die erste Ernte erwarteten." Wieder Pause. Heinen zupfte an der kleinen Tischdecke.

247

„Nun zum letzten Samstag. Sie haben den Anruf von Kazikis entgegengenommen, richtig?"

Heinen nickte stumm.

„Könnt'n Sie das bitte etwas lauter sag'n?" Beck ging Heinens Gehabe auf die Nerven.

„Ja, ich habe den Anruf entgegengenommen. Ich kannte Kazikis eigentlich gar nicht. Wir hatten uns ein, zwei Mal gesehen, er war auch mal hier. Mirko sagte dann immer, er hätte etwas gebracht, Lebensmittel. Ich habe mir keine Gedanken gemacht."

„Was sagte Herr Kazikis am Telefon?"

„Nicht viel, nur, dass Mirko unbedingt in die Kleinmarkthalle kommen solle. Er müsse ihm unbedingt etwas zeigen. Er war völlig aus dem Häuschen."

„Sie wussten, was er Herrn Leininger zeigen wollte?"

„Ich ahnte es."

„Also sind Sie am späteren Nachmittag zur Kleinmarkthalle gegangen?"

„Ja, ich bin zwischendrin kurz rübergefahren, dort war schon Schluss. Ich bin an der Seite hinein und zu seinem Stand gegangen. Er war überrascht, dass ich kam. Ich sagte, Mirko könne nicht wegen einer großen Gesellschaft am Abend. Ich solle mir ansehen, was er zu zeigen hätte. Ich weiß auch nicht, wie ich auf die Idee kam."

„Hatt'n Sie da schon die Absicht, ihn zu töt'n?"

„Nein, überhaupt nicht. Ich hatte überhaupt keine Absicht, ich weiß noch nicht einmal, warum ich das getan habe, warum ich hingefahren bin." Heinen faltete beschwörend die Hände.

„Dann sind Sie mit Herrn Kazikis in den Keller gegangen, richtig?"

„Ja, wir gingen nach unten, zum Kühlhaus. Er geht nach vorne, nimmt eine kleine, offene Kiste, noch zur Hälfte mit Erde gefüllt, und zeigt mir die Trüffel, voller Stolz, voller Freude." Heinen hob die Arme, als würde er Schwaner die Kiste zeigen. „Auf einmal spürte ich nur noch Wut in mir. Wut auf den Dreck in der Kiste, auf diese Trüffel, auf diesen Kerl!"

„Und dann?", fragte Schwaner ohne sichtbare Regung weiter.

„Als er sich wieder umdrehte und die Kiste ins Regal stellte, nahm ich das Erstbeste, das ich greifen konnte, und schlug zu."

„Das war die Foli'nrolle?"

„Ja, ich glaube, vielleicht? Ich hatte plötzlich etwas in der Hand, ich habe gar nicht hingesehen. Es war schwer. Er stand mit dem Rücken zu mir, kam gerade wieder hoch. Ich packte dieses Etwas mit beiden Händen und schlug zu." Heinens Hände umklammerten einen unsichtbaren Gegenstand.

„Hab'n Sie sich ja schön ausgedacht, was? Bis hierhin geht das noch als Totschlag im Affekt durch, glaub'n Sie. Dann wurde es aber Mord!"

Schwaner gab Beck ein Zeichen, sich ein wenig zurückzunehmen. Mit ruhiger Stimme wandte er sich wieder an Heinen. „Was geschah weiter?"

„Ich kam wieder zu mir. Ich sah mich dastehen, mit dem Ding in der Hand, Kazikis lag auf dem Boden und rührte sich nicht mehr." Heinen legte seine Hände gefaltet auf den Tisch.

„Und dann ham' Se, um auf Nummer sicher zu geh'n, noch mal etwas nachgeholf'n?"

„Wie bitte? Nein, das habe ich nicht. Hören Sie doch auf. Ich habe alles fallen lassen und wollte so schnell wie möglich raus. Dann sah ich die Trüffel. Ich weiß nicht genau warum, ich wollte sie nicht dort stehen lassen. Ich dachte, es macht mich unverdächtig, wenn ich eine Kiste trage, wo doch alle drumherum Kisten trugen. Vielleicht wäre alles gut gewesen, wenn die Trüffel gar nicht aufgetaucht wären."

„Also haben Sie die Trüffel mit hierher genommen?"

„Nein, natürlich nicht. ich habe die Kiste genommen und bin irgendwie gegangen. Ich weiß nicht, wie ich es geschafft habe, nicht zu rennen. Ich habe die Kiste in mein Auto gestellt und dort stand sie bis heute Morgen. Erst da habe ich sie in die Küche gebracht. Wir brauchten sie ja, für das heutige Menü." Heinen lächelte Schwaner unschuldig an. „Und ich dachte an Mirko. Es wären ja seine Trüffel gewesen. Das Essen heute war eine Erinnerung an ihn."

„Pfft, also die Geschichte könn' Se Ihrer Großmutter erzähl'n. Was hätt'n die Trüffel denn gekostet, die Se heute Abend hier verbrat'n ham? Da ham Se ..."

Schwaner unterbrach: „Hatten Sie sich vergewissert, ob Kazikis tot war?"

„Was? Nein! Um Gottes willen. Ich habe ihn nicht angerührt. Aber wie er so in der Ecke lag, da konnte er nur tot sein."

„Sie haben ihn nicht nochmals berührt, umgedreht oder ein Stück herangezogen?"

„Nein! Wo denken Sie hin. Ich bin so schnell raus, wie ich konnte ..."

„Mit den Trüff'ln!", Beck hob einen Zeigefinger. „Die woll'n wir doch nich' vergess'n."

Heinen stutzte und schwieg.

„Haben Sie nochmals die Folienrolle genommen?", wollte Schwaner wissen.

250

„Nein. Wie kommen Sie darauf. Ich dachte, er wäre tot und bin weg. Als Sie am Dienstag in mein Büro kamen, glaubte ich, irgendjemand hätte mich gesehen und angezeigt. Einen kurzen Moment hoffte ich sogar, Kazikis wäre gar nicht tot, nur verletzt, bewusstlos. Er wäre wieder aufgewacht und hätte mich angezeigt. Glauben Sie mir, ich hätte mich darüber gefreut." Heinen lächelte erneut.

„Was ist mit Mirko Leininger? Was wusst'n Sie darüber?" Beck wurde das alles zu harmonisch.

„Darüber wusste ich gar nichts, bis Sie mir sagten, er sei tot im Main gefunden worden. Das war ein Schock für mich, das war zu viel auf einmal. Dass ich Kazikis umgebracht hatte, das wusste ich, und plötzlich war Mirko auch tot."

„Aber damit ham' Sie nichts zu tun, oder wie?"

„Ich habe Ihnen doch gesagt, dass ich Herrn Kazikis erschlagen habe. Und ja, ich habe die verfluchten Trüffel mitgenommen!" Heinen blickte Beck wütend an. „Was wollen Sie denn noch? Mirko hätte ich nie etwas antun können." Heinen schien die Wahrheit zu sagen. Er hatte diesen Ausdruck der Erleichterung in den Augen, den Schwaner schon bei vielen Geständigen gesehen hatte.

„Nun, Herr Heinen. Es wird Sie vielleicht beruhigen. Herr Kazikis ist nicht an Ihrem Schlag gestorben, er war tatsächlich nur bewusstlos. Er ist erstickt, weil jemand seinen Kopf mit Folie umwickelte, mit der Folie, mit der Sie ihn niedergeschlagen haben. Wir müssen Sie dennoch mitnehmen." Heinens Gesichtsausdruck wechselte mehrmals zwischen Freude und Misstrauen. Schließlich entschied er sich für ein erleichtertes Lächeln.

251

Beck und Schwaner standen gerade vom Tisch auf, als Günther Messner zu Martins Überraschung das Restaurant betrat.

„Günther, was machst du denn hier?", fragte der Kommissar perplex.

„Na, meine Mousse de Caramel?"

29. Kapitel

Ein Streifenwagen holte Burkhard Heinen ab. Er wurde zur erkennungsdienstlichen Behandlung ins Polizeipräsidium gebracht. Wie schon vor einigen Tagen standen Schwaner und Beck im Hof der VILLA METZLER. Messner hatte auf Heinens Anweisung seinen Nachtisch und ein Glas Wein nach Wunsch erhalten. Keine zehn Mann würden ihn aus dem Restaurant bringen, bevor er dies nicht in Ruhe genossen hatte.

„Wie es scheint, ist Heinen nicht unser Mann", sagte Schwaner zu Beck

„Nee, leider nich'. Aber ich hab' noch etwas rausgefund'n. Und zwar war ich im Sachsenhäuser Parkhaus, gleich um die Ecke von der BAR OPPENHEIMER. Die hatt'n noch die Aufzeichnung'n vom letzt'n Samstag!"

„Ja, und?"

„Ja, und?" Beck machte es spannend und grinste. „Auf den Videobändern war die Frau zwar auch nicht zu erkenn'n, weil sie dies'n dämlich'n Hut trägt, aber wir hab'n ihr Kennzeich'n. Ich hab den Halter, in unserem Fall die Halterin, schon ermittelt." Beck hielt Schwaner einen Zettel mit dem Kennzeichen und dem entsprechenden Namen hin.

Es war Sonntagmorgen, ein ähnlich trüber Morgen wie am Vortag. Nebel lag in den Straßen, es waren kaum Menschen zu sehen. Schwaner kannte die Adresse, Sven Beck war bei ihm, sie hatten sich bereits um kurz nach acht im Präsidium getroffen und auf den Haftbefehl der Staatsanwaltschaft gewartet.

Ein Wagen mit einer Kollegin aus der Bereitschaft parkte nicht weit vom Haus entfernt, sie wartete auf ein Zeichen, um die Beschuldigte mit aufs Präsidium zu nehmen. Schwaner klingelte. Zunächst blieb alles still. Schwaner klingelte erneut, diesmal länger. Die Tür öffnete sich.

„Frau Geulich-Vogt, guten Morgen, das ist mein Kollege, Kommissar Beck, dürfen wir reinkommen?" Überrumpelt ließ die Journalistin die beiden Polizisten in ihre Wohnung, versperrte ihnen allerdings den Weg zu den hinteren Räumen.

„Frau Geulich-Vogt, Sie wissen wahrscheinlich, warum wir hier sind, oder?"

„Wenn es um Mirko Leininger geht, habe ich Ihnen bereits alles gesagt."

„Nich' ganz, Frau Vogt. Sie hab'n da ein paar Kleinigkeit'n vergess'n."

„Geulich-Vogt, bitte. So viel Zeit muss sein." Die Journalistin durchbohrte Beck mit giftigen Blicken.

„So, habe ich das?"

„Ja, das haben Sie. Zum Beispiel haben Sie vergessen, dass Sie sich am vergangenen Samstag mit Mirko Leininger in der BAR OPPENHEIMER getroffen haben."

„Darf ich das nicht?" Frau Geulich-Vogt versuchte, wieder Herrin der Lage zu werden.

„Doch, das dürfen Sie schon. Nur das mit den K.-o.-Tropfen in Mirko Leiningers Glas, das dürfen Sie nicht."

„Wirklich!" Die Beschuldigte lachte auf. „Ich? Tropfen? In Mirkos Glas? Wie wollen Sie das belegen?"

„Nu', leider ist die Putzfrau der Bar Opp'nheimer in einen unangemeldet'n Warnstreik getret'n und hat alles steh'n und lieg'n lass'n. Dazu ham wir noch einen Zeug'n, dem wir Sie gerne gegenüberstell'n würd'n – mit Ihrem interessant'n Kopfschmuck, den wir sicherlich hier find'n ..." Beck deutete in die Räume hinter der Journalistin.

„Dazu brauchen Sie erst einmal einen Durchsuchungsbeschluss." Frau Geulich-Vogt stellte sich demonstrativ vor die Tür.

„Sie guck'n wohl zu viel Tatort oder so was? Wiss'n Se, was wir ham? Wir ham etwas viel Besseres als so nen Durchsuchungsdingsda." Beck zog ein zusammengefaltetes Formular aus seiner Innentasche. „Wir ham'n richtig'n Haftbefehl geg'n Sie. Damit dürf'n wir nich' nur Ihre Wohnung auf'n Kopp stell'n, wir bring'n Se nachher auch gleich zum Haftrichter. Der wartet schon ..."

Frau Geulich-Vogt war von diesem frechen Auftritt tatsächlich beeindruckt, besonders als sie das Schriftstück, das ihr Beck vor die Nase hielt, überflogen hatte.

„Ja, und? Und wenn schon. Wollen Sie mir vorwerfen, dass ich diesem wasserscheuen Schwein mal zu einem Bad verholfen habe?"

„Ja, auch das." Schwaner spielte den seriösen und sympathischen Polizisten.

„Und, was noch. Können Sie mir beweisen, dass ich am Main dabei war? Gibt es dafür Zeugen?"

„Nein, dafür gibt es keine Zeugen."

„Sehen Sie, was wollen Sie also von mir?" Die Journalistin glaubte immer noch, sich rausreden zu können.

„Warum haben Sie das getan, Frau Geulich-Vogt? Ich würde es gerne verstehen?" Schwaner hätte sich gerne gesetzt, aber es gab nur den Bürostuhl am Schreibtisch. So trat er von einem Fuß auf den anderen und wollte dadurch etwas zur Entspannung der Situation beitragen.

„Warum? Weil er mich bei allen Redaktionen in Verruf gebracht hat, dieser miese kleine Koch. Er hat überall hingeschrieben, dass ich mich von den Restaurants aushalten ließe – für positive Kritiken, versteht sich."

„Und, ist dem nich' so?" Jetzt war Beck wieder an der Reihe.

„Da muss ich mich vor Ihnen doch nicht rechtfertigen, oder? Jedenfalls habe ich seitdem kaum noch Aufträge erhalten. Sie wissen doch, irgendetwas bleibt immer an einem hängen."

„Und dafür wollt'n Sie sich räch'n?"

„Dafür, und dafür, dass ich recht hatte. Er hat es mir doch selbst an dem Abend erzählt, dass er ausgebrannt sei, dass er aufhören möchte, dass er keine Inspiration mehr hätte. Und mich wirft er dafür aus der VILLA METZLER, nachdem ich ihn so lange in Schutz genommen habe. Aber dahinter steckt letztlich der Heinen, der hat das alles wunderbar eingefädelt. Ich wollte Mirko erklären, wie sich alles zugetragen hat. Aber er hat mir gar nicht zugehört ..."

Die Mundwinkel der Journalistin zuckten nach oben, sie fing an, am ganzen Körper zu zittern, und mit einem lauten Schluchzen, fast wie ein Schrei, brachen die Tränen aus ihr heraus. Sie musste sich am Schreibtisch abstützen.

„Frau Geulich-Vogt", begann Schwaner mit tröstender Stimme, „wir müssen Sie leider mitnehmen.

Draußen wartet eine Kollegin, die Ihnen hilft, ein paar Sachen einzupacken." Es hätte nicht viel gefehlt und Martin hätte die Journalistin in den Arm genommen. „Sie müssen jetzt keine weiteren Aussagen mehr zur Tat machen, insbesondere keine, die Sie selbst belasten. Sie haben das Recht, einen Anwalt hinzuzuziehen. Wenn Sie sich keinen Anwalt leisten können, wird Ihnen ein Strafverteidiger vonseiten des Gerichts gestellt. Haben Sie das verstanden?"

Frau Geulich-Vogt rang nach Fassung und Haltung. „Sie wollen mich wegen Mirko verhaften? Weil er ins Wasser gestiegen und dabei leider ersoffen ist?"

„Ja, genau desweg'n!" Beck zeigte keinerlei Mitleid.

„Wie schon gesagt, da müssen Sie mir erst einmal beweisen, dass ich am Main dabei war."

„Ich glaube, das können wir, Frau Geulich-Vogt. Wie uns der leitende Redakteur der NEUEN PRESSE mitteilte, hatten Sie keinen Auftrag für den von Ihnen verfassten Artikel – im Gegenteil. Er sagte uns, dass Sie ihm den Nachruf förmlich aufgedrängt hätten, ihn sogar kostenlos zur Verfügung stellten."

„Ja und, das ist mein Beruf. Und es war mir wichtig, dass der Artikel erscheint."

„Das glaube ich Ihnen gerne. Nur haben Sie den Artikel bereits am Dienstagvormittag eingereicht, zu einem Zeitpunkt, da weder die Polizei noch sonst jemand weitere Informationen zu den laufenden Ermittlungen herausgegeben hatte. Sie verfügten also über Täterwissen." Mit diesem Zug hatte Schwaner bis zuletzt gewartet.

Schlagartig ging die Journalistin wieder zum Angriff über. „Und wenn schon, was kann ich dafür, dass er nicht schwimmen kann und gleich ertrinkt? Ist das meine Schuld?" Ein verzerrtes Grinsen stand ihr im Gesicht.

„Nein, Frau Geulich-Vogt. Daran hätten Sie vielleicht keine Schuld gehabt. Mirko Leininger starb allerdings an einer Überdosis Gamma-Butyrolacton, an den K.-o.-Tropfen, die Sie ihm eingeflößt haben. Er ist nicht im Main ertrunken, wie Sie es in Ihrem Artikel schreiben, er wäre auch an Land gestorben – und damit war es ganz sicher kein Selbstmord."

Beck und Schwaner fuhren zurück ins Präsidium. Die eine Hälfte des Falles war nun geklärt, auf die Lösung der zweiten warteten sie noch. Es war nicht einfach gewesen, Günther Messner zu weiteren Überstunden am frühen Sonntagmorgen zu überreden. Nur die Aussicht auf eine Kiste des vorzüglichen Spätburgunders von Fürst steigerte seine Bereitschaft. Am frühen Nachmittag betrat er schließlich Schwaners Büro, in dem Martin vor, Sven hinter dem Schreibtisch döste.

„Also, das war eine Heidenarbeit, das kann ich euch sagen. Da reichen eigentlich keine sechs Flaschen Wein, und wenn sie vom Fürst sind." Ermattet ließ sich Messner in den freien Stuhl plumpsen.

„Hast du was rausgefund'n, na sag schon?" Beck regte die Arme und gähnte.

„Ich musste die einzelnen Lagen der Folie erst einmal richtig auseinanderbekommen, wisst ihr, was das heißt. Das klebt ja wie sonst etwas aneinander. Immer wieder rollt sich diese Folie zusammen, zieht sich an, verknäult, ist statisch, dann das Blut des Opfers ..."

„Bitte Günther, jetzt sag schon. War da was drin?"
„Ein, zwei Lagen haben die Kollegen tatsächlich nicht gesehen. Wenn man nicht alles selber macht." Schwaner stöhnte. Messner ließ sich dennoch Zeit und prüfte seine Fingernägel. Beck schubste ihn von der Seite an. „Mach scho!"
„Ich konnte zwei weitere DNA-Spuren sicherstellen. Die eine, auf Grundlage eines Haares, das ich fand, stammt von einem Menschen. Die zweite, von einer Schuppe, von einem Fisch."
„Also, der Gerlinger", rief Schwaner aus und überlegte. „Der hat sein Kühlhaus im Keller nur ein paar Meter weiter." Nochmals eine Pause. „Er hat wahrscheinlich gesehen, was passiert ist, oder zumindest den bewusstlosen Kazikis am Boden gefunden. Doch statt zu helfen, wickelt er die Folie um seinen Kopf, um Arme und Beine, dreht das Kühlhaus auf minus acht Grad, macht die Tür zu und lässt ihn da liegen."
„Aber warum, das versteh' ich noch nich'?"
„Nun, weil er glaubte, einen Anspruch auf dessen Stand zu haben, und sichergehen wollte, dass er ihn auch bekommt." Hauptkommissar Schwaner stand auf, zog sein Sakko an, schob seinen Stuhl unter den Schreibtisch. „Aber den holen wir uns erst morgen, den Gerlinger, in der Kleinmarkthalle, vor aller Augen ..."
„Montags kauft man keinen Fisch", warf Messner ein. „Das ist eine alte Hausfrauenweisheit. Der Fisch vom Montag ist der Fisch von letzter Woche."
„Und was soll das jetzt heiß'n?", fragte Beck verdutzt. „Der Fisch kommt doch nich' mehr aus'em Hamburger Haf'n oder so was. Der landet hier täg-

lich vor unserer Haustür, hab' ich neulich irgendwo geles'n."

„Trotzdem hat Fisch Gerlinger montags geschlossen. Müsstet ihr nur mal ins Internetz schauen, ihr Detektive." Messner verabschiedete sich und stapfte davon.

„Mir reicht es auch für heute, ich fahr nach Hause. Kümmerst du dich noch um den Papierkram?"

Vor dem Präsidium wollte Martin sein Fahrrad aufschließen. Er suchte den Schlüssel, der durch die Tasche gefallen war und irgendwo im Saum lag. Da fand er noch etwas, eine kleine Knolle, die sich dort seit Tagen versteckt hatte. Er griff zu seinem Handy.

„Du, Sandra, soll ich vorbeikommen? Wir könnten uns etwas kochen. Etwas Einfaches, mit Trüffeln!"

30. Kapitel

Am nächsten Morgen fuhren Schwaner und Beck zur von Anne ermittelten Wohnadresse Gerlingers. Ein Streifenwagen folgte. Die kleine Kolonne hielt vor einer alten Kühl- und Lagerhalle in einem Gewerbegebiet in Frankfurt-Griesheim. Seitlich der Halle stand ein dreistöckiges, heruntergekommenes Flachdachhaus, das wohl früher als Bürogebäude gedient hatte. An der Front des Hauses stand, völlig verblasst und blind: FISCH GERLINGER. Die mittlerweile eintönigen Farbflecke unter der Schrift waren einst munter springende Fische, so zumindest konnte man es auf einem der beiden Imbisswagen erkennen, die, seit Jahren unbenutzt und übersät von Rostflecken, gleich rechts auf dem Vorplatz standen.

Das gesamte Gelände war hoch umzäunt. Schwaner wollte gerade die schmale Tür neben dem schweren Rolltor öffnen, als Beck ihn zurückhielt und auf ein Schild an dem verwitterten Betonpfeiler zeigte. „Königreich Deutschland. Dein Gemeinwohlstaat." Darunter eine stilisierte Krone auf einem Wappen und eine umgedrehte Deutschlandfahne, die wie von Sonnenstrahlen durchschnitten schien. Darunter: „Warnung vor dem Hund".

„Wir sollt'n erst mal kling'ln", schlug Beck vor. Eine Klingel war allerdings nicht zu finden. Beck trat ein, zwei Mal kräftig an das Stahlgatter, das die Einfahrt versperrte. Es schepperte so laut, dass in der Autowerkstatt nebenan jemand die Tür öffnete. Auf dem Gelände Gerlingers zeigte sich auch eine Reaktion. Aus dem hinteren Bereich kam ein riesiger

Hund laut bellend angerannt. Er sprang vor dem Gitter hin und her, knurrte und bellte abwechselnd, dass ihm nach kurzer Zeit schon der Schaum aus dem Maul tropfte.

„Wollen Sie zu Gerlinger?" Der Mann aus der Werkstatt, die blauen Arbeitshosen auf den Oberschenkeln fast schwarz, kam herüber. „Passen Sie auf! Der ist verrückt!" Dabei wischte sich der Mann mit der flachen Hand vor dem Gesicht hin und her. „Ich hatte schon ein paar Mal die Polizei gerufen, aber nie ist etwas passiert. Dabei hat er uns schon mit einem Gewehr gedroht." Der Mann tat, als würde er eine Flinte in Anschlag bringen.

„Er ist also bewaffnet?", frage Schwaner nach.

„Natürlich! Er hat mindestens ein Gewehr, wenn nicht mehr. Schauen Sie mal dort oben." Der Mann zeigte auf ein Metallschild, das wie an einem Fahnenmast hing. „Auto Kowolik" war dort zu lesen. „Reparaturen aller Art und aller Marken". Links war ein schnittiger Sportwagen, rechts eine Familienkutsche zu sehen. Beim genaueren Hinsehen erkannte Schwaner mehrere Einschusslöcher. „Das habe ich angezeigt. Aber es hieß, es sei nicht zu ermitteln, dass es dieser Idiot dort war." Der Arm des Mannes wies auf das quadratische Haus, wo sich hinter einer der schmutzigen Scheiben etwas gerührt hatte.

„Kennen Sie Herrn Gerlinger?", fragte Schwaner den Mann.

„Ja natürlich! Wir sind ja miteinander hier groß geworden, ich meine, wir haben uns oft hier getroffen. Sein Vater hat gearbeitet, mein Vater hat gearbeitet, Gerlinger und ich haben mal hier,

262

mal dort gespielt. Später war er Kunde bei mir. Kunde, Nachbar, sogar ein Freund. Er ist immer große, amerikanische Wagen gefahren. Dort steht noch einer." Der Mann zeigte nach links auf das Gelände, wo unter einem selbst gezimmerten Carport ein gewaltiger, olivgrüner Pick-up stand. Über der Heckklappe war, von Hand geschrieben: „Fuck you, Greta!" zu lesen. Daneben ein Aufkleber mit der Fahne der Südstaaten, und, auf schwarz im goldenen Lorbeerkranz: „PB Deutschland". Das Nummernschild lautete: „F AH 8888".

„Da kommt ja alles zusamm'n!" Beck schüttelte den Kopf. Schwaner las noch einen weiteren Aufkleber: „Grenzen schützen". „Ein Achtzylinder", schwärmte der Mann von nebenan, „fünf Liter Hubraum."

Schwaner bedankte sich und bat den Nachbarn, wieder in seine Werkstatt zu gehen. Der Mann ging, blieb aber auf seinem Gelände stehen und beobachtete das Schauspiel. Das permanente Bellen war ohrenbetäubend. Beck trat nochmals an das Gatter, was den Hund weiter anstachelte. „Gerlinger! Gerlinger", schrie Beck mehrmals über das Gekläffe hinweg. „Rufen Sie Ihr'n Hund zurück oder wir müss'n ihn erschieß'n!" Beck zückte seine Dienstwaffe und entsicherte. Im obersten Stock wurde ein Fenster aufgerissen. Gerlinger zeigte sich in einem zerschlissenen Bademantel. „Blondi! Aus!", befahl Gerlinger. Der Hund verstummte augenblicklich. „Zuuurück!" Das Tier entfernte sich einige Meter vom Tor, drehte sich um und blieb dort wachsam stehen.

„Was wollen Sie? Sie haben hier keine Staatsgewalt", rief Gerlinger von oben herunter.

263

„Oh mein Gott, is' tatsächlich so einer", flüsterte Beck Schwaner zu. Martin trat einen Schritt nach vorne, der Hund zuckte: „Herr Gerlinger, wir haben einen Haftbefehl gegen Sie. Rufen Sie den Hund zurück und öffnen Sie uns das Tor."

„Sie können mich gar nicht verhaften. Ich bin freier Reichsbürger." Damit verschloss Gerlinger das Fenster wieder.

„So war es beim letzten Mal auch", rief der Mann von der Werkstatt herüber. „Ihre Kollegen sind dann wieder gefahren."

Schwaner schüttelte den Kopf. „Warum steht davon nichts in unserem System? Wie kann es sein, dass so einer unbehelligt rumläuft?"

„Du fährst ja Fahrrad, aber biste mal bei uns durch die Tiefgarage gegang'n? Haste mal geseh'n, was die Kolleginn'n und Kolleg'n so auf ihr'n Autos für Aufkleber ham?" Beck schaute zu den beiden Männern in Uniform hinüber, die sich hinter ihrem Streifenwagen verbargen. „Oder haste mal in der Kantine drauf geachtet, wer ein schwarzes Fred-Perry-Shirt trägt und wer da so drinsteckt?" Jetzt war es Beck, der den Kopf schüttelte. „Beim Winter sin' auch so zwei in der Abteilung. Die trag'n das völlig off'n, sogar stolz. Von weg'n Staatsdiener un' auf dem Bod'n der Verfassung. Keiner guckt da wirklich hin, keiner will es seh'n, bis wieder so'ne Chatgruppe auffliegt. Dann tun alle ganz betroff'n. Als hätt'n wir nix gelernt aus der Zeit vor achtzig Jahr'n."

Schwaner ging zu dem Mann vor seiner Werkstatt, fragte, ob dieser eine Telefonnummer von Gerlinger hätte. Der schaute in seinen Unterlagen nach, doch die Nummer, die er fand, war nicht mehr gültig. Martin fragte, ob noch jemand bei Gerlinger im Haus wohne. „Ich habe nie jemand gesehen. Am Wochenende kommen manchmal genauso Verrückte. Mehr weiß ich nicht." Schwaner dankte für die Hilfe und lief zu Beck zurück, der in der Zwischenzeit nochmals zu Gerlinger hinaufgerufen hatte, allerdings ohne Erfolg. Der Hund lag jetzt an der Stelle von eben, hechelte und verfolgte jede Bewegung vor dem Tor. „Ich ruf jetzt das SEK", informierte Martin sein Team, „sollen die ihn da rausholen."

Der etwa zwanzig Minuten später beginnende Einsatz der schwerbewaffneten und dick verpackten Männer lockte zahlreiche weitere Schaulustige an. Aus allen umliegenden Büros, Hallen, Häusern traten Menschen, zückten ihre Handys und filmten, wie zwei Streifenbeamte die Straße absperrten, der Hund mit einem Pfeil narkotisiert und die Pforte aufgehebelt wurde. Dicht an dicht gingen fünf Mann über den Hof, der letzte schaute nochmals nach dem Hund und gab sein okay. Einer aus der Reihe trug eine Ramme, trat vor, holte aus und hieb gegen die Tür. Der krachende Schlag war hundert Meter weit zu hören. Anschließend nur noch Rufe der Männer im Inneren des Hauses, hin und wieder ein Klirren wie von Glas, nochmals ein dumpfer Schlag, wieder Rufe, plötzlich Ruhe. In der obersten Etage hüpften einige Momente Lichter über die Fenster, auch sie erloschen.
Kurze Zeit später wurde Gerlinger, die Hände auf dem Rücken, von zwei vermummten Beamten aus

dem Haus geführt. Schon im Treppenhaus hatten Schwaner und Beck ihn schreien hören. Im Freien setzte er seine Tiraden fort: „Ihr habt kein Recht, mich zu verhaften. Ihr habt hier keine Staatsgewalt. Das ist mein Land!" und wieder von vorne. Vor Schwaner hingestellt, spuckte Gerlinger aus. „Nicht mehr lang, nicht mehr lang ...", fluchte er Martin ins Gesicht. „Sie sind auch nur ein Lakai des Weltjudentums, aber bald wird sich alles ändern."

„Ins Präsidium", befahl Martin ungerührt den Streifenbeamten und ging mit Sven ins Haus. Der Hund wurde in eine große Box gehievt. „Hunde können nichts für ihre Herrchen", sagte einer vom SEK, als Beck und Schwaner kurz anhielten.

Die unteren Etagen waren offensichtlich seit langer Zeit unbenutzt. Vereinzelt standen nutzlose Schreibtische und verwaiste Stühle in den Räumen. Alles war von einer dicken Staubschicht bedeckt. Es stank nach Hundekot und Urin. Oben waren zwei Räume, wohl das ehemalige, holzvertäfelte Büro des Chefs und ein angrenzendes Zimmer, zu einer Art Wohnung eingerichtet worden. „Hier isses ja mal gemütlich", sagte Beck, als er hinter Martin eintrat. Es herrschte ein einziges Chaos, das nicht durch den Einsatz eben verursacht worden war. „Wir waren das nicht", verabschiedete sich der Leiter des SEK, überreichte ein sichergestelltes Kleinkalibergewehr und fügte, mit einem Blick über die Flaschen, Essensreste und die wahllos zerstreuten Klamotten noch ein „Na dann viel Spaß" an.

An der einzig unverstellten Wand war eine Reichskriegsflagge aufgespannt. Daneben Gesichter von Politikern an die Wand gepinnt, in denen vereinzelt

266

Dartpfeile steckten. Ein Schreibtisch war überhäuft von ungeöffneter Post. Auf dem niedrigen Tisch stand zwischen zahllosen Verpackungen und sonstigem Abfall ein geöffneter Laptop. Der Sessel dahinter glänzte speckig und war der einzige Fleck, der nicht zugemüllt war. In der eingebauten Regalwand lagen ein Bajonettmesser und eine Schreckschusspistole, die Gerlinger zum Glück nicht gegriffen hatte. Es fanden sich Orden und andere Devotionalien der Wehrmacht. Ganz oben thronte ein Stahlhelm mit aufgemaltem Totenkopf.

Der als Schlafzimmer dienende Raum nebenan war an Trostlosigkeit kaum zu überbieten. Die Büromöbel waren an die hintere Wand geschoben, davor ein Bettgestell, ihm gegenüber, auf einem Rollcontainer ein großer Fernseher mit einem DVD-Player und einer Playstation darunter. Die zerstreut davor liegenden Hüllen zeigten in erster Linie Kriegsfilme, Kriegsspiele und Pornos. Kein einziges Bild hing an den Wänden. Beck zog unter dem Bett eine halb aufgeblasene Gummipuppe hervor und gab ihr den Namen „Gina". Später fügte er noch an: „Der Gerlinger erfüllt ja wirklich jedes Klischee."

Auf dem Weg ins Präsidium schwiegen Beck und Schwaner zunächst. Jeder von beiden hing seinen Gedanken nach. „Was ich bei dies'n Typ'n nich' versteh'", begann Beck unvermittelt, „is', dass die sich immer als die später'n Anführer seh'n, anstatt zu begreif'n, dass sie immer so'ne arme Sau bleib'n wer'n."

„Das ist doch genau das Strickmuster dieser Theorien und Vereinigungen", stieg Martin auf das Thema ein. „Ein Faden ist: Immer sind andere an deinem persönlichen Elend schuld. Am besten eine schwache, wehrlose Minderheit. Der zweite: Du bist der Klügere, Schlauere, Allwissende und was sonst noch zum Herrenmenschen gehört. Damit bist du auserwählt und privilegiert gegenüber der dummen Masse. Das musst du nur immer tüchtig ineinanderweben und den Leuten oft genug vorspielen ...“ Schwaner brach ab. „Warum erzähl ich dir das alles, weißt du ja selber ... Was mich interessiert, ist, wie hängt das alles mit unserem Fall und Kazikis zusammen?“

Als Schwaner und Beck im K11 eintrafen, saß Gerlinger, immer noch in Handschellen, schon über eine Stunde im Vernehmungszimmer. Sie betrachteten ihn durch die Glasscheibe, was Gerlinger mit einer Grimasse beantwortete. „Erst hat er unentwegt gebrüllt, dass wir kein Recht hätten, ihn festzuhalten, dass er die Bundesrepublik Deutschland und ihre Institutionen ablehne und so weiter. Jetzt möchte er einen Anwalt, einen gewissen Herrn Stahl ...“, empfing Anne ihre Kollegen. Auf Martins Frage, ob dieser schon benachrichtigt wäre, imitierte sie eine arrogante Stimme: ‚Ich werde es erst am frühen Nachmittag einrichten können. Kann ich bitte kurz meinen Mandanten sprechen.‘ Seitdem sitzt der Gerlinger da und schweigt wie ein Stuhl.“

„Gut. Dann lassen wir ihn weiter schmoren. Hat Günther sich schon gemeldet? Der müsste doch am Stand von Gerlinger längst fertig sein?“

„Meinst du, der meldet sich bei mir ab oder wie? Ich bin doch nicht ...“, fuhr Anne gleich auf.

„Schon gut, schon gut. Ich rufe ihn selber an.“ Martin ging in sein Büro. Im Gehen wählte er

Messners Nummer. Es dauerte, bis der abnahm. Er schien gerade etwas zu essen und schluckte eilig. Ja, sie seien jetzt gerade auf dem Weg zur Wohnung. Nein, es habe sich nichts Auffälliges finden lassen, ein paar Gummistiefel vielleicht, die vom Profil zu den sichergestellten Abdrücken im Kühlhaus von Kazikis passen könnten. Das müsse aber erst später im Labor überprüft werden. Schwaner mahnte zur Eile und schob das baldige Eintreffen des Anwaltes als Grund vor. „Günther, wir brauchen mehr als eine Fischschuppe und ein Haar, von dem wir noch nicht einmal wissen, ob es tatsächlich von Gerlinger ist. Also, gib Gas."

Kurz nach vierzehn Uhr traf Rechtsanwalt Stahl im Präsidium ein. Er erfüllte voll und ganz die Erwartung, die seine Stimme geweckt hatte. Die Haare pomadig nach hinten gekämmt, glänzten auf dem wie eine Glühbirne geformten Kopf, zwei tiefe haarlose Stellen wie Hörner. Jeden der Beamten, vom Empfang bis ins K11 hinein, behandelte er mit der größten Herablassung. Stahl, etwa Mitte vierzig, der schlanke Körper in einem Maßanzug, an den Füßen englische Schuhe, umwehte eine meterdicke Wolke eines Parfums oder Rasierwassers, sehr herb und erdig. Nur die von ihm wie eine Keule getragene Tasche, sehr dick und offensichtlich so schwer, als hätte er alle Kommentare des Strafgesetzbuches darin, zeigte deutliche Kratzer und Abriebspuren. Ansonsten wirkte Stahl makellos und aalglatt. Er ließ sich, ohne irgendjemand anderen zu grüßen, direkt zu seinem Mandanten bringen und forderte Besprechungszeit unter vier Augen. Er werde sich melden, sobald er sich ein Bild verschafft habe.

Das dauerte etwa zwanzig Minuten, in denen Stahl Gerlinger gegenübersaß, ihm offensichtlich Fragen stellte und dessen Antworten in ein Diktiergerät sprach. Schließlich sprang er auf, trat vor die Tür des Vernehmungszimmers und informierte den menschenleeren Flur: „Wir wären jetzt so weit." Schwaner, Beck und ein Beamter in Uniform betraten den Raum und setzten sich. Martin wollte weiter auf Zeit spielen, hantierte umständlich am Aufnahmegerät, sortierte mehrfach seine Papiere, holte aus, um den Hintergrund ihrer Ermittlungen darzustellen.

„Können wir bitte zur Sache kommen", schnitt ihm Stahl das Wort ab. „Was werfen Sie Herrn Gerlinger vor und mit welcher Begründung?"

Die kurze Liste von vermeintlichen Indizien kam Schwaner nun selbst sehr knapp und unhaltbar vor. Lediglich beim Namen Kazikis glaubte Martin eine Reaktion bei Gerlinger erkannt zu haben. Er probierte es ein paar Mal aus, betonte wieder und wieder den Namen des Opfers und registrierte immer an dieser Stelle ein Zucken in Gerlingers Mundwinkeln.

Stahl stoppte den, wie er sagte, „absolut lächerlichen Vortrag". Die Beweise, die er nicht einmal Beweise nennen möchte, seien unhaltbar, sein Mandant unschuldig und er fordere die sofortige Freilassung. Beck schaltete sich ein, dessen Sprachfehler bei Stahl einen angewiderten Gesichtsausdruck hervorrief und ihn ein Stück vom Tisch abrücken ließ. Sven zählte die in der Wohnung gefundenen Gegenstände auf und auf welche Gesinnung Gerlingers sie schließen lassen.

„Das ist nicht strafbar. Sofern mein Mandant seine, wie Sie sagen, Gesinnung im Privaten ausübt, kann er das so lange tun, wie er möchte." Stahl sprach zu den Polizeibeamten wie zu Schulkindern. Schwaner führte die Schüsse im Schild des Nachbarn von Gerlinger an und die von ihm selbst mitgehörte Drohung gegen Frau Kazikis.

„Liegen dazu Anzeigen vor?", fragte Stahl spitz und wollte schon aufstehen, als endlich Messner auftauchte und von außen an das Fenster des Raumes klopfte. Beck und Schwaner entschuldigten sich für einen Augenblick und verließen das Zimmer.

Jetzt war es Stahl, der von drinnen das Szenario genauestens beobachtete und Gerlinger, ohne die Lippen zu bewegen, fragte: „Haben Sie mir etwas zu sagen?"

Bevor dieser sich zu einer Antwort entschlossen hatte, kamen Schwaner und Beck zurück. Offensichtlich durch harte Fakten gestärkt, nahmen sie jetzt eine ganz andere Haltung ein. Sie unterrichteten Stahl und Gerlinger, dass nicht nur die an seinem Stand sichergestellten Gummistiefel zum Sohlenprofil am Tatort passten, sondern im Pick-up eine Folienrolle unter dem Beifahrersitz gefunden wurde, bei der es sich mit größter Wahrscheinlichkeit um die Tatwaffe handele.

„Der sollte endlich sein Maul halten", platzte es aus Gerlinger heraus. „Der sollte endlich sein verdammtes Maul halten." Stahl versuchte Gerlinger zu stoppen, vergeblich. „Der kommt daher, richtet sich dort unten ein und will mir sagen, wie ich mein Geschäft zu führen habe." Gerlinger wurde wieder krebsrot im Gesicht. „Jedes Mal hat er mir erklären wollen, wie das geht, wie sich alles verändern wird, wie die Zukunft aussieht. Woher will denn der das wissen, dieser Zigeuner. Und immer seine Tänzchen vor den Leuten, die ihm dieser Schwule an den Stand brachte. Und immer mit seinen Händen ...", Gerlinger hampelte auf dem Stuhl herum und äffte mit seinen zusammengebundenen Händen die Gesten von Kazikis nach. „Aus war's damit! Ein für alle Mal!" Gerlinger strahlte alle reihum an. „Was hat der überhaupt hier bei uns verloren. Soll er doch dahin zurückgehen, wo er hergekommen ist. Nichts weiß der, gar nichts. Lässt sich hier von uns aushalten, er und seine Brut. Liegen uns allen auf der Tasche, kassieren hier nur ab." Gerlinger holte Luft und blickte wild um sich. „Ja, da lag er da, in seinem Dreck. Wahrscheinlich war er ausgerutscht oder so was, der Idiot. Und die Rolle, die lag auch da. Und da wusste ich, was zu tun ist. Das konnte doch kein Zufall sein, das war Vorsehung. Ich war dazu bestimmt, Größeres zu tun, endlich einen Anfang zu setzen!"

„Jetzt halt endlich den Mund", versuchte es Stahl erneut.

„Von dir lass ich mir auch nicht den Mund verbieten. Du bist doch auch so ein Feigling. Große Reden, aber nichts dahinter. Aber bald, bald werden wir viele sein. Und dann gibt es nur noch zwei Seiten. Entweder man ist für uns, oder ..." Gerlinger zog mit beiden Daumen einen Strich über seine Kehle.

„Ich widerrufe hiermit alle von meinem Mandanten eben getätigten Aussagen. Herr Gerlinger steht offenkundig unter Schock. Kein Wunder, bei dem völlig übertriebenen Polizeieinsatz gegen ihn.

Herr Gerlinger muss sofort zu einem Arzt gebracht werden, rufen Sie den Notarzt." Gerlinger wetterte weiter gegen Freund und Feind. „Nichts wird hier widerrufen. Du bist auch so ein arrogantes Arschloch wie der Prinz. Ich rede jetzt und lass es mir von Niemandem verbieten. Ich bin freier Reichsbürger ..." Beck rief, wie gewünscht, einen Rettungswagen. Die Sanitäter, die wenige Minuten später eintrafen, wurden von Gerlinger bespuckt, übel beschimpft und um ein Haar gebissen. Erst nach einer Beruhigungsspritze gegen seinen Willen ließ er sich schließlich abtransportieren. Stahl verabschiedete sich bei Schwaner mit den Worten, er werde noch von ihm hören. Er werde auf alle Fälle eine Dienstaufsichtsbeschwerde einreichen. Schwaner ließ ihn stehen.

Beck kam, nachdem sich die Situation beruhigt hatte, in Martins Büro und lud ihn zu einem Imbiss in die Kantine ein. Es waren nur noch wenige Kolleginnen und Kollegen anwesend. Kaum hatten sich Sven und Martin gesetzt, flüsterte Beck: „Da drüben, das sind die beid'n, von den'n ich dir erzählt hab'" und blickte zu einem Tisch drei Reihen hinter ihnen. Dort saßen zwei Kollegen in schwarzen T-Shirts, ein goldener Lorbeerkranz über der Brust und steckten die Köpfe zusammen. „NSU-Pack", flüsterte Beck, stand auf, nahm seine Tasse, ging hinüber und kippte den Rest seines Kaffees den beiden über ihre Tabletts. Die sprangen auf und fluchten.
„Wir könn'n das gern bei der nächst'n Sporteinheit klär'n, meinetweg'n auch zwei geg'n ein'n."
„Nö, ich mach' mit", rief Schwaner vom Tisch aus.

Einer der beiden Polizisten fischte sein Handy, das in einer Hülle mit Adler vornedrauf steckte, aus der Kaffeepfütze.

„Du bist nich' nur ne Schande für die Polizei, du bist ne Schande für die Eintracht."

ENDE

Editorial

Dass eine Kriminalgeschichte zweimal erzählt wird, ist sicher mehr als ungewöhnlich. Ergänzte, erweiterte und überarbeitete Neuausgaben kennt man sonst nur aus der Fachliteratur, wenn sich Gesetze, Normen oder das Wissen so stark verändert haben, dass eine Neuauflage erforderlich, vielleicht sogar unausweichlich, scheint.

Diese Gründe treffen in gewissem Sinne auch auf „Doppelmord" zu. Die erste Version der Kriminalgeschichte erschien vor genau zehn Jahren, anlässlich des sechzigjährigen Bestehens der Kleinmarkthalle. Damals ging es mir in erster Linie darum, den Ort, einen der beliebtesten der Stadt, zum Schauplatz eines Krimis zu machen. Ich war bis dahin lediglich als Verleger und Herausgeber von Büchern tätig – von einigen kleineren Texten in Anthologien abgesehen – und hatte festgestellt, dass zwar zahlreiche Mordgeschichten über Frankfurt existierten, aber keine, die im „Bauch der Stadt" spielte. Ich fragte bei mir bekannten Autorinnen und Autoren an, ob sie mir rund um das Thema Kleinmarkthalle eine spannende Story liefern könnten, und erhielt nur Absagen. Mal fehlte die Idee, mal die Zeit, mal das grundsätzliche Interesse. Da ich das Buch unbedingt haben wollte, blieb mir nichts anderes übrig, als es selbst zu schreiben. So wurde „Doppelmord" zum ersten, von mir selbst verfassten Roman und zur Geburtsstunde von Jakob Stein.

Zum siebzigsten Geburtstag der Klaamarkthall überlegte ich, einen weiteren Krimi zu schreiben, der, direkt oder indirekt, auf die vergangenen Jahre und die Ereignisse in dieser Zeit eingeht – was ist in dieser Zeit nicht alles geschehen!

Bei näherer Betrachtung zeigte sich allerdings, dass viele Aspekte von „Doppelmord" nach wie vor Gültigkeit besaßen und ein neuer Plot auf zahlreiche Wiederholungen hinauslaufen würde. Die Kleinmarkthalle ist nach wie vor das kulinarische Herz Frankfurts und aus dem Stadtbild nicht wegzudenken. Es zeigte sich mir bei einem kritischen Blick aber auch, dass ich damals, dem Zeitdruck geschuldet, Personen und Besonderheiten oft nur gestreift hatte. Es fehlte den Figuren an Tiefe und Hintergrund für ihr Handeln. Mit der Erfahrung aus, seit damals, zehn weiteren von mir verfassten Büchern war ich mit der Art und Weise, wie ich manche Dinge erzählte, nicht mehr zufrieden. Mein Handwerkszeug hat sich in den zurückliegenden Jahren, in denen das nächste Buch immer besser als sein Vorgänger werden sollte, stark verändert. Damals war ich Lehrling, heute bin ich Geselle und arbeite daran, es irgendwann einmal zum Meister zu bringen.

Nicht dass ich alles ablehnte, was ich damals schrieb. Zahlreiche Passagen und die Konstruktion der Geschichte fand und finde ich nach wie vor gelungen. Ich wollte den Charme eines Erstlingswerkes auch nicht vollständig tilgen. Hie und da fehlte es an Lebendigkeit und Authentizität, manches war nur grob gehauen und musste nachgeschliffen werden. So reifte in mir die Idee, „Doppelmord" nochmals zu erzählen, um einige Personen ergänzt und viele Mosaiksteinchen erweitert. Dadurch ist, so glaube ich, ein neues Bild entstanden, das im Kern das gleiche Motiv zeigt, allerdings mit anderen Farben und Pinselstrichen gemalt wurde - für mich als Autor eine interessante Erfahrung.

Auf der anderen Seite – wir betreiben in der Kleinmarkthalle den Hessen Shop – habe ich in den vergangenen zehn Jahren Veränderungen in und um die Kleinmarkthalle hautnah verfolgen können. Recherchieren war somit nicht notwendig, vieles habe ich vor Ort erlebt. Manch alteingesessener Stand wurde geschlossen, jüngere Kolleginnen und Kollegen rückten mit neuen Ideen und Konzepten nach, einige davon sind bereits wieder verschwunden. Einen Platz unter den etwa sechzig Händlern in der Kleinmarkthalle zu haben, bedeutet längst nicht mehr, auf festem, krisensicherem Boden zu stehen. Das hat viele Ursachen und Gründe. Nicht wenige liegen darin, dass sich notwendige Maßnahmen, technische und konzeptionelle, über einen wesentlich längeren Zeitraum als zehn Jahre angestaut haben. Ein Teil davon, so der letzte Stand der Dinge, soll nun angegangen werden. Die dringend erforderlichen Erneuerungen der Halle werden alle Händler vor große Herausforderungen stellen. Für den ein oder anderen mag es sogar das Aus bedeuten.
Diese aus dem Umfeld kommenden Veränderungen in der Zukunft brachten eine völlig neue Dynamik in „Doppelmord". Figuren und ihre Handlungen stehen plötzlich in einem neuen Licht, Motive verschieben

sich und nicht alle können heute abschließend beurteilt werden. Vielleicht wird „Doppelmord" in zehn Jahren nochmals erzählt werden müssen – ich hoffe es!

Jakob Stein

Die „Schwaner-Romane"
von Jakob Stein

Kriminalromane mit Hintergrund

Doppelmord à la carte (Schwaners 1. Fall), vergriffen
Ersetzt durch: Doppelmord 2.0

Um jeden Preis (Schwaners 2. Fall)
Der Bau und die Eröffnung eines Discounters auf der Grünen Wiese stellt scheinbar den gesamten Ort auf den Kopf. Ein Roman über den Strukturwandel in Städten und Gemeinden.

Tödliche Tropfen (Schwaners 3. Fall)
Eine neugegründete Weinbank im Rheingau handelt mit sündhaft teuren Tropfen. Doch was ist, wenn die Flaschen gar nicht die hochgehandelten Raritäten enthalten? Ein Roman über verrückte Spekulationen.

Geschlossene Gesellschaft (Schwaners 4. Fall)
Könnte ein unbekanntes Manuskript von Joseph Roth Agenten und Verleger zum Äußersten Treiben? Ein Roman über die Buchbranche.

Flucht in den Tod (Schwaners 5. Fall)
Wiederholt sich Geschichte oder vergessen wir nur die Ereignisse von damals? Schon immer gab es Menschen, die sich an der Not anderer bereichern. Ein Roman mit historischem Hintergrund.

Punkt, Linie, Mord! (Schwaners 6. Fall)
Ein mathematischer Kriminalroman.
Martin Schwaner, krankheitsbedingt außer Dienst gestellt, soll Lehrkraft an der Polizeischule werden. Für seine künftigen Schüler ersinnt er eine völlig neue Ermittlungsmethode.

Alle Romane sind unabhängig voneinander und in sich abgeschlossen.

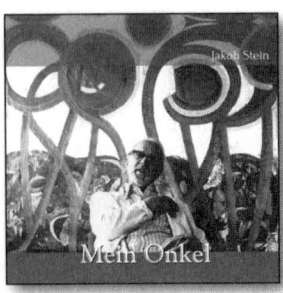